DuMont's Kriminal-Bibliothek

John Ball (1911–1988), geboren in Schenectady, New York, arbeitete in einer Vielzahl von Berufen – Zirkusartist, Pilot, Musikkritiker, PR-Manager, Journalist etc. –, ehe er sich 1963 als freier Autor in Encino, Kalifornien, niederließ. Schon sein erster Kriminalroman, »In der Hitze der Nacht«, fand nicht nur weithin Anerkennung und brachte ihm den Edgar-Award ein, sondern diente auch als Vorlage für den gleichnamigen Film mit Sidney Poitier und Rod Steiger, der 1967 den Oscar als bester Film erhielt.

»In der Hitze der Nacht« erschien in der DuMont's Kriminal-Bibliothek als Band 1064.

Herausgegeben von Volker Neuhaus

John Ball

Das Jadezimmer

DUMONT

Die Deutsche Bibliothek – CIP-Einheitsaufnahme

Ball, John:
Das Jadezimmer / John Ball
[Aus dem Engl. von Beate Felten]. – Köln: DuMont, 1998
(DuMonts Kriminalbibliothek; 1075)
ISBN 3-7701-3833-3

Umschlagmotiv von Pellegrino Ritter
Aus dem Englischen von Beate Felten
Die der Übersetzung zugrundeliegende Originalausgabe erschien 1972 unter dem Titel *Five Pieces of Jade* bei Little, Brown and Company

Satz: Greiner & Reichel, Köln
Druck und Verarbeitung: Clausen & Bosse, Leck
Printed in Germany
ISBN 3-7701-3833-3

Vorwort des Autors

Bei der Arbeit an diesem Buch wurde ich vom Police Department der Stadt Pasadena, Kalifornien, großzügig unterstützt, besonders von Chief Robert McGowan, den Fahndern Floyd Sanderson und James Garner sowie einigen anderen Kollegen von Virgil Tibbs.

Frank Larkworthy vom Federal Bureau of Narcotics and Dangerous Drugs diente mir über eine lange Zeit als wertvolle Informationsquelle. Danken möchte ich auch dem Los Angeles Police Department, insbesondere Commander Charles Reese, Captain Jack Wilson, dem Leiter des Rauschgiftdezernats Captain Donald Wesley sowie Sergeant John Odom, deren riesiger Erfahrungsschatz für mich von unschätzbarem Wert war.

In Fragen des illegalen Drogenhandels und der Suchtproblematik standen mir Phinis S. Willis, Arthur Walker Jun. und Hugh Stack mit ihrer fundierten Sachkenntnis hilfreich zur Seite.

Zahlreiche Jade-Experten opferten mir großzügig ihre Zeit und ließen mich von ihrem Wissen profitieren; erwähnen möchte ich an dieser Stelle vor allem Norman Lee von der Jin Hing Company in Los Angeles, den Director of Information der Volksrepublik China James Wei sowie Goh Keng Tong und Robert Loh von Moongate in Singapur.

Schließlich hat mich Virgil Tibbs gebeten, all jenen zu danken, die sich für seine Arbeit interessieren, und hat angeregt, seine Fälle nicht als persönliche Erfolge, sondern als repräsentativ für den unermüdlichen Einsatz der Polizei in aller Welt anzusehen.

John Ball

Kapitel 1

Yumeko brauchte die schweren Vorhänge, die das große Wohnzimmerfenster bedeckten, nur einen Spalt weit zu öffnen, um hinaus auf die Straße spähen zu können. Auf ausdrücklichen Wunsch von Mr. Wang wurden die Vorhänge nur selten aufgezogen, und da Mr. Wang der Besitzer und uneingeschränkte Herr des Hauses war, schützten sie den Raum auch an diesem Morgen vor dem hellen Licht und den neugierigen Blicken der Nachbarn, die sich möglicherweise allzusehr für das interessierten, was im Inneren des Hauses vor sich ging.

Die junge Frau beobachtete, wie das Postauto am anderen Ende der Straße auftauchte und langsam näher kam. Sie wußte, daß der kleine Kastenwagen randvoll mit Informationen, Neuigkeiten und Waren angefüllt war, die der Zusteller auf seiner täglichen Runde auf die verschiedenen Häuser verteilte. Die meisten Sendungen waren weder sonderlich interessant noch erwünscht. Wichtig war nur der kleine Rest aus den wenigen guten und schlechten Nachrichten, die zwar schon mindestens ein oder zwei Tage alt waren, den ahnungslosen Empfänger jedoch erst erreichten, wenn der Briefträger sie zugestellt hatte. Obwohl Yumeko für sich selbst nicht mit Post rechnete, wartete sie ungeduldig darauf, daß der Mann in dem weißen Fahrzeug mit den roten und blauen Streifen endlich ihre Auffahrt erreichte, denn sie hoffte, daß er etwas für Mr. Wang abzugeben hatte. Danach würde sie ihn sofort vergessen und sich erst am nächsten Morgen wieder an ihn erinnern.

Sie ging nur ungern nach draußen, um die Post in Empfang zu nehmen. Überhaupt war sie äußerst menschenscheu und wagte sich selbst in dieser ruhigen Stadt an der amerikanischen Westküste nur selten auf die Straße. Yumeko war sechsundzwanzig Jahre alt und recht attraktiv. Sie hatte ein feingeschnittenes Gesicht und dunkle mandelförmige Augen, die auch ohne Makeup eine exotische Faszination besaßen. Auch mit ihrem Körper konnte sie in fast jeder Hinsicht zufrieden sein. Ihre Bewegungen waren von einer natürlichen, fließenden Anmut, die ihre Figur hervorragend zur Geltung brachte, und im Gegensatz zu vielen anderen Asiatinnen hatte sie wohlproportionierte Beine und einen selbst für den Geschmack amerikanischer Männer äußerst einnehmenden Busen. Trotzdem mied sie die Gegenwart anderer Menschen – die Leute stellten zu viele Fragen.

Als das Postauto schließlich das Haus erreichte und langsamer wurde, ging sie nach draußen und setzte ihre Augen dem gleißenden Sonnenlicht aus. Zum Glück kannte der Briefträger sie bereits, was alles ein wenig leichter machte. Yumeko nahm mehrere Briefe entgegen, von denen keiner wichtig zu sein schien, und blieb abwartend stehen. Ihre Hoffnung wuchs, als der Mann sich umdrehte und nach hinten in das Innere des Wagens schaute. Schließlich stieg er tatsächlich aus, öffnete die Hecktür und nahm ein Paket heraus.

Sie quittierte für Mr. Wang und nahm das Paket vorsichtig an sich. Es war relativ schwer, genau wie sie gehofft hatte. Oben auf dem Papier klebte ein brauner Umschlag, der die notwendigen Dokumente enthielt und mindestens einmal geöffnet und mit Klebeband wieder verschlossen worden war. Yumeko bewegte sich bewußt vorsichtig, damit nicht im letzten Moment noch eine Katastrophe passierte, begab sich zurück ins Haus und legte das Paket auf den Marmortisch in der Eingangshalle. Dann ging sie zu Mr. Wang, um ihm mitzuteilen, daß die geduldig erwartete Sendung endlich eingetroffen war.

Wang Fu-sen sah erfreut auf, als sie sein Arbeitszimmer betrat. Eigentlich empfing er sie immer freundlich, ganz gleich, wie spät es war oder in welcher Stimmung er sich gerade befand. Es schien fast, als versuche er, ihre traurige Vergangenheit im nachhinein ungeschehen zu machen, obwohl er ihr ohnehin schon mehr Güte erwiesen hatte, als man von einem Menschen überhaupt erwarten konnte. »Die Post war gerade da«, sagte sie. »Ein Paket ist gekommen aus Singapur.«

Mr. Wangs Augen blinzelten hinter der randlosen Brille. »In welchem Zustand ist es?«

»Ich glaube, nicht beschädigt.«

»Sehr gut.« Er erhob sich und kam hinter seinem Schreibtisch hervor. Da er an diesem Tag nicht vorhatte, das Haus zu verlassen, und auch keinen Besuch erwartete, trug er das lange, dunkelviolette chinesische Gewand, das er an den Tagen, die er daheim verbrachte, besonders gern anzog. »Bringen Sie es doch bitte in die Küche.«

Sofort eilte Yumeko hinaus, holte das Paket und trug es die letzten Meter seiner langen Reise mit großer Vorsicht und noch größerem Respekt. Sie wußte, wie wichtig der Inhalt war, auch wenn ihre bescheidenen Kentnisse vom Himmelsstein nie an Mr. Wangs profundes Wissen heranreichen würden, doch seit sie in seinem Haus lebte, hatte sie begonnen, sich dafür zu interessieren, und schon einiges gelernt.

Obwohl Mr. Wang bereits über siebzig Jahre alt war, waren seine Hände immer noch ruhig und sicher. Zuerst schnitt er die Verschnürung auf und entfernte behutsam das Papier. Darunter kam eine schlichte kleine Holzkiste zum Vorschein, deren Deckel aus Sicherheitsgründen ebenfalls mit seiner Adresse versehen war, damit die Sendung auch beim Empfänger eingetroffen wäre, wenn jemand das Papier abgerissen hätte. Mr. Wang öffnete den braunen Umschlag, nahm die Dokumente heraus, warf einen Blick hinein und schien alles in bester Ordnung zu finden. Die amtlich beglaubigte Bescheinigung des Verkäufers war besonders wichtig, denn nur mit dem Echtheitszertifikat war die zollfreie Einfuhr in die Vereinigten Staaten von Amerika möglich. Der Zoll war dabei ohne Bedeutung, aber bis vor kurzem hatte ein strenges Einfuhrverbot bestanden, das nur mit einem Zertifikat, das zuverlässig über das Alter des Stückes Auskunft gab, umgangen werden konnte.

Zunächst lockerte Mr. Wang mit einem kleinen Hammer und einem Schraubenzieher vorsichtig den Deckel, der mit zweiundzwanzig kleinen Nägeln befestigt war. Darunter wurde eine sorgsam zusammengedrückte Lage Holzwolle sichtbar, in der sich ein weiteres Paket befand, das ebenfalls in braunes Packpapier eingewickelt war. Sofort nachdem Mr. Wang es herausgenommen hatte, räumte Yumeko die Kiste und die Verpackung fort. Sie war fast genauso gespannt wie Mr. Wang und beobachtete aufmerksam, wie er das Papier entfernte und eine mit blauem Stoff überzogene Schatulle enthüllte. Sie war mit zwei Elfenbeinstiften verschlossen, die in passenden Schlaufen steckten.

Mr. Wang wartete geduldig, bis Yumeko das restliche Verpakkungsmaterial vom Tisch genommen und in den Abfalleimer geworfen hatte. Dann zog er die Elfenbeinstifte heraus und öffnete das Kästchen.

Das Innere war mit weißem Satin ausgeschlagen. Die Polsterung an der Innenseite des Deckels bildete ein Kissen, während sie im unteren Teil sorgfältig die Form eines auf den ersten Blick unansehnlich wirkenden, schmucklosen Objekts aus Stein nachzeichnete. Es war höchstens zweieinhalb Zentimeter breit, etwa vierundzwanzig bis sechsundzwanzig Zentimeter lang und an einer Seite so geschliffen, daß es leicht spitz zulief. Yumeko war ein wenig enttäuscht über die fleckige Färbung des hellgrauen Steins, außerdem waren die Ränder an einigen Stellen auskristallisiert und wirkten überaus brüchig. Doch als sie sah, mit welcher Faszination Mr. Wang den Gegenstand betrachtete, wußte sie, daß ihr vorschnelles weibliches Urteil sie wieder einmal getäuscht hatte.

»Ich bin sehr froh, daß es heil angekommen ist«, sagte sie.

Mr. Wang putzte seine Brille. »Wie recht Sie haben, Yumeko. Es ist überaus wertvoll und unersetzbar. Wissen Sie, was es ist?«

»Es ist Jade.«

»Das ist zwar richtig, aber ebenso aufschlußreich wie die Feststellung, daß Laotse ein Mann war. Das hier ist ein echter *Ya-Chang*, der im alten China seinen Träger autorisierte, Truppen zu mobilisieren, oder ihm Befehlsgewalt über wichtige militärische Einrichtungen verlieh. Es existieren sehr viele Fälschungen, aber dieses Stück ist echt. Können Sie sein Alter schätzen?«

Yumeko schaute sich den Stein genau an. Sie wußte, daß er sehr alt sein mußte, wahrscheinlich stammte er sogar aus vorchristlicher Zeit. »Han-Dynastie?« versuchte sie ihr Glück.

Mr. Wang lächelte freundlich. »Ein kluges Urteil. Es könnte tatsächlich aus der Westlichen Han-Dynastie stammen, auf diese Periode scheint einiges hinzudeuten. Doch es gibt verschiedene Merkmale, die bei der genauen Prüfung durch Experten eindeutig ergeben haben, daß es viel älter ist. Man nimmt an, daß es aus der Zhou-Dynastie stammt. Sehr wahrscheinlich aus der Zeit der Frühlings- und Sommerannalen.«

Yumeko schaute sich den Gegenstand noch einmal genau an, bevor sie wieder sprach. »Ich empfinde große Freude, daß Sie es jetzt besitzen.«

Mr. Wang machte eine höfliche kleine Verbeugung. »Ihre Freundlichkeit ist Ihrer Schönheit ebenbürtig.«

»Ich bin nicht schön.« Yumekos Stimme klang angespannt, als sei es ihr unmöglich, ihre Herkunft auch nur einen Moment lang zu vergessen.

Der einzige Mann, der jemals gut zu ihr gewesen war, hob besänftigend die Hand. »Lassen Sie uns den kostbaren *Ya-Chang* aufstellen.«

Er nahm die Schatulle vorsichtig in die Hand, und Yumeko eilte voraus, um das Licht anzuschalten. Auch das geräumige Zimmer im hinteren Teil des Hauses wurde durch dicke Vorhänge vor dem grellen Sonnenlicht geschützt. Es war ein großer Vertrauensbeweis, daß Mr. Wang ihr erlaubte, den Raum jederzeit zu betreten und sich dort aufzuhalten, so lange sie wollte. Diesmal wußte sie, daß sie ihrer weiblichen Intuition vertrauen konnte, und schaltete daher nicht das Deckenlicht, sondern die Vitrinenbeleuchtung an.

Mit einem Mal erwachte der Raum zum Leben und enthüllte Kostbarkeiten, die in der westlichen Welt zweifellos einzigartig waren. An allen Wänden standen Glasvitrinen, die wunderschöne Jadeschnitzereien enthielten: anmutige Frauengestalten, die Blumen, Tabletts und Ritualgegenstände in der Hand hielten, zierliche Vasen, kunstvolle Räuchergefäße, feingearbeitete Krüge, verziert mit zarten, in ewiger Schönheit erstarrten Blätter- und Blütenranken, sowie schimmernde *Bi*-Scheiben in eigens angefertigten wunderschönen Holzständern. Unzählige Tiere und bizarre Fabelwesen, die sonst nur die Welt der Mythen und Märchen bevölkerten, standen einträchtig beisammen. Neben einem Einhorn mit majestätisch erhobenem Kopf kauerte ein katzenartiges Wesen, das sich zum Sprung bereitzumachen schien. Außerdem gab es Schalen, deren Konsistenz so unendlich fein und transparent war, daß das indirekte Licht durch ihre Wandungen hindurchzuschimmern schien. In dieser phantastischen Welt schien fast jede Farbe der Natur vertreten zu sein. Die Wirkung war so überwältigend, daß sogar Menschen, die von dem unermeßlichen kulturellen und traditionellen Wert der Sammlung nichts ahnten, sich ihrem besonderen Zauber nicht entziehen konnten.

Mr. Wang zog einen Schlüsselbund aus seinem Gewand hervor und öffnete die Vitrine, in der sich seine ältesten Stücke befanden. Er hatte den Platz für das antike Ritualmesser bereits ausgewählt und nahm es nun zum ersten Mal aus der gepolsterten Schatulle, stellte es vorsichtig auf, trat einen Schritt zurück und betrachtete es prüfend. Anscheinend war er mit der Wirkung zufrieden, denn er schloß die Glastür wieder ab und begab sich ins Wohnzimmer. Yumeko schaltete das Licht aus, schloß die Tür und folgte ihm. Sie verstand ihren Wohltäter auch ohne Worte und wußte, daß er sich mit ihr unterhalten wollte.

Mr. Wang nahm in einem der Sessel Platz, wobei seine Bewegungen eine gelungene Synthese aus fernöstlicher Würde und westlicher Lässigkeit verrieten, und bedeutete Yumeko, sich ebenfalls zu setzen. Dann legte er die Arme auf die Sessellehnen und blickte die junge Frau freundlich an. »Vor vielen Monaten sind Sie in mein Haus gekommen und haben es seitdem an jedem Tag, den Sie hier verbracht haben, mit Glück erfüllt.«

Yumeko senkte den Kopf. Sie spürte, daß sie ihn jetzt nicht unterbrechen durfte.

»Es ist mein persönliches Unglück, daß ich ein Alter erreicht habe, in dem es mir nur noch vergönnt ist, Sie als etwas unendlich Kostbares zu sehen, an dem sich mein Auge erfreut.«

»Aber die Leute reden trotzdem über uns.« Sie glaubte zu wissen, was er sagen wollte, und versuchte, seinen nächsten Satz vorwegzunehmen.

»Es gibt im Leben nichts Fruchtloseres, als sich über das Gerede und die Gedanken anderer Menschen zu grämen. Glauben Sie mir, es wäre bei weitem angebrachter, wenn sich die Leute dafür interessierten, was *Sie* von ihnen halten. Wer sich ständig mit anderen beschäftigt, schadet nur sich selbst. Ignorieren Sie die Leute einfach. Etwas anderes verdienen sie nicht, zudem ist es genau die Strafe, die sie am wenigsten ertragen.«

»Ich werde Ihren weisen Rat befolgen.«

Mr. Wang fuhr fort. »Obwohl Sie das Haus nur selten verlassen, haben Sie schon sehr viel über die Sprache und Kultur dieses Landes gelernt. Ich wünsche nun, daß Sie Ihre Zurückgezogenheit aufgeben und beginnen, sich einen Bekanntenkreis aufzubauen.«

Yumeko verneigte sich. »Ich kann Ihnen nicht abschlagen«, sagte sie. »Aber Sie verlangen mehr, als ich kann ertragen. Es ist besser, ich kehre wieder in das Land zurück, aus dem ich komme.«

Mr. Wang schüttelte langsam den Kopf. »Wir haben nur ein einziges Leben hier auf Erden, alles andere ist ungewiß. Sie dürfen dieses Leben nicht einfach fortwerfen. Leider gibt es Dinge, die wir nicht ändern können. Wir müssen sie annehmen und mit ihnen leben. Ich bin fest davon überzeugt, daß Sie eines Tages feststellen werden, daß Ihre Probleme gar nicht so schlimm sind, wie Sie momentan glauben.«

Sie wußte, daß er sie weiter unterstützen würde und nur das Beste für sie im Sinn hatte. Bisher hatte er sich in dieser Hinsicht noch nie geirrt. Je bereitwilliger sie also seinem Wunsch nachkam, desto mehr Respekt erwies sie ihm und konnte sich auf diese Weise für alles, was er bisher für sie getan hatte, erkenntlich zeigen.

»Sie wünschen, daß ich mir Arbeitsstelle suche?« fragte sie.

»Es ist bereits alles vorbereitet. Zufällig habe ich einen sehr guten Freund, der ein Touristikunternehmen besitzt und dringend jemanden sucht, der fließend Japanisch und Englisch beherrscht. Sie erfüllen diese Voraussetzungen. Ein Einstellungsgespräch ist nicht notwendig. Mein Freund ist so freundlich, meinem unqualifizierten Urteil zu vertrauen.«

Yumeko senkte den Kopf und beschloß, die Frage, die ihr besonders am Herzen lag, nicht zu stellen. Es konnte ohnehin nur eine einzige Antwort geben – Mr. Wang hatte ihrem zukünftigen Arbeitgeber bereits alles über sie erzählt. »Ich freue mich, Ihren Wunsch zu erfüllen. Ich hoffe, ich mache Ihnen Ehre.«

Mr. Wang lächelte. »Davon bin ich fest überzeugt. Und ich wäre überglücklich, wenn Sie auch in Zukunft möglichst oft in mein bescheidenes Heim zurückkehren und mich mit Ihrer Gegenwart erfreuen würden.«

Sie warf ihm einen verzweifelten Blick zu und ballte ihre kleinen Hände zu Fäusten. »Aber ich will Sie nicht verlassen, Sir. Bitte erlauben Sie, daß ich weiter hier wohne.«

Noch einmal hob der alte Mann beschwichtigend die Hand und bedeutete ihr zu schweigen. Als er wieder sprach, klang in seiner Stimme Zärtlichkeit und Verständnis für ihre Lage mit. »Sie hier bei mir zu behalten, wäre die Erfüllung meines Herzenswunsches, aber ich darf es nicht zulassen. Es gibt viele Gründe, die dagegen sprechen, doch einer überschattet alle anderen.«

»Bitte nicht sagen, daß es gut ist für mich«, bat Yumeko.

Mr. Wang lächelte. »Das hatte ich auch gar nicht vor. Es handelt sich um ein ganz anderes Problem. Zur Zeit bedrängen mich dunkle Mächte, von denen Sie nichts wissen können. Wenn Ihre und meine Vorfahren früher von bösen Geistern sprachen, meinten sie das, was vor kurzem in mein Leben eingedrungen ist.«

Die junge Frau preßte die Hände zusammen, bis die Haut über den Knöcheln weiß wurde. »Dann sind Sie in Gefahr?«

»Es ist immer schwierig, Gefahren richtig einzuschätzen. Ich habe zwar gewisse Vorkehrungen getroffen, doch den Lauf der Dinge werde ich dadurch nicht ändern können. Wenn der Moment kommt, ist es vielleicht gar nicht so schlimm. Aber ich möchte auf keinen Fall, daß Sie in die Sache verwickelt werden.«

»Aber vielleicht sind Sie in großer Gefahr«, protestierte Yumeko.

Noch einmal hob Mr. Wang seine beredte Hand. »Machen Sie sich bitte keine Sorgen um mich. Ein leichter Luftzug löscht nur selten eine Kerze, auch wenn die Flamme bereits flackert.«

Kapitel 2

Obwohl sein Büro über eine Klimaanlage verfügte und angenehm kühl war, konnte Chief Robert McGowan vom Pasadena Police Department die Mittsommerhitze draußen beinahe körperlich spüren. Die sengende kalifornische Sonne prallte gegen das Fenster und warf grelle Muster auf den Teppich. In diesem Jahr war die Hitze wirklich unerträglich, und es gab eine Menge Leute, die auf ihre Weise versuchten, alles noch unerträglicher zu machen.

Bob McGowan hatte es sich hinter seinem Schreibtisch einigermaßen bequem gemacht und seine langen Beine lässig über die offene unterste Schublade gelegt. Nachdenklich betrachtete er die anmutige bambusartige Pflanze, die sich auf seiner Fensterbank ausgesprochen wohl zu fühlen schien. Nur wenige Personen, die sein Büro betraten und sie bewunderten, wußten allerdings, daß es sich um Marihuana handelte. Unten im Rauschgiftdezernat befand sich eine beachtliche Sammlung weiterer Exemplare, doch die meisten sahen weit weniger angenehm aus und dienten lediglich als Schulungs- und Anschauungsmaterial.

Man hatte McGowan unter anderem deshalb zum Polizeichef ernannt, weil er hervorragend mit Leuten umzugehen verstand, und zwar nicht nur mit seinen Mitarbeitern, sondern auch mit den Bürgern der Stadt, für die er tätig war. Als der verantwortungsvolle Posten nach der Pensionierung von Chief Addis vor einigen Monaten neu besetzt werden mußte, waren verschiedene herausragende Mitglieder des Pasadena Police Departments als Kandidaten im Gespräch gewesen. Da sich der Konflikt zwischen der Polizeibehörde und den militanteren Vertretern der zahlreichen ethnischen und sozialen Gruppierungen seit einiger Zeit immer mehr zuspitzte, hatte die Stadtverwaltung nach einem Mann gesucht, der dieses Problem ihrer Meinung nach am besten in den Griff bekommen würde. Schließlich hatte man sich für Bob McGowan entschieden und diese Wahl nicht bereut.

Seine tiefsinnigen Betrachtungen wurden durch das Klingeln des Telefons unterbrochen. »Mr. Tibbs ist vom Gericht zurück«, meldete die Sekretärin. »Sie hatten mich gebeten, Sie zu informieren.«

McGowan richtete sich auf und nahm eine etwas dienstlichere Haltung an. »Vielen Dank. Bitte bestellen Sie ihm, daß ich ihn in zehn Minuten sprechen möchte. In der Zwischenzeit holen Sie mir bitte Mr. Duffy ans Telefon. Sie können ihn unter der Telefonnummer erreichen, die ich Ihnen heute morgen gegeben habe.«

Während er auf die Verbindung wartete, überflog er ein weiteres Mal den Brief, der seit zwei Tagen auf seinem Schreibtisch lag. Er wußte zwar längst, was darin stand, wollte sich den Inhalt jedoch möglichst genau einprägen, bevor er weitere Schritte unternahm. Als das Telefon klingelte, sprach er nur kurz, sicherte seinem Gesprächspartner seine Unterstützung zu und legte wieder auf. Fünf Minuten später erschien der Mann, den er zu sprechen wünschte, im Türrahmen seines Büro.

Virgil Tibbs trug noch den dezenten dunklen Anzug, den er häufig anhatte, wenn er als Zeuge vor Gericht aussagte. Er war eher zierlich gebaut und machte einen ruhigen, zurückhaltenden Eindruck. Wer ihn allerdings aufgrund seiner Erscheinung für körperlich wenig belastbar hielt, irrte sich gewaltig. Einem aufmerksamen Beobachter wäre das Durchtrainierte seines Körpers und eine gewisse damit verbundene Selbstsicherheit nicht entgangen, doch die meisten Menschen übersahen die subtilen Hinweise. Im Präsidium wußten alle, daß Tibbs aus dem tiefsten Süden stammte und dort in ärmlichen Verhältnissen aufgewachsen war, und Bob McGowan konnte sehr gut ermessen, wieviel Anstrengung und Willenskraft nötig gewesen waren, um aus dem schwarzen Südstaatenjungen den ausgezeichneten Kriminalbeamten zu machen, der jetzt vor ihm stand.

»Setzen Sie sich doch«, meinte Bob.

Er beschloß, sich nicht mit langen Vorreden aufzuhalten, und kam daher sofort zur Sache. »Virgil, einige Herren möchten Sie gern kennenlernen. Wenn es Ihnen recht ist, würde man Sie am liebsten schon heute nachmittag treffen. Mir ist nicht allzuviel erzählt worden, aber ich bin sicher, Sie werden bald erfahren, um was es sich handelt.«

»›Einige Herren‹ klingt ziemlich vage«, sagte Tibbs.

Bob hatte nicht erwartet, daß Tibbs sich damit zufriedengeben würde. »Ein bißchen mehr hat man mir noch verraten«, fuhr er fort. »Die Herren sind vom FBI und möchten anscheinend gern mit Ihnen zusammenarbeiten.«

»Wie weit darf ich Ihrer Meinung nach gehen?«

McGowan machte eine flüchtige Handbewegung. »Das überlasse ich ganz und gar Ihnen. Tun Sie einfach, was Sie für richtig halten.«

Tibbs schaute ihn nachdenklich an. »Chief McGowan, sind Sie sicher, daß Sie mir keine weiteren Instruktionen geben wollen?«

»Tut mir leid, Virgil, mehr weiß ich wirklich nicht. Aber Sie können in jedem Fall auf meine Unterstützung zählen, ganz gleich, wie Sie entscheiden.«

»Ich möchte nur ganz sicher sein, daß ich am Ende nicht im Regen stehe«, sagte Virgil trocken.

»Darüber brauchen Sie sich wirklich keine Sorge zu machen. Ich stehe voll und ganz hinter Ihnen. Die Herren wollen Sie lediglich kennenlernen – sonst nichts.«

Tibbs stand auf. »Dann wollen wir ihnen den Gefallen mal tun. Wann und wo?«

»Sie werden um drei abgeholt. Paßt Ihnen das?«

»Das kann ich erst sagen, wenn ich wieder zurück bin«, sagte Virgil.

Er ging in sein eigenes Büro zurück, nicht sonderlich erbaut über die Verabredung, die man über seinen Kopf hinweg getroffen hatte. Er hatte auch so schon genug Probleme, unter anderem mehrere Fälle, die er unbedingt vom Tisch haben wollte. Leider gab es in dieser Stadt soviel zu tun, daß sich die meisten Polizisten über fehlende Arbeit nicht beklagen konnten. Die Serie von Bombenanschlägen, die das Land gerade in große Unruhe versetzte, die kompromißlose Haltung der Militanten, die willkürliche Ermordung von Polizeibeamten sowie die Auswirkungen der anhaltenden Spannungen im Mittleren und Fernen Osten hatten eine Atmosphäre der Frustration und der Unsicherheit geschaffen. Außerdem wurden Arbeitsplätze immer knapper, was die allgemeine Gereiztheit,

Mutlosigkeit und manchmal sogar Verzweiflung nur noch verstärkte. Tibbs hatte wirklich beide Hände voll zu tun, und FBI-Beamte, die mit ihm zusammenarbeiten wollten, waren so ziemlich das letzte, was er sich momentan wünschte, bei allem Verständnis für ihre Probleme, schließlich hatte er genug eigene.

Pünktlich auf die Minute fuhr ein Chevrolet allerneusten Typs vor, um ihn abzuholen. Der Fahrer verhielt sich äußerst förmlich in der Art, wie er ausstieg und seinem Fahrgast wortlos den hinteren Wagenschlag aufhielt. Vermutlich hatte er früher beim Militär gearbeitet und war daran gewöhnt, Lametta vorschriftsmäßig zu kutschieren. Damit war auch klar, daß irgendwelche Unterhaltung unerwünscht war. Virgil fand sich damit ab, machte es sich auf dem Rücksitz bequem und ließ sich spazierenfahren.

Während sie nach Norden fuhren, wurde die Stille im Inneren des Wagens nur durch die wenigen Straßengeräusche, die durch die geschlossenen Fenster drangen, und das gedämpfte Summen der Klimaanlage gestört. Da es nichts anderes zu tun gab, konzentrierte sich Tibbs auf die jäh ansteigenden braunen Berge, die Tag für Tag der sengenden Sonne ausgesetzt waren und fast während des gesamten Sommers ohne Wasser auskommen mußten. Die dicke Smogdecke, die Pasadena so oft einhüllte, lag schwer in der Luft. Die Bergriesen hinter dem massiven Vorgebirge waren gewaltiger, als es den Anschein hatte, denn durch die Luftverschmutzung wirkten sie selbst aus relativer Nähe noch verhangen und weit entfernt.

Kurz nachdem sie den Stadtrand erreicht hatten, begann die Straße anzusteigen. Hier zeigte sich die Hitze, die sie umgab, noch deutlicher; auf beiden Seiten der Straße kämpften verdorrte Pflanzen in der ausgetrockneten Erde um ihr Leben. Der Motor arbeitete auf Hochtouren. Als es noch steiler bergauf ging, begann er sogar zu klingeln, als hätte auch er unter der Luftverschmutzung zu leiden.

Vor ihnen lag ein Gelände, auf dem sich einige kleine Fabriken und Labors befanden, die sich überwiegend mit hochmodernen Technologien für die US-Rüstungsindustrie beschäftigten. Fast alle verfügten über ausgeklügelte Sicherheitsanlagen, die direkt mit der Polizei verbunden waren. In der Vergangenheit hatte es bereits mehrere Versuche gegeben, gewaltsam dort einzudringen, und die darauffolgenden Untersuchungen waren stets äußerst sorgfältig und streng vertraulich gewesen. Die Öffentlichkeit hatte davon nichts erfahren. Virgil konnte sich inzwischen mehr oder weniger zusammenreimen, was ihn erwartete, und beschloß daher, sich zu entspannen und den Rest der Fahrt so gut es ging zu genießen.

Wenige Minuten später rollte der Wagen auf eine Privatstraße und hielt nach etwa fünfhundert Metern vor einem bewachten Maschendrahttor, das anscheinend zu einem relativ kleinen Betrieb gehörte. Nachdem der Chauffeur seinen Ausweis vorgezeigt hatte, öffnete einer der Wachposten den hinteren Wagenschlag und bat den Fahrgast, sich ebenfalls auszuweisen. Tibbs reichte dem Mann seinen Dienstausweis und bemerkte, daß er nicht wie sonst nur flüchtig angesehen, sondern genauestens überprüft wurde. Daraufhin wurde das Tor geöffnet, und der Wagen durfte passieren.

Der Betrieb selbst ließ kaum Rückschlüsse auf seine Verwendung zu. An einer Seite des einstöckigen, U-förmigen Gebäudes befand sich eine kleine unbenutzte Laderampe. Das Ziegeldach war im spanischen Stil gehalten und wies kaum dekorative Elemente auf, an einigen Stellen ragten allerdings mehrere Entlüftungsrohre heraus. Ansonsten wirkte alles vollkommen unauffällig. Es gab nur ein einziges, sehr kleines Schild, auf dem die Aufschrift »Empfang« und ein Pfeil zu sehen waren. Der Chauffeur fuhr bis zum Eingang, ließ seinen Fahrgast aussteigen und richtete zum ersten Mal das Wort an ihn. »Sie werden drinnen erwartet«, sagte er nur und fuhr wieder ab.

In der schlichten kleinen Eingangshalle fehlten die für derartige Einrichtungen üblichen Plaketten mit Auszeichnungen durch die Gemeinde oder den Staat oder Fotos der eigenen Produkte. Die Telefonistin in der Empfangsloge wußte anscheinend, daß der Besucher bereits in der Lobby erwartet wurde, denn sie schaute kaum auf, als er das Gebäude betrat. Tatsächlich erhob sich ein Mann von einem Sessel und kam auf ihn zu. »Mr. Tibbs? Mein Name ist Duffy. Bitte kommen Sie mit, Mr. Washburn erwartet Sie bereits.«

Er ging voran, führte Virgil durch eine solide Tür, die mit einer elektrischen Sperre gesichert war, und bog dann nach rechts in einen kleinen Flur, an dessen Ende sich eine weitere Tür befand, die anscheinend in die Räume der Geschäftsleitung führte. In diesem Bereich hatte man die hellgrün gestrichenen Gipsfaserwände durch eine elegante dunkle Holzvertäfelung und die einfachen Kunststofffliesen durch einen hochwertigen, dicken Teppichboden ersetzt. Tibbs, der bisher angenommen hatte, er würde den Sicherheitschef der Betriebs treffen, belehrte die Chefetagenatmosphäre eines Besseren. Leider blieb ihm keine Zeit für eine Neuorientierung, denn sie befanden sich bereits im Sekretariat. Eine der drei jungen Vorzimmerdamen erhob sich, klopfte kurz an eine Tür und hielt sie dann auf, damit die beiden Männer eintreten konnten.

Als erstes fielen Virgil die zeitlosen, geschmackvollen Möbel auf, die zweifellos von erstklassiger Qualität waren. Der Raum wurde von einem großen Walnußschreibtisch beherrscht, auf dem sich nur einige sorgfältig ausgewählte Gegenstände befanden. Auf der breiten Fensterbank dahinter stand ein gerahmtes Foto, auf dem eine ungewöhnlich attraktive Frau mit drei Kindern zu sehen war. An den holzgetäfelten Wänden hingen Ölgemälde mit Berglandschaften.

Sie wurden von zwei Herren erwartet. Der Mann hinter dem Schreibtisch war Anfang Vierzig und verbreitete um sich eine Aura von Fitneß-Center und privatem Swimmingpool, wo er seine Muskeln trainierte und seine Taille in Form hielt. Er war blond, ausgesprochen gutaussehend und hatte einen kräftigen, festen Händedruck, der darauf schließen ließ, daß er gewöhnt war, zuzupacken. »Don Washburn. Freut mich, Sie kennenzulernen, Mr. Tibbs«, stellte er sich vor und deutete dann auf den zweiten Mann.

Dieser erhob sich von dem Ledersofa, auf dessen Rand er bisher gesessen hatte, und kam auf den Besucher zu. Virgil registrierte den konservativen Schnitt seines Sportjackets und die spiegelblank polierten Schuhe – sie hätten auf jeder Polizeischule selbst strengster Kontrolle standgehalten. Mehr brauchte er im Moment gar nicht zu wissen. Nachdem der Mann ihm die Hand geschüttelt und sich dann als Frank Lonigan vorgestellt hatte, wandte sich Tibbs wieder dem Vertreter der Firma zu, der seinen Pflichten als Gastgeber nachkam.

»Wie trinken Sie Ihren Kaffee, Mr. Tibbs?« erkundigte sich Washburn.

»Schwarz, bitte.«

Die Information wurde über die Sprechanlage durchgegeben. Kurz darauf erschien die Sekretärin, die ihnen eben die Tür aufgehalten hatte, brachte vier japanische Keramikbecher mit Kaffee und zog sich sofort wieder diskret zurück.

Sobald die Tür hinter ihr ins Schloß gefallen war, fuhr Washburn fort. »Wir sind Ihnen sehr dankbar, daß Sie hergekommen sind. Damit Sie in etwa wissen, worum es geht – dies hier ist eine Forschungseinrichtung. Wir arbeiten für die Regierung und zwar an Dingen, von denen wir uns einbilden, daß sie äußerst wichtig sind.«

Virgil nickte und trank einen Schluck Kaffee.

»Sie haben sicher Verständnis dafür, daß ich Ihnen nicht mehr sagen kann, Mr. Tibbs. Alles weitere unterliegt strengster Geheimhaltung.«

»Ich werde niemandem davon erzählen«, versprach Virgil.

»Dann wissen Sie also etwas?« Washburns Stimme klang plötzlich unsicher.

»Ich glaube, ja.«

»Würde es Ihnen etwas ausmachen, mir zu sagen, was genau Sie wissen?« Trotz der höflichen Formulierung klang der Satz eher wie eine Anweisung.

»Ich vermute, daß es sich um Kraftstofforschung handelt, Mr. Washburn. Wahrscheinlich Alternativen zu Kohlenwasserstoff, aber das ist lediglich eine Vermutung.«

Die Stimmung war angespannt.

Lonigan brach als erster das Schweigen. »Mr. Tibbs, entschuldigen Sie bitte meine Direktheit, aber wir würden gern erfahren, wie Sie darauf gekommen sind.«

»Unter anderem durch den teuren Teppichboden.« Nach dieser Feststellung gönnte sich Virgil noch einen Schluck Kaffee.

Washburns Stimme war leise. »Es hat keinen Zweck drumherum zu reden. Bitte sagen Sie uns, wo unsere Sicherheitsmaßnahmen versagt haben, Mr. Tibbs. Ich selbst habe den Teppichboden ausgesucht, und wenn er uns verraten hat, dann klären Sie uns bitte darüber auf.«

Virgil stellte seine Tasse auf den Tisch. »Der Wagen, der mich abgeholt hat, war neu und offensichtlich sehr gut gepflegt, aber als wir die Steigung hochfuhren, hat der Motor deutlich hörbar geklingelt. Da die Motortemperatur laut Anzeige normal war, konnte dies nur daran liegen, daß entweder die Zündung schlecht eingestellt war oder minderwertiger Treibstoff benutzt wurde. Ich habe mir nichts weiter dabei gedacht, bis wir hier ankamen und mir die vielen Rohre im Dach des Gebäudes auffielen. Sie haben mich an Entlüftungsrohre erinnert, wie man sie bei Versuchen mit Verbrennungsmotoren in Innenräumen benötigt, was mich auf die Idee mit der Treibstofforschung brachte.«

»Und was hat der Teppich damit zu tun?«

»Darauf komme ich gleich. Es ist unwahrscheinlich, daß die Zündung in einem nagelneuen, gut gewarteten Fahrzeug schlecht eingestellt ist, also habe ich zunächst angenommen, daß man versuchte, durch billiges Benzin Kosten zu sparen. So etwas ist nicht ungewöhnlich, wenn sich eine Firma auf drastischem Sparkurs befindet.«

Washburn nickte. »Stimmt.«

»So weit, so gut. Ihre abgelegene Lage und der benutzte Zustand der Laderampe lassen darauf schließen, daß es sich um eine Forschungseinrichtung handelt. Da die zunehmende Luftverschmutzung durch Kohlenwasserstoffe ein wichtiges nationales Problem darstellt, dachte ich mir, daß Sie hier möglicherweise daran arbeiten – und das Produkt dann in Ihren eigenen Fahrzeugen testen. Doch ganz sicher war ich mir erst, als ich den neuen, hochwertigen Teppichboden sah. Eine solche Anschaffung spricht nicht für einen strikten Sparkurs, so blieb schließlich die Treibstofforschung als einzig plausibel übrig.«

Washburn machte sich eine Notiz. »Ich werde veranlassen, daß die Entlüftungsrohre sofort verkleidet werden. Außerdem werden wir in unseren Testwagen keine Fahrgäste mehr befördern. Ist Ihnen sonst noch etwas aufgefallen?«

»Ich glaube nicht«, antwortete Tibbs. »Aber vielleicht verraten Sie mir jetzt, was ich für Sie tun kann.«

Lonigan reichte ihm seine Karte mit der Aufschrift Justizministerium, Abteilung für Rauschgiftbekämpfung. Duffy gab ihm eine Karte derselben Behörde. Als diese Formalitäten erledigt waren, fuhr Lonigan mit dem Gespräch fort.

»Mr. Tibbs, in Washington führen wir eine inoffizielle Akte über Polizisten mit besonderen Fähigkeiten. Als wir vor einiger Zeit einen Mann brauchten, der fließend Jugoslawisch sprechen konnte, haben wir ihn dort sofort gefunden – er arbeitet bei der Sitte in Cleveland. Erinnern Sie sich zufällig an einen Mann namens Gottschalk?«

Virgil überlegte kurz. »Ja, einen Testingenieur.«

Lonigan nickte. »Sehr richtig. Soweit ich weiß, war er vor einiger Zeit in den Südstaaten unterwegs. Als er durch eine Stadt namens Wells fuhr, wurde er von der dortigen Polizei angehalten und verhört – in Zusammenhang mit einem Mordfall, bei dem Sie die Ermittlungen leiteten.«

»Stimmt.« Tibbs brauchte an den Fall nicht eigens erinnert zu werden.

»Später hat er das Sicherheitspersonal in Cape Kennedy darüber informiert. Er war äußerst beeindruckt von Ihrem Können, und so sind Sie in unsere Akten gelangt. Wir haben Erkundigungen über Sie eingezogen, streng vertraulich selbstverständlich, und ein gewisser Captain Lindholm hat uns weitere Informationen über Sie geliefert.«

Virgil schien diese Neuigkeit nicht sonderlich zu behagen. »Wer weiß, was er Ihnen erzählt hat. Er war stellvertretender Polizeichef und wurde vor kurzem pensioniert.«

Lonigan lächelte. »Er hat sich nur lobend über Sie geäußert. Aber jetzt lassen Sie uns zur Sache kommen. Wir haben ein sehr ernstes Problem und benötigen Hilfe. Vor allem brauchen wir einen hiesigen Polizeibeamten, der mit uns zusammenarbeitet. Wären Sie dazu bereit?«

»Selbstverständlich, wenn Chief McGowan einverstanden ist. Aber ich besitze keine besonderen Fähigkeiten. Ich beherrsche keine einzige Fremdsprache und verstehe auch nichts von alternativen Treibstoffen. Falls es sich um Rauschgift handelt, haben wir hier mehrere Beamte, die Spezialisten auf diesem Gebiet sind. Vielleicht sollten Sie sich besser mit ihnen unterhalten. Ich bin lediglich Spezialist für Mordfälle.«

Anscheinend verfehlten seine Worte jede Wirkung. Duffy zog ein Blatt Papier aus der Innentasche seines Jacketts und gab vor, es genau zu studieren. »Hier steht unter anderem«, sagte er, »daß Sie den schwarzen Gürtel in Karate besitzen. Wer hat Ihnen den verliehen?«

»Nishiyama.«

»Wir kennen Mr. Nishiyama sehr gut. Man kriegt eher in Kairo ein Moshe-Oayem-Poster als von ihm einen schwarzen Gürtel. Wenn Sie mehrere Jahre lang seiner Disziplin ausgesetzt waren, haben Sie bestimmt auch einiges über die asiatische Kultur gelernt.«

»Ein paar Brocken Japanisch«, gestand Tibbs. »Aber fast nur Wörter, die beim Training immer wieder benutzt werden. Über Japan selbst weiß ich nicht viel – ich kenne lediglich die Verbeugungen und Rituale, die im Kampfsport gebräuchlich sind.«

»Außerdem werden Sie seit einiger Zeit von Takahashi in Aikido ausgebildet.«

»Seit fünf Jahren.«

»Schwarzer Gürtel?«

»Noch nicht.«

Geschickt übernahm Lonigan das Kommando. »Was ich Ihnen jetzt erzähle, mag vielleicht melodramatisch klingen, aber glauben Sie mir, es geht wirklich um Leben und Tod.«

Tibbs nickte.

»Vor dem Zweiten Weltkrieg begann Japan, damals noch eine höchst aggressive Militärmacht, China systematisch mit Opium zu überschwemmen. Ziel war es, das Land zu schwächen, um es dann zu übernehmen. Übrigens nicht das erste Mal, daß man von diesem Mittel Gebrauch machte. Die Kampagne war tatsächlich so erfolgreich, daß die Nanking-Regierung 1936 ein Gesetz erließ, das Süchtige dazu verpflichtete, sich innerhalb eines Jahres einem Entzug zu unterziehen. Ansonsten drohte die Todesstrafe. Doch es funktionierte nicht, statt dessen war zwei Jahre später ein Achtel aller Chinesen in Nanking selbst hoffnunglos drogenabhängig. Und das war erst der Anfang. Das Land wurde systematisch vergiftet, und trotz der enormen Größe und Einwohnerzahl Chinas war das Unternehmen absolut erfolgreich.«

»Ein bißchen wie Hitlers Völkermord«, kommentierte Virgil.

»Leider ja. Sechzehn Jahre später kehrte sich die Situation um. Die Japaner hatten den Anbau von Schlafmohn gefördert, und die Chinesen konnten zum Gegenschlag ausholen. Aus einem UN-Bericht vom März 1952 geht eindeutig hervor, daß die Rotchinesen das Opium in Heroin verwandelten und in großen Mengen nach Japan und in die USA schmuggelten. Dabei ging es ihnen nicht etwa um den finanziellen Gewinn, sondern nur darum, zwei potentielle Gegner in die Knie zu zwingen. 1969 informierte uns Taiwan über eine neue Kampagne der Rotchinesen. Wir erfuhren, daß riesige Mengen Drogen in die USA und diverse andere freie Länder gepumpt wurden. Es ging dabei besonders um Nationen, die eindeutig eine anti-kommunistische Haltung bezogen hatten, etwa Thailand, Südkorea, Südvietnam und die Philippinen.«

»Ich dachte immer, Thailand würde selbst Opium produzieren«, warf Tibbs ein.

»Das stimmt auch, aber normalerweise produzieren die Thais kein Heroin, und darauf kommt es uns besonders an.« Er hielt inne, ging zu einem der Fenster und stützte sich mit beiden Händen auf die Fensterbank, als wolle er sich für die nächste Enthüllung wappnen. »Der Vietnamkrieg und die Präsenz der amerikanischen Truppen dort bot eine höchst willkommene Gelegenheit, diese Politik fortzusetzen. Rotchina startete eine aufwendige Kampagne, um unsere Soldaten drogenabhängig zu machen. Überall, wo die Nordvietnamesen oder Vietcong abzogen, ließen sie Unmengen von Marihuana zurück. Außerdem wurden diverse harte Drogen leicht zugänglich gemacht, und nichts unversucht gelassen, um unsere Männer damit in Kontakt zu bringen. Im August 1970 mußte Admiral William Mack vor dem Kongreßausschuß zugeben, daß die Rauschgiftprobleme der amerikanischen Soldaten in Vietnam höchst besorgniserregende Ausmaße angenommen hatten.«

Lonigan hielt erneut inne und begann, langsam im Zimmer auf und ab zu gehen. »Wir alle kennen ja die abgedroschene Phrase von der ›kommunistischen Verschwörung‹, nur daß sie diesmal bittere Realität war. Und während die meisten Verschwörungen naturgemäß äußerst kostspielig sind, warf sie für die Drahtzieher auch noch phantastische Gewinne ab.«

Washburn veränderte seine Sitzhaltung.

»Sie sagten eben, Ihr Spezialgebiet seien Mordfälle«, meinte Duffy. »In diesem Fall handelt es sich auch um Mord, sogar um Massenmord. Langsamer Tod durch Vergiften. Heroin *ist* Gift, denn schon eine winzige Überdosis reicht, um einen Menschen zu töten.«

»Und wie kann ich Ihnen helfen?« fragte Tibbs.

In diesem Augenblick klingelte das Telefon auf Washburns Scheibtisch. Der Geschäftsfüher nahm ab und nickte Virgil zu. »Der Anruf ist für Sie«, sagte er.

Tibbs ging zum Schreibtisch und griff nach dem Hörer. Es war Bob McGowan. »Virgil«, sagte er, »ich rufe Sie persönlich an, weil außer mir niemand weiß, wo Sie sich gerade aufhalten. Wenn Sie mit Ihrer Unterredung fertig sind, kommen Sie bitte so schnell wie möglich zurück. Wir haben hier einen komplizierten Mordfall, für den Sie genau der richtige Mann sind.«

Kapitel 3

Yumeko war wie versteinert. Vor lauter Verzweiflung hielt sie die Augen fest geschlossen, um sich wenigstens ein bißchen vor der grausamen Außenwelt abzuschirmen. Sie hatte wegen ihrer Herkunft schon viel Leid erfahren, doch nichts hatte sie auf diesen Schicksalsschlag vorbereitet. Das einzige kurze Glück, das sie je kennengelernt hatte, war ihr Aufenthalt in Mr. Wangs Haus gewesen. Er war der erste Mensch gewesen, der sich ihr gegenüber gütig und freundlich gezeigt hatte. Jetzt war alles zu Ende, schlagartig und unwiderruflich, denn Mr. Wang war tot.

Jemand hatte ihn ermordet.

Angesichts dieser Katastrophe hätte sie ihrem Leben am liebsten ein Ende gesetzt. Es gab nichts mehr, auf das sie sich freuen konnte, nicht einmal die Hoffnung auf ein klein wenig Glück, wie es den meisten Menschen vergönnt ist – wenn auch nur vorübergehend. Doch da außer ihr niemand um Mr. Wang trauerte, mußte sie noch so lange warten, bis man ihm die letzte Ehre erwiesen und alles getan hatte, um sein Glück in der anderen Welt zu sichern. Danach konnte sie sich ihren sehnlichsten Wunsch erfüllen und ihm in diese andere Welt folgen.

Einer der Polizisten, die Yumeko angerufen hatte, nachdem sie die furchtbare Entdeckung gemacht hatte, kauerte neben ihrem Sessel. Nach kurzem Zögern legte er seine Hand auf die ihre. »Es tut mir so leid, Miss Wang«, sagte er.

Seine Worte schmerzten sie nur noch mehr, denn sie war ja nicht Mr. Wangs Tochter, doch sie wußte, daß er nur versuchte, sie zu trösten. Sie öffnete die Augen und dankte ihm mit einem Nicken für sein Mitgefühl.

»Ich fürchte, wir können Ihren Vater noch nicht wegbringen lassen. Wir erwarten jemanden, der uns bei den Ermittlungen hilft. Danach werden wir uns um alles Weitere kümmern.«

Yumeko rang mühsam um Fassung. »Danke.«

»Es wird sicher nicht lange dauern.«

Die junge Frau hatte jedes Zeitgefühl verloren. Allmählich begann eine angenehme Taubheit ihren Schmerz zu dämpfen und die grausame Realität erträglicher zu machen. Die geschlossenen Vorhänge vor dem großen Fenster schützten sie immer noch vor dem unbarmherzigen Sonnenlicht, das langsam schwächer wurde. Sie registrierte zwar, daß ein Fremder Mr. Wangs Haus betrat, doch alles, was vor kurzem noch so wichtig gewesen war, hatte inzwischen jede Bedeutung verloren. Erneut durchzuckte sie die schreckliche Gewißheit, daß Mr. Wang tot war und sie ihm nie wieder einen Besucher melden konnte.

Im hinteren Teil des Hauses ließ sich Virgil Tibbs von Barry Rothberg, einem der uniformierten Beamten, die als erste am Tatort eingetroffen waren, über alles informieren. »Der Anruf kam vor einer knappen Stunde. Anscheinend wohnten nur zwei Personen in dem Haus, das Opfer und seine Tochter. Sie hat die Leiche gefunden. Steht ziemlich unter Schock, würde ich sagen – bisher haben wir noch nicht versucht, sie zu vernehmen.«

»Gibt es sonst noch Zeugen?«

Rothberg schüttelte den Kopf. »Soweit ich weiß, nein. Chief McGowan hat ausdrücklich angeordnet, nichts anzurühren, bis Sie sich alles angesehen haben. Das bedeutet wohl, daß er Ihnen den Fall überträgt.«

»Sieht ganz so aus«, sagte Virgil. Dann betrat er den Raum, in dem der Tote auf dem Fußboden lag. Ruhig und äußerst konzentriert schaute er sich zunächst gründlich im Zimmer um und betrachtete die Glasvitrinen mit den kostbaren Kunstwerken, die schweren, zugezogenen Vorhänge, die kein Licht ins Zimmer ließen, und den dicken roten Teppich. Erst dann richtete er seine ganze Aufmerksamkeit auf den toten Mr. Wang, der inmitten seiner kostbarsten Schätze lag.

Bevor er sich der Leiche näherte, kniete Tibbs sich auf den Teppich und überprüfte mit der Handfläche die Beschaffenheit seiner Oberfläche. Vielleicht waren irgendwo Fußabdrücke zurückgeblieben. Doch er konnte keine finden, das Gewebe verriet nichts. Nachdem er dies festgestellt hatte, trat er ein paar Schritte näher und ließ die groteske Szene auf sich wirken.

Mr. Wang lag auf dem Rücken, die Arme neben dem Körper ausgestreckt, als habe er diese Position freiwillig eingenommen. Sein Gesicht wirkte ausdruckslos, beinahe friedlich, selbst sein starrer Blick schien auf einen Punkt gerichtet zu sein, den er selbst gewählt hatte. Mitten im Zimmer stand ein solider kleiner Tisch mit einer schwarzen Samtdecke, auf deren Mitte der dünne Lichtstrahl eines winzigen Deckenspots fiel. Der Tote lag in der rechten Zimmerhälfte, zwischen dem Tisch und den Vitrinen, in einem 30°-Winkel zur Wand. Zwei Glasschränke standen offen, schienen jedoch nicht gewaltsam geöffnet worden zu sein. Die meisten Schnitzereien befanden sich noch an ihrem Platz. Vier Figuren waren herausgenommen worden und bildeten eine Art Halbkreis um den Kopf ihres toten Besitzers. Ein weiteres Jadeobjekt war ebenfalls aus der Vitrine entfernt worden – das Ya-Chang-Ritualmesser ragte obszön und mit tödlicher Endgültigkeit links aus Mr. Wangs Brustkorb.

Virgil blieb eine Weile regungslos stehen, prägte sich alles genau ein und massierte nachdenklich sein Kinn mit der rechten Hand. Schließlich beugte er sich über den Toten und betrachtete ihn eingehend. Detective Agent Floyd Sanderson stand während der ganzen Zeit schweigend hinter ihm und wartete geduldig. Er hatte Virgil schon öfter bei der Arbeit zugesehen und wußte, daß man ihn auf keinen Fall stören durfte.

»Was hat der Arzt gesagt?« erkundigte sich Tibbs.

»Nicht viel. Er hat nur den Tod festgestellt. Seiner Meinung nach ist der Mann vor etwa vier bis fünf Stunden gestorben.«

Virgil ergriff die schlaffe Hand des Toten und winkelte den Arm leicht an. Ohne aufzuschauen stellte er eine weitere Frage. »War die Klimaanlage an?«

»Das weiß ich leider nicht, Virg«, antwortete Sanderson. »Vielleicht kann das Mädchen uns weiterhelfen. Ich persönlich tippe eher auf nein.«

Tibbs nickte. »Würde ich auch sagen, es ist ziemlich warm hier.«

Er fuhr mit der Untersuchung der Leiche fort und kniete sich neben den Toten auf den Boden, um besser sehen zu können, achtete jedoch darauf, die Lage der Jaden auf dem Teppich nicht zu verändern. »Sind schon Fotos gemacht worden?« erkundigte er sich.

»Ja. Schwarzweiß und in Farbe. Nur um die Fingerabdrücke haben wir uns noch nicht gekümmert, aber der Mann von der Spurensicherung müßte jeden Moment hier sein.«

»Gut. Er wird eine Menge zu tun haben. Falls die Steine rein zufällig ausgewählt wurden, hat der Täter vielleicht noch mehr angefaßt. Können Sie sich erklären, warum die Figuren ausgerechnet auf diese Weise angeordnet wurden?«

Sanderson schüttelte den Kopf. »Keine Ahnung. Ich habe sowas noch nie im Leben gesehen.«

»Ich auch nicht. Höchstens im zweiten Akt von *Tosca*. Ich habe den Verdacht, daß sehr viel mehr dahintersteckt, als man auf den ersten Blick vermutet. Obwohl hier einiges nicht zusammenpaßt.«

»Wie meinen Sie das?«

Tibbs stand wieder auf. »Kann ich noch nicht sagen. Dazu brauche ich noch etwas mehr Zeit.«

Kurz darauf traf der Mann von der Spurensicherung ein. »Sie sind nicht zu beneiden«, meinte Virgil und sah sich vielsagend im Zimmer um. »In den Vitrinen stehen bestimmt an die hundertfünfzig Schnitzereien.«

Der Spurenexperte stellte den Koffer mit seinem Arbeitsmaterial auf den kleinen Tisch. »Soll ich die etwa alle untersuchen, Virg?« fragte er.

Tibbs überlegte. »Nein, nur die Steine in den geöffneten Vitrinen. Um die anderen brauchen Sie sich vorläufig nicht zu kümmern. Die können wir uns notfalls später immer noch ansehen.«

»Gute Idee.« Der Mann öffnete seinen Koffer und machte sich an die Arbeit. Er legte einige Kamelhaarpinsel, diverse Fläschchen mit unterschiedlichen schwarzen Pulvern und mehrere Rollen breites transparentes Klebeband bereit.

Da es hier momentan für ihn nichts mehr zu tun gab, wandte sich Virgil wieder an Sanderson. »Sie haben da eben von einem Mädchen gesprochen«, sagte er.

Der Sergeant machte eine Handbewegung zur Tür. »Seine Tochter, glaube ich. Sie sitzt vorn im Wohnzimmer. Einer der Männer hat versucht, mit ihr zu reden, aber sie war sehr zugeknöpft.«

Virgil nickte. »Mal sehen, ob ich mehr Glück habe. Würden Sie sich wohl solange um alles kümmern?« Er verließ den Raum und ging ins Eßzimmer. Es war äußerst geschmackvoll im asiatischen

Stil eingerichtet, doch die Möbel waren bewußt schlicht gehalten, so daß das Teakholz ideal zur Geltung kam. Tibbs fuhr mit der Hand über einen der Stühle und fand sein Urteil von der hervorragenden handwerklichen Qualität der Möbel bestätigt. Mr. Wang hatte demnach nicht sein ganzes Vermögen dafür verwendet, seine Jadesammlung aufzubauen und zu erweitern. Alles deutete darauf hin, daß er ein wohlhabender Mann mit einem erlesenen Geschmack für die angenehmen Seiten des Lebens gewesen war.

Obwohl man die Vorhänge in diesem Zimmer inzwischen teilweise aufgezogen hatte, ließen Gewicht und Struktur des Stoffes auch hier darauf schließen, daß der Hausherr ein ausgeprägtes Bedürfnis nach Ungestörtheit besessen hatte. Da in diesem Teil Pasadenas nur wenige Chinesen lebten, konnte es durchaus sein, daß Mr. Wang versucht hatte, sich möglichst unauffällig zu verhalten. Unter dem Fenster stand ein Aquarium, in dem farbenprächtige exotische Fische träge umherschwammen. Der ganze Raum strahlte eine ungeheure Ruhe aus, ein idealer Ort, um bei einem angeregten und vielleicht sogar geistreichen Gespräch eine Mahlzeit einzunehmen. Virgil Tibbs bedauerte zutiefst, daß er nie in den Genuß gekommen war, einmal mit Mr. Wang zu dinieren. Es wäre sicher ein unvergeßliches Erlebnis gewesen.

Er verwarf den Gedanken wieder, schritt geräuschlos über den kostbaren Teppich und betrat das Wohnzimmer.

Als die junge Frau im Sessel hochschaute, sah er den Schmerz und die Trauer in ihren Augen. Sekunden später veränderte sich ihr Ausdruck jedoch, und er glaubte eine gewisse Härte, wenn nicht sogar Feindseligkeit zu erkennen, Empfindungen, die wahrscheinlich nicht gegen ihn als Person gerichtet waren, sondern eher gegen das, was er repräsentierte und darstellte. Erst als er die junge Frau näher betrachtete, begriff er, was sich in ihrem Inneren abspielte. Ihm war sofort klar, daß sie unmöglich Mr. Wangs Tochter sein konnte.

Ohne auf ihre Aufforderung zu warten, setzte er sich in einen Sessel, der nahe genug stand, um bequem mit der jungen Frau zu sprechen, und doch weit genug entfernt, um Respekt vor ihrer Trauer und ihrer Privatsphäre zu zeigen. Als er das Wort an sie richtete, klang seine Stimme ruhig, freundlich und mitfühlend. »Es tut mir sehr leid, daß ich Sie in Ihrem Schmerz belästigen muß.«

Die junge Frau brauchte einige Sekunden, bis sie auf seine Worte reagierte, doch Tibbs hatte Verständnis für ihre schwierige Lage und wartete geduldig. »Ist schon gut«, sagte sie schließlich leise.

Virgil beobachtete sie unauffällig. »Ich weiß, daß Mr. Wang Ihnen sehr nahe gestanden hat. Würden Sie so freundlich sein und mir Ihren Namen sagen?«

Das junge Mädchen strich sich eine schwarze Haarsträhne aus dem Gesicht. »Ich heiße Yumeko Nagashima.« Es blieb als bloße Feststellung im Raum stehen.

»Dann sind Sie Japanerin?«

Sie schaute ihn eine Zeitlang unverwandt, beinahe vorwurfsvoll an. »Sie sehen doch, was ich bin«, sagte sie dann. »Sie haben Augen und sollten wissen. Ich bin *ainoko*.«

Tibbs hatte das Wort zwar noch nie gehört, war sich jedoch ziemlich sicher, die Bedeutung erraten zu haben. »Sind Sie in Japan geboren?«

»Ja.«

»Wann?«

Sie beantwortete seine Frage rein mechanisch. »Vor sechsundzwanzig Jahren.«

»Sind Sie verheiratet?«

»Nein.«

»Darf ich Sie Yumeko nennen?«

»Wenn Sie möchten.«

»Wo haben Sie Englisch gelernt, Yumeko?«

»In der Schule. In Japan.«

»Ihr Englisch ist hervorragend. Mein Japanisch besteht leider nur aus ein paar Wörtern.«

»Es ist auch nicht notwendig, daß Sie lernen Japanisch.« Es lag ein leiser Unterton von Verachtung in ihrer Stimme, kaum merkbar zwar, doch er war Virgil nicht entgangen und bewog ihn zu seiner nächsten Frage.

»Sind Sie Lehrerin?«

»Nein.«

Er gab sich bewußt entspannt und versuchte es mit einer anderen Taktik. »Mein *karate sensei* meint immer, ich sollte unbedingt Japanisch lernen.«

»Sie sind *karateka*?« Endlich war es ihm gelungen, ihr Interesse zu wecken und sie ein wenig aus der Reserve zu locken.

»*Shodan desu*«, sagte er. Damit waren seine Japanischkenntnisse allerdings schon so gut wie erschöpft.

Yumekos Augen wurden größer, und ihr Blick wirkte nicht mehr ganz so düster. »Sie sind Schwarzgürtel?«

»Ja.«

»Und Sie haben Bestätigung aus Japan?«

»Ja.«

Sie schaute ihr Gegenüber prüfend an und versuchte, die neue Entdeckung mit dem Bild, das sie sich bereits gemacht hatte, in Einklang zu bringen. »Aber Sie sind doch Polizeibeamter?« fragte sie schließlich. Es war eine rhetorische Frage, die ihm die Möglichkeit zu einer Gegenfrage gab.

»Richtig. Yumeko, was bedeutete *ainoko*?«

Sie senkte den Kopf und starrte auf ihre gefalteten Hände. »Übersetzt heißt es ›Kind der Liebe‹. Meine Mutter und mein Vater waren nicht verheiratet. Er war amerikanischer Soldat.« Sie hob den Kopf und schaute ihm direkt in die Augen. »Ich kenne nicht seinen Namen, meine Mutter hat ihn mir nie gesagt. Aber er war schwarz – wie Sie.«

Tibbs schaute sie an und las in ihrem Gesicht die Geschichte ihrer Herkunft. Ihre Augen waren eindeutig orientalisch geschnitten, doch ihre Nase war für eine Asiatin ein wenig zu flach, und ihr Teint ungewöhnlich dunkel. Schlagartig wurde ihm bewußt, was sie bisher hatte erdulden müssen. Er selbst gehörte immerhin einer bestimmten ethnischen Gruppe an. Damals in den Südstaaten war er zwar von den Weißen verachtet worden, doch dafür hatte er in seiner eigenen Gemeinde Freundschaft und Verständnis gefunden. Diese junge Frau dagegen wurde nicht nur von den Japanern, sondern mit Sicherheit auch von Schwarzen als Außenseiterin behandelt. Einerseits war sie Japanerin, andererseits aber auch nicht, sie war dunkelhäutig, und doch war sie keine Schwarze. Nur in Ländern wie Jamaika, Brasilien und möglicherweise Hawaii gab es vielleicht Menschen, die sie verstehen und um ihrer selbst willen akzeptieren würden, statt sie wegen ihrer gemischtrassigen Herkunft abzulehnen.

Yumeko begann wieder zu sprechen, und ihre Stimme klang beinahe so, als würde sie beichten. »Meine Mutter war eine sehr schöne Frau. Sie war verheiratet und hatte zwei Söhne – meine Halbbrüder. Dann kam Krieg, und ihr Mann wurde getötet. Als Krieg vorbei war und die GIs kamen, hatten sie nichts zu essen. Sie konnte keine Arbeit finden, denn sie war nur Hausfrau, nicht Geschäftsfrau. Aber sie war sehr schön, deshalb wollten viele Amerikaner mit ihr zusammen sein. Sie hat es getan, damit meine Brüder hatten zu essen und ein Dach über dem Kopf. Als ich geboren wurde, war mein Vater schon fort. Er hat nicht gewußt.«

»Lebt Ihre Mutter immer noch in Japan?«

Yumeko schüttelte heftig den Kopf. Virgil erriet, was sie verschwieg, und lenkte das Gespräch auf ein anderes Thema. »Dann war Mr. Wang also Ihr Wohltäter?« fragte er.

Die junge Frau schluckte schwer, zwang sich jedoch zu einer Antwort. »Er war mein Leben«, sagte sie einfach. »Für kurze Zeit er hat mir großes Glück geschenkt. Ich würde alles für ihn tun – wirklich alles.«

Tibbs verstand den Satz genau so, wie sie ihn gemeint hatte. »Hat er Sie in die USA geholt?«

Yumeko nickte. »Als er in Japan war, durfte ich für ihn arbeiten. Er brauchte einen Dolmetscher und war so freundlich, mich zu akzeptieren. Als er herausgefunden hat – wie ich dort lebte – hat er mir angeboten, herzukommen und ihm zu führen den Haushalt. Ohne weitere Verpflichtungen, wie man hier sagt. In den Monaten, die ich bei ihm war, ich habe zum ersten Mal gefühlt, was Glück ist.« Sie schwieg und begann unvermittelt lautlos zu weinen.

Virgil wartete, bis sie sich wieder einigermaßen gefangen hatte, und reichte ihr ein sauberes Taschentuch. Sie nahm es dankbar an und wischte sich die Tränen ab. Es war schon mehrfach vorgekommen, daß Menschen seine Hilfe abgelehnt hatten. »Haben Sie sonst noch Freunde hier?« erkundigte er sich.

Yumeko antwortete mit einem Kopfschütteln.

»Ich könnte dafür sorgen, daß sich jemand um Sie kümmert.«

Wieder schüttelte sie den Kopf. »Ich werde sorgen für mich selbst«, sagte sie.

»Bringen Sie es über sich, weiter hier im Haus zu wohnen?«

»Ja.«

»In diesem Fall würde ich Sie bitten, so lange hierzubleiben, bis wir ein wenig mehr herausgefunden haben. Wahrscheinlich werden wir später Ihre Hilfe benötigen.« Er hatte sich seine Worte genau überlegt, denn er wollte ihr das Gefühl geben, daß sie gebraucht wurde, sozusagen als eine Art moralische Unterstützung. Wenn der erste Schock vorüber war, würde sie vielleicht vollkommen zusammenbrechen.

»Bevor ich gehe, Yumeko, möchte ich Sie bitten, mir noch ein paar Fragen zu beantworten.«

Sie nickte.

»Ich vermute, daß Mr. Wang ein recht wohlhabender Mann war.«

»Das weiß ich nicht.«

»Lassen Sie es mich anders formulieren: Ist Mr. Wang irgendwelchen Geschäften nachgegangen, von denen Sie wußten?«

»Ja«, sagte sie. »Er hat Jade verkauft.«

Das ließ den Fall schlagartig in einem anderen Licht erscheinen. »Dann gehören die Schnitzereien, die ich in den Vitrinen gesehen habe, gar nicht zu seiner persönlichen Sammlung, sondern sind eine Art Lager, ist das richtig?«

Yumeko riß sich zusammen und versuchte, sich etwas aufrechter zu halten. »Mr. Wang hat Jade verkauft, und er hat Besucher empfangen, die Jade kaufen wollten. Aber nicht alle Stücke stehen zum Verkauf. Einige er hat verkauft, andere waren sein Eigentum – seine Schätze. Manchmal sind Leute gekommen, um sich alles nur anzusehen. Er hat es erlaubt, wenn er die Leute kannte.«

»Dann war Mr. Wang sozusagen ein Jadespezialist?«

»Ja. Mr. Wang war sehr klug. Und sehr ehrlich. Wenn er Schnitzereien erhalten hat, die nicht echt waren, er hat sie nicht verkauft. Als einmal ein Mann ein Stück unbedingt haben wollte, hat Mr. Wang gesagt, er verkauft nur echte Jade, und es ihm geschenkt. Obwohl der Mann sehr reich war.«

»Wann war das, Yumeko?«

»Gestern.«

Tibbs griff nach seinem Notizbuch. »Erinnern Sie sich noch an den Namen des Mannes?« fragte er.

Sie nickte noch einmal. »Ja, ich erinnere mich. Er war Mr. Donald Washburn.«

Kapitel 4

Don Washburn öffnete persönlich die Tür seiner eindrucksvollen Villa und bat Virgil Tibbs einzutreten. Falls er auf irgendeine Weise über den unerwarteten Besuch am frühen Abend verärgert war, ließ er es sich jedenfalls nicht anmerken. Doch seine Begrüßung war auch nicht übertrieben freundlich, er verhielt sich einfach völlig natürlich. Er führte seinen Besucher durch ein geräumiges, mit teuren Möbeln ausgestattetes Wohnzimmer in einen Wintergarten auf der Rückseite des Hauses. Dort forderte er Virgil mit einer einladenden Handbewegung auf, in einem der bequemen Sessel Platz zu nehmen, während er selbst hinter die hübsche kleine Hausbar trat. »Was würden Sie gern trinken?« fragte er.

»Haben Sie zufällig Cherry Heering?«

»Selbstverständlich. On the rocks oder straight?«

»On the rocks.«

Washburn nickte. »Gute Wahl.« Er goß Kirschlikör in zwei erlesene Gläser und reichte eines davon seinem Gast. Dann ließ er sich in einen Sessel sinken und schaute ihn freundlich an, als würden sie einander schon lange kennen. »Was kann ich für Sie tun?« erkundigte er sich.

Virgil nippte bedächtig an seinem Drink und überlegte sich genau, wie er sein Anliegen am besten formulieren sollte. »Mr. Washburn, wie gut haben Sie Mr. Wang Fu-sen gekannt?«

Sein Gastgeber reagierte sofort. »Wieso gekannt? Ich verstehe nicht ganz, warum Sie die Vergangenheitsform wählen.«

»Es tut mir sehr leid, daß ich Ihnen die Nachricht überbringen muß«, sagte Tibbs, »aber Mr. Wang ist tot. Er ist heute nachmittag gestorben.«

»Eines natürlichen Todes?« Washburn besaß zweifellos einen scharfen Verstand.

»Nein, er wurde ermordet.«

»O Gott!«

Virgil verhielt sich ruhig und ließ Washburn Zeit. Die Nachricht schien dem kräftigen, gutaussehenden, blonden Mann ziemlich nahezugehen. Nach einer Weile hatte sich der Mann wieder einigermaßen gefangen. »Haben Sie schon etwas herausgefunden?«

»Nicht sehr viel. Er wurde umgebracht, anscheinend ohne große Gegenwehr. Er lag tot in seinem Jadezimmer. Verstehen Sie mich bitte nicht falsch, aber Sie gehören wahrscheinlich zu den Personen, die ihn als letzte lebend gesehen haben.«

Washburn nickte langsam. »Wir waren gestern noch miteinander verabredet«, bestätigte er. »Ich habe ihn zu Hause besucht. Es war zwar im Grunde nur ein geschäftliches Treffen, aber wir kannten uns seit vielen Jahren. Unsere Beziehung war sehr freundschaftlich. Damit wäre übrigens auch Ihre erste Frage beantwortet.« Er hielt inne und trank einen Schluck.

»Sammeln Sie auch Jade, Mr. Washburn?«

Sein Gastgeber beantwortete die Frage ruhig und bedächtig. »Ja, wenn auch nur in bescheidenem Umfang. Ich interessiere mich für Jade und Jadeschnitzerei, aber ich bin alles andere als ein Experte. Jade ist eine äußerst komplexe Kultur ganz eigener Art, Mr. Tibbs, und meines Wissens eines der faszinierendsten Gebiete überhaupt.«

»Würden Sie Mr. Wang als Experten bezeichnen?«

»Auf jeden Fall, daran besteht gar kein Zweifel. Und ich möchte hinzufügen, daß er einer der ehrlichsten Menschen ist, ich meine, war, die man sich überhaupt vorstellen kann. Das können Sie mir glauben.«

»Ich nehme an, Sie gehörten zu seinem Kundenkreis?«

Washburn nickte erneut. »Ja, schätzungsweise siebzig Prozent meiner Jaden stammen von ihm. Meine Sammlung ist allerdings ziemlich klein. Mr. Wang hat mir ausdrücklich geraten, nur einige wenige, dafür aber hochwertige Stücke zu kaufen. Sie sind eine weitaus bessere Geldanlage, und ihr Wert steigt schneller. Wirklich hervorragende Arbeiten werden heute ohnehin kaum noch angefertigt.«

»Und woher stammen die übrigen dreißig Prozent?«

»Aus verschiedenen Quellen. Beispielsweise von Gumps in San Francisco. Ein oder zwei Stücke habe ich auch in Taipeh gekauft – man kann dort sehr schöne Jaden finden, man muß nur wissen, wo. Nicht das übliche Zeug für Touristen, sondern *chen yu* – echte Jade.«

»Dann gibt es also auch Imitate?«

Washburn machte eine abfällige Handbewegung. »Wie Sand am Meer. Das meiste davon wird den Leuten natürlich als echt angedreht. Unter den verschiedensten Namen – als neue Jade, Soo Chow Jade, weiche Jade – alles unechtes Zeug.«

»Ich glaube, Sie stellen Ihr Licht unter den Scheffel«, sagte Tibbs. »Sie scheinen sich sehr gut auszukennen.«

»Das mag oberflächlich vielleicht so scheinen, aber glauben Sie mir, die wirklichen Experten wie Mr. Wang oder Goh Keng Tong sind mir haushoch überlegen.«

Tibbs lehnte sich zurück. »Heute nachmittag«, sagte er, »hatte ich das Vergnügen, Sie unter völlig anderen Umständen kennenzulernen. Doch jetzt leite ich die Ermittlungen in einem Mordfall und versuche, den Tod von Mr. Wang aufzuklären. Höchstwahrscheinlich werde ich mich mit dem Drogenproblem, über das wir uns unterhalten haben, wohl erst beschäftigen können, wenn dieser Fall abgeschlossen ist. Als Ermittler bin ich leider gezwungen, Ihnen noch einige Fragen zu stellen.«

»Selbstverständlich. Meinen Sie, ich sollte meinen Anwalt herbitten?«

Virgil trank sein Glas aus und beantwortete die Frage, während ihm der Hausherr einen neuen Drink holte. »Wenn es Ihnen angenehmer ist, auf jeden Fall. Im Augenblick bin ich allerdings lediglich an einigen Hintergrundinformationen interessiert, die mit Ihnen persönlich nichts zu tun haben.«

Washburn kam mit den gefüllten Gläsern zurück und setzte sich wieder. »Da bin ich aber erleichtert. In diesem Fall kann ich Ihnen sicher helfen. Ich habe übrigens schon viel von Ihnen gehört.«

Tibbs verstand ihn zwar genau, beschloß jedoch, nicht näher darauf einzugehen. »Sie sind der Leiter des Unternehmens, das ich heute nachmittag besucht habe?«

»Ja, die Firma heißt Washburn Associates. Der Name ist absichtlich etwas vage.«

»Arbeiten Sie außer in der Kraftstofforschung noch an anderen Projekten?«

»Ja, aber diese Informationen sind streng vertraulich. Bevor ich mit Ihnen darüber sprechen kann, müssen wir uns zuerst mit den zuständigen Leuten in Verbindung setzen. Wenn sie mir grünes Licht geben, werde ich Sie gern über alles informieren.«

»Das wird wahrscheinlich gar nicht nötig sein. Mir geht es im Grunde nur um eine einzige Frage, die Sie mir vielleicht auch so beantworten können«, sagte Virgil. »Hat Ihre Arbeit im weitesten Sinne mit gefährlichen Drogen zu tun – ich meine, Drogen, die gefährlich sind, wenn man sie ohne medizinische Indikation nimmt?«

Washburn legte den Kopf in den Nacken und dachte eine Weile nach. »Ich werde Ihre Frage beantworten, Mr. Tibbs. Schließlich haben wir Ihnen gegenüber schon einiges angedeutet, außerdem werden wir Sie früher oder später ohnehin einweihen müssen. Bitte behandeln Sie diese Information streng vertraulich. Wir arbeiten eng mit der Abteilung für Rauschgiftbekämpfung zusammen. Wir führen chemische Versuche durch. Auf die Gründe möchte ich an dieser Stelle nicht näher eingehen.«

»Erklärt dies auch, warum ich Lonigan und Duffy in Ihrer Firma getroffen habe und nicht in ihren eigenen Büros?«

Washburn schien die Frage nicht sonderlich zu behagen, doch er beantwortete sie trotzdem. »In gewisser Weise, ja. Vielleicht sollte ich besser noch etwas hinzufügen. Meine Arbeit bedeutet mir auch persönlich sehr viel. Lassen Sie es mich folgendermaßen ausdrükken: Ich interessiere mich sehr für das Schicksal junger Menschen.«

Tibbs ließ sich die Worte genau durch den Kopf gehen, bevor er seinem Gegenüber eine weitere Frage stellte. »Mr. Washburn, haben Sie zufälligerweise vier Kinder?«

Der Hausherr schaute ihn überrascht an. »Dann wissen Sie es also schon?«

Virgil schüttelte den Kopf. »Es war lediglich eine Vermutung, sonst nichts. Mir ist das Familienfoto in Ihrem Büro aufgefallen. Auf dem Bild war Ihre Frau mit drei kleinen Kindern zu sehen, aber ich dachte mir, daß Sie vielleicht auch noch ein Kind im Teenageralter haben könnten.«

Don Washburn zögerte keinen Augenblick. »Sie haben recht, Mr. Tibbs. Ich habe tatsächlich noch einen siebzehnjährigen Sohn.

Natürlich lieben wir alle unsere Kinder, aber Robin war immer ein Sorgenkind und hat besonders viel Zuneigung gebraucht. Er wurde mit einem Klumpfuß geboren, der Gott sei Dank erfolgreich korrigiert werden konnte – heute ist davon nichts mehr zu sehen. Aber als er fünfzehn war, Mr. Tibbs – fünfzehn, stellen Sie sich das vor! – hat ihn irgendein verdammter Drogendealer ein feines weißes Pulver schnupfen lassen, ohne daß der Junge wußte, um was es sich handelte.«

»Heroin?«

Washburns Stimme klang grimmig. »Sehr richtig. Ich hatte keine Ahnung von der Sache, aber als sich der Junge im Sommer plötzlich hartnäckig weigerte, den Pool zu benutzen, bin ich stutzig geworden. Bis dahin war er eine richtige Wasserratte, er konnte es kaum abwarten, bis es endlich wieder warm zum Schwimmen war. Ich erspare Ihnen die Einzelheiten – wir fanden den Grund ziemlich schnell heraus. Er hatte Angst, daß wir seine Unterarme sehen könnten. Ich habe ihn sofort zu unserem Hausarzt gebracht. Der hat den Fall ordnungsgemäß gemeldet, und kurze Zeit später haben sich die Leute vom Rauschgiftdezernat mit mir in Verbindung gesetzt. Schließlich lernte ich Mr. Duffy kennen, und nachdem man mich eingehend überprüft hatte, gab man mir die Möglichkeit zum Gegenschlag.«

»Verstehe«, sagte Virgil. »Ich kann mir sehr gut vorstellen, wie Ihnen zumute war. Wo ist Ihr Sohn jetzt?«

»In Kentucky.«

»Lexington?«

»Richtig.«

Tibbs erhob sich. »Noch eine allerletzte Frage. Kennen Sie zufällig irgendeinen von Mr. Wangs anderen Freunden oder Bekannten? Oder wissen Sie vielleicht, ob er Feinde hatte?«

»Er war mit einem gewissen Johnny Wu aus Chinatown befreundet. Ich kenne den Mann zwar nicht persönlich, aber angeblich ist er ebenfalls Jadehändler. Ein völlig anderer Typ Mensch, aber das soll nicht bedeuten, daß er weniger aufrichtig ist.«

»Und was wissen Sie über die junge Frau, die in Mr. Wangs Haus lebt?«

»So gut wie gar nichts. Wir wurden einander vorgestellt, und ich fand sie sehr sympathisch, aber mehr kann ich Ihnen leider auch nicht sagen. Ich hatte den Eindruck, daß Mr. Wang eine Art Wohltäter für sie war, aber Einzelheiten sind mir nicht bekannt. Aber ich kann mir beim besten Willen nicht vorstellen, daß zwischen den beiden irgend etwas war, wenn Sie wissen, was ich meine. Das hätte absolut nicht zu Mr. Wang gepaßt. Er hätte nie im Leben die Situation eines alleinstehenden jungen Mädchens ausgenutzt.«

»Vielen Dank für Ihre Hilfe, Mr. Washburn.«

Fünf Minuten später stand Virgil wieder draußen auf der Straße und schaute empor in den sternklaren Himmel, als könne er dort lesen, was als nächstes zu tun war. Dann stieg er in seinen Wagen und warf einen Blick auf seine Armbanduhr. Die Versuchung, endlich nach Hause zu fahren, war sehr groß. Immerhin hatte er einen langen, anstrengenden Tag hinter sich, und das Kreuzverhör im Gericht am frühen Morgen war alles andere als ein leichter Start gewesen. Doch das Chinatown von Los Angeles erwachte erst am späten Nachmittag zum Leben, und wenn er Johnny Wu besuchen wollte, war der Zeitpunkt jetzt genau richtig.

Er ließ den Motor an und fuhr in Richtung Pasadena Freeway. Es war zwar eine alte und kurvenreiche Straße, aber sie führte mitten ins Herz der Stadt, obwohl er soweit gar nicht zu fahren brauchte, denn Chinatown lag in unmittelbarer Nähe des Super Highways knapp zwei Meilen vor dem mehrstöckigen Autobahnkreuz.

Er kurbelte das Fenster herunter, um in den Genuß des leichten Luftzuges zu kommen, der sich erst ab der erlaubten Höchstgeschwindigkeit von 55 Meilen pro Stunde einstellte. Sein Wagen war nicht als Polizeifahrzeug gekennzeichnet und nur mit der sogenannten 4–70-Standardklimaanlage ausgestattet, die nur dann funktionierte, wenn man alle vier Fenster herunterdrehte und mit einer Geschwindigkeit von 70 Meilen fuhr. Er mußte wieder an die stumme Gestalt denken, die auf dem Fußboden des Jadezimmers lag, ein uraltes Steinmesser im Herzen. Und an die vier Figuren, die wie unheimliche Totenwächter neben seinem Kopf gestanden hatten. Er versuchte, sich genau an die fünf Schnitzereien zu erinnern, während ihm unzählige Fragen durch den Kopf schossen.

Er war so sehr in seine Gedanken vertieft, daß er beinahe die Abfahrt verpaßt hätte. Er konnte die Autobahn nur noch rechtzeitig verlassen, indem er bewußt gegen die Verkehrsregeln verstieß und rasch auf die andere Spur wechselte, und war dankbar, daß ihn niemand von der Highway Patrol gesehen hatte. Erleichtert, daß ihm die Peinlichkeit einer Erklärung erspart geblieben war, lenkte er den Wagen durch die schmalen, unebenen Straßen im Norden der Stadt, bis er schließlich den North Broadway erreichte. Drei Minuten später war er an seinem Ziel angekommen und fuhr auf den Parkplatz genau gegenüber dem Eingang von New Chinatown. Das verzierte Eingangstor, das an eine Pagode erinnerte, war von den ansässigen Händlern und Restaurantbesitzern gestiftet worden und hatte sich inzwischen mehr als bezahlt gemacht. Er lenkte den unauffälligen braunen Wagen in eine Parklücke, verschloß ihn sorgfältig und streckte die Hand aus, um sich von dem jungen mexikanischen Parkwächter einen Parkschein geben zu lassen. Doch der Mann schüttelte nur wortlos den Kopf und bedeutete ihm, daß er nicht zu bezahlen brauchte.

Tibbs konnte sich zwar nicht erklären, wie der junge Mann seinen Wagen erkannt hatte, war jedoch nicht in der richtigen Stimmung, um der Sache auf den Grund zu gehen. Er überquerte die Straße, ging an dem Denkmal von Sun Yat-sen vorbei, das auf dem gleichnamigen Square einen Ehrenplatz einnahm, und befand sich bereits inmitten von überfüllten Restaurants, Souvenirgeschäften und Kramläden, in denen man einfach alles erstehen konnte, vom schlimmsten Kitsch bis hin zu einigen wenigen Kostbarkeiten. Virgil ging auf gut Glück in eines der Geschäfte und wandte sich an die stämmige kleine Chinesin hinter der Ladentheke. »Wo kann ich Johnny Wu finden?« erkundigte er sich.

Die Frau musterte ihn mit einem durchdringenden Blick, dem nichts zu entgehen schien. »Werden Sie erwartet?« fragte sie.

Tibbs schüttelte den Kopf. »Ich bin Polizeibeamter«, sagte er. »Ich würde gern mit ihm reden.«

»Vielleicht ist er im *General Lee*.«

»Vielen Dank.«

Er brauchte nicht weit zu gehen. Das Restaurant, eines der größten und beliebtesten von Chinatown, lag nur einige Häuser weiter. Am Eingang wurde er von einer attraktiven schlanken Chinesin in einem grünen Gewand begrüßt. »Guten Abend, Sir. Wünschen Sie einen Einzeltisch?«

Virgil schenkte ihr ein strahlendes Lächeln. »Ich suche nach Mr. Johnny Wu. Ist er zufällig hier?«

Die junge Frau schaute ihn aufmerksam an. »Wenn Sie bitte einen Moment warten würden, Sir«, sagte sie.

»Vielen Dank. Richten Sie ihm bitte aus, Mr. Tibbs würde ihn gern sprechen.«

Während er wartete, beobachtete er aufmerksam das Treiben an der Bar, die sich in nichts von Tausenden anderen Bars unterschied. Irgendwie sahen sie alle gleich aus, dachte er, egal wo man war. Diese hier gehörte zwar zu einem chinesischen Restaurant, doch die Drinks, die am Tresen serviert wurden, waren die gleichen wie in den unzähligen anderen Etablissements dieser Art. Er überlegte gerade, ob die Trinkgewohnheiten eines Menschen wohl Rückschlüsse auf seinen Charakter zuließen, als die Frau zurückkam. »Wenn Sie mir bitte folgen würden, Mr. Tibbs?« Sie formulierte ihre Aufforderung wie eine höfliche Frage, drehte sich um und führte ihn eine Treppe hinauf, die direkt an der rechten Wand verlief.

Im ersten Stock befand sich ein großer Saal, der so geschickt in einzelne Bereiche unterteilt war, daß man den Eindruck hatte, ganz für sich allein zu sitzen. Als Virgil sich umsah, wurde ihm wieder einmal bewußt, wie sehr sich die Zeiten zum Besseren gewandelt hatten. Er konnte sich noch gut an die Zeit erinnern, als chinesische Restaurants nur von Weißen aufgesucht wurden, die dort ihr Chop Suey essen und die exotische Atmosphäre genießen wollten. Damals hatten sich die meisten Gaststätten mit der Dekoration wenig Mühe gegeben und ihre Gäste vor allem mit billigen Gerichten angelockt. Im *General Lee* war davon nicht das geringste zu spüren. Trotz der späten Stunde war es fast bis auf den letzten Platz mit den unterschiedlichsten Gästen gefüllt. Asiaten und Weiße saßen zusammen oder für sich, aßen und tranken und unterschieden sich nur durch minimale Differenzen in ihren Gesichtszügen voneinander. Als er schließlich sogar ein schwarzes Pärchen entdeckte, das sich sichtlich wohl fühlte, freute er sich, daß es den Menschen endlich gelungen war, die alten Vorurteile und Denkweisen über Bord zu werfen.

Die anmutige schöne Chinesin führte ihn zu einer kleinen Nische mit einem Tisch, der normalerweise wohl für vier Personen vorgesehen war. Momentan saß allerdings nur ein einzelner Mann dort. Sie nickte Tibbs kaum merklich zu, schaute ihn sekundenlang prüfend an und verschwand wieder.

»Setzen Sie sich, Mr. Tibbs«, sagte der Mann. »Sie sehen aus, als könnten Sie einen Drink gebrauchen.«

Johnny Wu sah völlig anders aus als der zierliche Mr. Wang. Er war mittelgroß, ein wenig rundlich, und schätzungsweise Anfang Vierzig. Nur sein Gesicht verriet seine chinesische Abstammung. Er stand auf, um Tibbs die Hand zu schütteln, setzte sich wieder und winkte nach einem Kellner, ohne auf Tibbs Antwort zu warten. Sofort war ein Kellner zur Stelle. »Womit kann ich Ihnen eine Freude machen?« erkundigte sich Johnny Wu freundlich.

»Was trinken Sie denn?«

Der Kellner verstand und verschwand. Als Tibbs sich gesetzt hatte, ergriff Wu die Initiative. »Ich nehme an, Sie wollen mit mir über Wang Fu-sen sprechen. Ich hoffe inständig, daß Sie den Menschen finden, der ihn umgebracht hat.«

»Dann wissen Sie es also schon«, sagte Virgil.

»Selbstverständlich, so etwas bleibt hier nicht lange geheim. Besonders wenn es sich um einen berühmten Mann wie Wang handelt und es schon in den Nachrichten ist.«

»Verstehe.« Tibbs hatte nicht erwartet, daß der Mord so schnell an die Öffentlichkeit käme. »Ich möchte Sie bitten, mir alles zu sagen, was Sie über Mr. Wang wissen. Besonders, ob er Feinde hatte.«

Auf dem Tisch stand ein Teller mit Hühnchen in Pergamentpapier. Johnny Wu nahm eines der Päckchen und öffnete es. »Sie sind *der* Virgil Tibbs, nicht?«

»Richtig.«

»Haben Sie nicht neulich diesen Mordfall im Nudistencamp gelöst?«

»Stimmt.«

»Dann haben Sie dort bestimmt eine Menge hübscher nackter Mädchen gesehen.«

»Einige schon.«

»Charlie Chan hatte leider nie so einen delikaten Fall.«

Virgil verzog keine Miene. »Er hatte eine große Familie«, sagte er. »So etwas hatte er gar nicht nötig.«

Wu überlegte. »Da könnten Sie recht haben«, gab er zu. »Aber sagen Sie bitte nicht ›hatte‹. Schließlich lebt Charlie noch, auch wenn er inzwischen schon ziemlich alt ist und sich in Honolulu zur Ruhe gesetzt hat. Er ist ein guter Freund von mir.«

»Wer hätte das gedacht«, konterte Tibbs. Die beiden Männer schauten sich an. »Da Mr. Chan sich im Ruhestand befindet, werde ich ihn wohl kaum um Rat fragen können«, sagte Tibbs schließlich.

»Wahrscheinlich nicht. Er widmet sich jetzt ganz den alten Formen der Kalligraphie.«

»In diesem Fall könnten Sie mir vielleicht weiterhelfen. Wissen Sie, wer Mr. Wang umgebracht haben könnte?«

Johnny Wu wurde schlagartig ernst. »Nein, leider nicht.« Er schwieg, während der Kellner Virgils Drink servierte. »Er hat mir gegenüber zwar einmal erwähnt, daß es ein Problem gäbe, aber er hat sich nicht näher darüber ausgelassen, das war nicht seine Art. Ich hatte keine Ahnung, wie ernst es war.«

»Glauben Sie, daß die junge Frau, die in seinem Haus lebt, etwas damit zu tun hatte?«

»Yumeko? Das kann ich mir absolut nicht vorstellen. Yumeko ist in Ordnung. Sie ist zwar kein besonders glücklicher Mensch, aber ich weiß, daß sie Fu-sen sehr verehrt hat. Er war ein wahrer Menschenfreund.«

»Ich habe gehört, daß Sie ebenfalls mit Jade handeln, Mr. Wu.«

»Nennen Sie mich doch bitte Johnny. Ich hasse Formalitäten. Ein wenig, ja, aber momentan ist auf dem Markt ohnehin nicht viel los. An dem Zeug, das uns der Vorsitzende Mao schickt, bin ich nicht interessiert – das meiste davon ist Schund. Wirklich gute Stücke sind kaum zu kriegen. Gelegentlich taucht mal eine schöne Schnitzerei auf, aber so selten, daß sich der Handel nicht lohnt. Ich betrachte es daher eher als eine Art Nebenbeschäftigung, der ich nur selten nachgehe. Wenn ich Glück habe, führe ich hin und wieder ein paar Bestellungen aus.«

Tibbs dachte einen Moment nach und probierte währenddessen seinen Drink. Er hatte zwar keine Ahnung, was es war und wie es hieß, aber es schmeckte wirklich hervorragend. »Hatte Mr. Wang bei der Beschaffung von wertvollen Stücken die gleichen Probleme wie Sie?« fragte er.

Johnny Wu schüttelte den Kopf. »Er hatte die besten Quellen, die man überhaupt haben kann. Er bekam sogar dann noch wunderbare Jaden, wenn sonst keiner welche kriegte. Ich war mehrmals geschäftlich in China und habe mich bei einem Besuch wirklich intensiv um gute Quellen bemüht – völlig ohne Erfolg. Es gab zwar massenhaft Fälschungen, aber niemand, der sich auch nur halbwegs auskennt, will das Zeug. Es gab auch einige neue Jaden, die auf verschiedenen Wegen aus Peking herkamen, aber selbst die waren bestenfalls viert- oder fünftklassig. Nichts, das dem Vergleich mit den Schnitzereien aus der Ching-Dynastie standgehalten hätte. Kennen Sie sich in chinesischer Geschichte aus?«

»Nein«, mußte Tibbs gestehen.

»Dann sollten Sie Ihre Kenntnisse dringend ein bißchen auffrischen. Und ein paar gute Bücher über Jade lesen. Sie sind ein kultivierter Mensch, Sie sollten sich informieren. Falls Sie herausfinden wollen, wer Wang Fu-sen ermordet hat, sollten Sie unbedingt auch etwas über Jade wissen.«

»Hat sein Tod Ihrer Meinung nach etwas mit dem Jadehandel zu tun?«

»Nun ja, immerhin soll er mit einem Jademesser erstochen worden sein, auch wenn es meiner Meinung nach alles andere als ein Messer war. Also, ich würde sagen, es hat ganz bestimmt etwas mit Jade zu tun.«

Tibbs schaute kurz auf seine Hände und richtete dann seinen Blick auf sein Gegenüber. »Das klingt zwar ziemlich einleuchtend«, sagte er, »doch da wäre noch eine Kleinigkeit. Ich kann es zwar noch nicht beweisen, aber ich bin mir fast sicher, daß er nicht mit dem Messer, das man in seiner Brust fand, ermordet wurde.«

Kapitel 5

Nachdem Virgil Tibbs sich richtig ausgeschlafen hatte, fühlte er sich wieder stark genug, die Probleme der Welt im allgemeinen und den Mordfall Wang Fu-sen im besonderen anzugehen. Gleichzeitig wünschte er sich aufrichtig, die Menschen würden endlich lernen, in Frieden miteinander zu leben. Sie erließen zwar ständig Gesetze, schienen jedoch davon besessen zu sein, sie systematisch zu brechen. Manchmal war es nur eine harmlose Geschwindigkeitsüberschreitung, doch wenn ihnen ein Mensch ungelegen kam, konnte es genausogut kaltblütiger Mord sein.

Von seinem Büro aus rief er Chief McGowan an, um ihm mitzuteilen, daß der Mord an dem chinesischen Jadehändler äußerst kompliziert zu sein schien und er daher vor Aufklärung des Falles nicht in der Lage sei, mit der Abteilung für Rauschgiftbekämpfung zusammenzuarbeiten. Bob McGowan hatte vollstes Verständnis und versprach, das FBI davon in Kenntnis zu setzen.

Während der ganzen Zeit hatte sein Kollege Bob Nakamura, der mit ihm das Büro teilte, geduldig darauf gewartet, ihm eine wichtige Nachricht mitzuteilen. »Die Geschworenen haben sich entschieden«, verkündete er. »Und den Angeklagten für schuldig befunden.«

Tibbs verspürte eine grimmige Genugtuung. »Endlich, beim dritten Anlauf. Haben Sie ihm eine Gefängnisstrafe verpaßt?«

»Fünf Jahre, soweit ich weiß.«

»Hoffentlich läßt man ihn nicht schon nach achtzehn Monaten auf Bewährung wieder laufen. Leider gibt es immer noch viel zu viele kleine Mädchen hier in der Stadt, die nicht ständig von Erwachsenen beschützt werden können.«

»Allerdings«, sagte Nakamura. »Noch was: Die ersten Spurenanalysen bei deinem toten Chinesen haben rein gar nichts ergeben.

Nur Fingerabdrücke vom Mordopfer und der jungen Frau, die in dem Haus lebt – sonst nichts. Stimmt es übrigens, daß sie Japanerin ist?«

»Ja, sie weiß es nur noch nicht«, antwortete Tibbs. »Ihr Vater war ein schwarzer GI. Sie hatte sogar ein Wort dafür.«

»War es vielleicht *ainoko*?«

»Könnte sehr gut sein.«

Trotz seiner japanischen Abstammung sah der Detektiv mit seiner Brille und seinem Bürstenhaarschnitt eher wie ein amerikanischer Kleinbürger aus. Er drehte seinen Stuhl so herum, daß er seinem Partner ins Gesicht sah. »Virg, dann gehört sie zu einer Minderheit, der es ziemlich beschissen geht. Von den meisten Japanern wird sie rigoros abgelehnt. Und du kannst am besten beurteilen, wie willkommen sie hier bei den Schwarzen ist.«

Virgil nickte. »Nicht sehr«, mußte er zugeben. »Immer dasselbe, wenn jemand aus dem Rahmen fällt.«

»Stimmt. Im Grunde gehört sie nirgendwo hin, weil niemand sie haben will.«

Tibbs nahm einen Bleistift und betrachtete ihn eingehend, während er sprach. »Ich habe sie nur einmal gesehen, und da ging es ihr wirklich schlecht, aber sie hat einen ziemlich sympathischen Eindruck gemacht.«

»Würdest du sie als attraktiv bezeichnen?«

»Eigentlich schon.« Tibbs legte den Bleistift wieder fort. »Sie scheint ein nettes Mädchen zu sein. Rein menschlich gesehen, meine ich. Bei unserem Gespräch stand sie allerdings total unter Schock. Unter anderen Umständen hätte sie vielleicht wirklich attraktiv ausgesehen. Ich habe sie mehr als Person gesehen und nicht als Frau.«

»Meinst du, sie hatte ein Verhältnis mit deinem Mordopfer?« erkundigte sich Nakamura.

Virgil griff wieder nach dem Bleistift, warf ihn aber sofort wieder zurück auf den Schreibtisch. »Das kann ich mir absolut nicht vorstellen«, sagte er nachdrücklich. »Die ganze Atmosphäre in dem Haus spricht total dagegen. Außerdem war der Tote ein alter Mann. Man kann zwar nie wissen, aber es scheint mir höchst unwahrscheinlich.«

»Kann ich dir irgendwie helfen?«

Tibbs stand auf. »Kannst du. Es wäre nett, wenn du im Leichenschauhaus anrufen und dafür sorgen könntest, daß die Ärzte sich bei der Feststellung der Todesursache nicht nur auf das Messer in seiner Brust verlassen. Das Ding ist übrigens nicht nur ein wichtiges Beweisstück, sondern außerdem wahrscheinlich äußerst wertvoll.«

Tibbs dachte intensiv nach, während er seinen Dienstwagen durch die vertrauten Straßen zu seinem Ziel lenkte. Er hatte zwar nicht die Absicht, sich in einen Jadespezialisten zu verwandeln, doch es paßte ihm nicht, daß seine Unkenntnis auf diesem Gebiet ihm bei der Lösung des Falles im Wege stehen könnte. Er beschloß daher, sich ein paar einschlägige Werke zu dem Thema zu beschaffen und für alle Fälle genau zu studieren. Auch wenn das Sammeln von Jadeschnitzereien mit dem Gehalt eines Kriminalpolizisten gänzlich unvereinbar war, konnte ein wenig Fachwissen sicher nicht schaden.

Als er vor Mr. Wangs Haus parkte, fiel ihm auf, daß die Fenster immer noch sorgfältig vor der Außenwelt abgeschirmt waren. Tibbs erwartete zwar, daß Yumeko zu Hause sein würde, wußte aber noch nicht genau, was er zu ihr sagen sollte. Beinahe unmittelbar nachdem er geklingelt hatte, öffnete sie bereits die Tür und hielt sie auf, damit er eintreten konnte. »Guten Morgen, Mr. Tibbs«, sagte sie.

»Guten Morgen, Miss Nagashima.«

»Sagen Sie doch Yumeko«, sagte sie einfach.

Er lächelte sie an. »Dann müssen Sie aber auch Virgil zu mir sagen.«

Er folgte ihr ins Haus und nahm auf ihre Aufforderung hin genau wie am Vortag im Wohnzimmer Platz. »Geht es Ihnen heute etwas besser?« erkundigte er sich.

Sie nickte. »Ja, vielen Dank. Mein Chef, Mr. Tanaka, war sehr freundlich. Er hat mir freigegeben schon nach einem Tag Arbeit.«

»Sind Sie sicher, daß Sie allein zurechtkommen, wenn wir den Fall abgeschlossen haben?«

»Ja.«

Er wartete, ob sie noch etwas sagen wollte, doch sie schwieg.

»Yumeko, ich versuche herauszufinden, wer Mr. Wang umgebracht hat. Möchten Sie, daß ich den Mörder finde?«

Sie hob den Kopf ein wenig und schaute ihn an. »Ja, ich möchte sehr.«

»Dann müssen Sie mir unbedingt einige Fragen beantworten – auch wenn es Ihnen vielleicht schwerfällt. Es gibt vieles, was ich noch wissen muß.«

»Fragen Sie, bitte.«

Er versuchte, mitfühlend zu klingen, ohne übertrieben zu wirken. »Lassen Sie mich mit Mr. Wangs Verwandten anfangen. Hat er Angehörige hier in Amerika, von denen Sie wissen?«

Sie schüttelte den Kopf. »Er hat mir einmal erzählt, daß er hier ganz allein ist. Er hatte jüngeren Bruder, aber er lebt in kommunistischem China. Mr. Wang wußte nicht, ob er noch lebt.«

»War er je verheiratet?«

»Ich weiß nur, daß er hat einmal von seiner Tochter gesprochen. In diesem Land bedeutet das wohl, daß er auch eine Frau gehabt hat, in China vielleicht nicht unbedingt.«

»Da könnten Sie recht haben. Wissen Sie, wo sie lebt?«

»In China, glaube ich. Er hat nicht genau gesagt.«

»Haben alle Jaden in diesem Haus ihm gehört?«

»Ja, alle.«

»Die Sammlung ist sicher eine Menge wert.«

»Ich glaube, ja.«

»Yumeko, hat er Ihnen gegenüber je ein Testament erwähnt?«

Diesmal schüttelte sie entschieden den Kopf und schwieg.

»Dann hatte Mr. Wang Ihres Wissens nach keine lebenden Angehörigen hier in den USA oder in anderen westlichen Ländern.«

»Ich glaube, nein.«

»Wissen Sie, ob er einen Anwalt hatte?«

»Ja, Mr. Finegold. Er hat auch Jade von Mr. Wang gekauft.«

»Yumeko, war das Mr. Wangs hauptberufliche Tätigkeit?«

Er sah die Verwirrung in ihrem Gesicht und versuchte, die Frage anders zu formulieren. »Ist er noch einer anderen Arbeit nachgegangen? Oder hatte er genug Geld, um seinen Lebensunterhalt ohne Arbeit zu finanzieren? Wissen Sie darüber etwas?«

Die junge Frau schaute ihn mit einem etwas merkwürdigen Gesichtsausdruck an. »Seine Arbeit war Handel mit Jade«, antwortete sie. »Er war nicht arm, aber er hat Jade sehr geliebt.«

»Sind viele Kunden zu ihm gekommen?«

»Nicht so viele. Meistens hat er mit Post verkauft. Er hat Fotos geschickt, und die Leute haben ihm vertraut. Wenn sie kaufen wollten, er hat ihnen Jade geschickt. Wenn das Stück besonders wertvoll war, er hat manchmal Boten geschickt.«

»Gibt es eine Kartei mit den Namen seiner Kunden?«

»Ja, natürlich. Ich habe die Kartei für ihn geführt, seit ich hier lebe.«

Offenbar schien ihr plötzlich etwas eingefallen zu sein. Sie schaute sekundenlang zur Decke empor und wandte sich dann wieder ihrem Besucher zu. »Ich habe einen Fehler gemacht«, sagte sie. »Nicht alle Jaden hier gehören Mr. Wang. Eine ist nicht von ihm, er hat sie an Mr. Harvey verkauft. Als das Fernsehen gestern von Mr. Wangs Tod berichtet hat, Mr. Harvey hat sofort angerufen. Er will jetzt seine Jade.«

Virgil überlegte. Dieser Mr. Harvey, wer immer er auch sein mochte, hatte sich zwar ausgesprochen taktlos verhalten, aber es war natürlich verständlich, daß er versuchte, sein Eigentum vor fremden Zugriffen zu schützen. Immerhin war es seine Investition und er hatte bereits einen hohen Preis für das Objekt bezahlt. »Wo wohnt dieser Mr. Harvey?« erkundigte er sich.

Yumeko strich sich eine nachtschwarze Haarsträhne aus ihrem dunklen Gesicht. »Die Adresse heißt Sierra Madre.«

»Würde ich Ihnen einen Gefallen tun, wenn ich ihm die Jade brächte?«

Zum ersten Mal, seit er sie kannte, kam ein wenig Leben in ihre Züge. »Das würden Sie für mich tun?«

»Natürlich.« Er sah keinen Grund, ihr zu erklären, daß er ohnehin vorhatte, einige von Mr. Wangs Kunden, die in der Nähe wohnten, zu verhören, und diese Gelegenheit ihm daher sehr gelegen kam.

Yumeko stand auf. »Kommen Sie bitte«, sagte sie. »Ich packe die Jade in die richtige Schatulle.«

»Ich stelle Ihnen eine Quittung aus«, bot Tibbs an. »Und von Mr. Harvey lasse ich mir den Empfang ebenfalls quittieren. Vielleicht brauchen Sie den Nachweis noch.«

Ohne zu antworten, führte Yumeko ihn in den hinteren Teil des Hauses. Unwillkürlich verglich er ihren Gang mit dem der jungen Chinesin, die ihn im *General Lee* zu Johnny Wu gebracht hatte. Auch Yumeko war anmutig, wenn auch auf ganz andere Weise. Die Chinesin war etwas größer und bedeutend schlanker gewesen als sie. Yumeko hatte eine wohlproportionierte Figur, doch sie war entschieden kräftiger gebaut, wahrscheinlich ein Erbteil ihres schwarzen Vaters.

An der Tür zum Jadezimmer zögerte sie einen Moment, bevor sie das Licht einschaltete und den Raum betrat. Der Tote war inzwischen fortgebracht worden, und die Figuren, die neben seinem Kopf auf dem Boden gestanden hatten, befanden sich wieder an ihrem alten Platz in den Vitrinen. Doch auf dem dunkelroten dichten Teppichflor war immer noch der Kreideumriß zu sehen, der die Erinnerung an den leblosen Körper, der noch gestern hier gelegen hatte, sofort wieder heraufbeschwor.

Yumeko ging vorsichtig um die Stelle herum, öffnete den unteren Schrankteil einer der Vitrinen und griff hinein. Nach einigem Tasten hielt sie einen kleinen Schlüsselbund in der Hand. Während sie aufstand, erklärte sie ihm, welche Bewandtnis es damit hatte. »Mr. Wang hat die Schlüssel zu den Vitrinen immer bei sich getragen, das hier sind die Ersatzschlüssel.«

Sie schloß einen der Glasschränke an der linken Zimmerwand auf und nahm behutsam eine blaßgrüne Jadeschnitzerei heraus, die eine wunderschöne Chinesin darstellte. Die Gestalt war etwa zwanzig Zentimeter groß und trug ein Tablett, auf dem mehrere winzige Früchte lagen. Der Künstler hatte eine kleine rötlichgelbe Verfärbung des Steins so geschickt genutzt, daß einige Früchte anders aussahen als die restlichen, und der ungewöhnliche Kontrast verlieh dem Kunstwerk einen ganz besonderen Reiz. Yumeko stellte die Figur auf den kleinen Tisch, so daß sie sich genau unter dem winzigen, kaum sichtbaren Deckenstrahler befand. Der Lichtstrahl schien sie mit einem Mal zum Leben zu erwecken.

Tibbs hatte nicht beabsichtigt, die Plastik zu berühren, doch als er sich vorbeugte, um sie genauer zu betrachten, konnte er der Schönheit des kleinen Kunstwerks kaum widerstehen. Die Gestalt wirkte so zerbrechlich und grazil, daß man sich kaum vorstellen konnte, daß sie aus einem einzigen harten, kalten Stück eines seltenen, kostbaren Steins geschnitzt worden war. Plötzlich erschien ihm die Aussicht, mehr über Jade zu erfahren, sehr viel verlockender. Er wußte zwar, daß die Statue sehr teuer war, doch er hätte nicht einmal schätzen können, wieviel Dollar sie wirklich wert war.

Jumeko nahm einige mit blauem Stoff bezogene Schatullen aus dem Schrank und verteilte sie auf dem Boden, um die passende herauszusuchen. Sie fand sie sehr schnell und räumte alle anderen wieder fort. Dann legte sie das Kästchen auf den Tisch, öffnete es, enthüllte das sorgfältig ausgepolsterte, mit Satin ausgeschlagene Innere und legte die Skulptur liebevoll hinein. Sie paßte genau auf das vorgeformte Kissen. Der kleine geschnitzte Holzständer wurde auf die dafür vorgesehene Delle im unteren Teil der Schachtel gelegt. Auf dem schneeweißen Stoff wirkte die Jadefigur noch zerbrechlicher und kostbarer.

»Gibt es für jede Jade eine eigene Schatulle?« erkundigte sich Tibbs.

»Ja – für fast jede.« Yumeko schloß den Deckel und schob die beiden Elfenbeinstifte in die Schlaufen. »Wenn Sie die Figur Mr. Harvey persönlich übergeben«, sagte sie, »erweisen Sie Mr. Wang und mir einen großen Gefallen. Ich gebe Ihnen die Adresse.«

Während sie die Adresse holte, nahm Virgil sein Notizbuch, bestätigte darin den Erhalt der Figur und riß dann die Seite heraus. Als Yumeko zurückkam, überreichte er ihr das Blatt. »Das ist wirklich nicht nötig«, sagte sie. »Ich glaube Ihrem Gesicht.«

Tibbs schüttelte den Kopf. »Wir können gar nicht vorsichtig genug sein«, meinte er. »Ich werde auch Mr. Harvey um eine Quittung bitten. Das ist bei so wertvollen Gegenständen üblich.«

Sie akzeptierte seine Erklärung. »Kommen Sie wieder zurück?« fragte sie.

Virgil schaute sie einen Moment forschend an, doch es war nur eine harmlose Frage gewesen, sonst nichts. »Ja, ich komme zurück.« Als sie ihm die Adresse gab, prägte er sie sich ein und steckte das Blatt in seine Jackentasche. Dann nahm er die Schatulle mit der Jadefigur und trug sie vorsichtig zu seinem Wagen.

Eine knappe halbe Stunde später klingelte er an der Tür eines Anwesens, das eindeutig zu den vornehmsten Adressen von Sierra Madre gehörte. Normalerweise hätte er sein Kommen vorher telefonisch angekündigt, doch in diesem Fall hatte er bewußt darauf verzichtet. Ihm war nicht entgangen, daß Yumeko kaum merklich gezögert hatte, als sie von Mr. Harvey sprach, und er wollte unbedingt den Grund dafür herausfinden.

Ihre Reaktion wurde ihm sofort klar, als er den Mann sah, der die Tür öffnete. Er war fast ein Meter fünfundachtzig groß und sehr schlank. Sein Erscheinen im Türrahmen wirkte wie ein kalter Luftzug auf den Besucher. »Sie wünschen?« fragte er barsch.

»Mr. Harvey?«

Tibbs beobachtete, wie der Mann sich anschickte, die Tür wieder zu schließen, jedoch schlagartig innehielt, als er die Schatulle in seiner Hand sah, und stattdessen die Tür weit öffnete. »Kommen Sie herein«, sagte er, doch es lag nichts Einladendes in seiner Stimme – der Satz klang eher wie ein Befehl.

Virgil schritt durch die Eingangshalle und fand seinen ersten Eindruck mehr als bestätigt. Das Innere des Hauses war genauso geschmackvoll und luxuriös eingerichtet, wie er erwartet hatte. Der Mann führte ihn in ein riesiges L-förmiges Zimmer, dessen längerer Teil als Wohnzimmer diente und ebenso wie der zweite Teil mit einem dicken, dichten weißen Teppichboden ausgelegt war. Früher hätte man den kleineren Raum vielleicht als Morgenzimmer genutzt, doch Tibbs bemerkte, daß der Besitzer des Hauses einen Billardtisch und eine aufwendige Hausbar hineingestellt hatte.

»Geben Sie schon her«, sagte Harvey und riß Tibbs die Schatulle förmlich aus der Hand, bevor dieser sie ihm reichen konnte. Er legte das Kästchen auf einen kleinen Tisch, öffnete es, nahm die Skulptur heraus und betrachtete sie sekundenlang wortlos. Dann legte er sie beinahe nachlässig wieder zurück. »Danke«, sagte er. »Sie können wieder gehen.«

»Vorher würde ich mich gern noch kurz mit Ihnen unterhalten«, sagte Tibbs.

Harvey reagierte kurz angebunden. »Tut mir leid, aber privat gebe ich niemals Trinkgeld.«

»Das hatte ich auch nicht erwartet.«

»Spenden können Sie von mir auch nicht erwarten.«

»Kein Interesse«, sagte Tibbs.

»Und ich lasse mir grundsätzlich keine Zeitschriftenabonnements an der Tür andrehen.«

»Ich auch nicht.«

»Was wollen Sie dann von mir? Wer sind Sie überhaupt?«

»Ich bin Kriminalbeamter, Mr. Harvey. Ich habe Ihnen die Figur lediglich vorbeigebracht, um Miss Nagashima einen Gefallen zu tun. Kann ich mich jetzt kurz mit Ihnen unterhalten?«

Der Hausherr verhielt sich weiterhin abweisend. »Können Sie sich ausweisen?«

»Selbstverständlich.« Virgil reichte dem Mann seine Visitenkarte, wie er es in derartigen Fällen immer zu tun pflegte. Mr. Harvey nahm sie widerstrebend entgegen, warf einen Blick darauf und erwiderte: »Meines Wissens befinden wir uns hier nicht in Pasadena.«

»Das ist mir sehr wohl bewußt, Sir«, antwortete Tibbs trocken und schenkte sich weitere Ausführungen.

»Na schön, dann kommen Sie.« Harvey führte ihn zur nächstbesten Sitzgelegenheit und machte durch seine Haltung unmißverständlich klar, daß er wenig Zeit hatte und mit einem kurzen Gespräch rechnete.

Virgil parierte sofort. »Mr. Harvey, ich bin der Beamte, der die Ermittlungen im Mordfall Wang leitet. Ich habe Ihnen gerade eine Jadeskulptur gebracht, die Sie von Mr. Wang gekauft haben. Ihnen ist sicher bekannt, daß er unter äußerst mysteriösen Umständen ums Leben gekommen ist?«

»Den Nachrichten zufolge hat ihn jemand mit einem Steinmesser erstochen – irgendeinem Ritualgegenstand.«

Tibbs ließ sich nicht aus der Ruhe bringen. »Wie gut haben Sie den Toten gekannt, Sir?«

»Er war Jadehändler, und ich habe gelegentlich Schnitzereien von ihm gekauft. Unsere Beziehung war rein geschäftlich.«

»Wie würden Sie seinen Charakter beschreiben?«

»Dazu kann ich Ihnen nun wirklich nichts sagen. Ich interessiere mich für chinesische Jade, und er hat Kunstwerke verkauft. Wenn sie mir gefielen, habe ich sie gekauft. Mehr habe ich zu diesem Thema nicht zu sagen.«

»Verstehe. Darf ich Sie fragen, womit Sie sich beruflich beschäftigen, Mr. Harvey?«

»Kapitalanlagen.«

»Dann sind Sie Broker oder Anlageberater?«

»Weder noch, ich lebe von meinen Spekulationen. Sie wissen, was das ist?«

»Ich denke schon.« Tibbs warf einen Blick auf seine Armbanduhr. »Halte ich Sie von der Arbeit ab? Soweit ich weiß, schließt die Börse in eineinviertel Stunde.«

Harvey musterte ihn sekundenlang. »Der Markt ist heute sehr

ruhig«, antwortete er. »Wenn sich dennoch etwas tun sollte, ruft mein Broker mich an.«

Virgil bohrte noch ein wenig weiter. »Mr. Harvey, haben Sie normalerweise bei Ihren Finanzgeschäften Zugang zu Tips aus der Branche und lassen sich in Ihren Entscheidungen davon leiten?«

Falls Harvey tatsächlich einen Anflug von Entspannung gezeigt hatte, war es damit jetzt schlagartig wieder vorbei. Seine Stimme klang, als käme sie aus dem tiefsten Norden Alaskas. »Keineswegs. Ich mache mir lediglich die Schwächen der Kleinanleger zunutze, die keine Ahnung haben, was sie tun. Angenommen, Sie hätten Occidental Petrolium gekauft, als die Aktien knapp über vierzig Punkte standen, und dann wieder abgestoßen, als sie Mitte 1970 auf fünfzehn Punkte gesunken waren. Auf die Weise hätten sie eine Menge Geld verloren. So ist es Tausenden ergangen. Ihre Verluste sind vor allem den Spekulanten zugute gekommen, die Oxy-Aktien leerverkauft haben. Ich war einer von ihnen. Solange völlig unerfahrene Personen sich einbilden, sie könnten herumspekulieren und dabei reich werden, mit wenig Rücklagen und noch weniger Ahnung, kann ich ein Vermögen verdienen, indem ich Profit aus ihren Schwächen schlage.«

»Das klingt wirklich beeindruckend, Mr. Harvey.«

»Schon möglich. Ich kann mir allerdings kaum vorstellen, daß diese Informationen für Ihre Ermittlungen von Bedeutung sind.«

Virgil schlug die Beine übereinander und nahm sein Notizbuch heraus. »Mr. Harvey, wann haben Sie Mr. Wang zum letzten Mal gesehen?«

»Vor etwa einer Woche, wenn ich mich recht erinnere.«

»An einem Nachmittag?«

»Wenn Sie es sowieso schon wissen, warum fragen Sie dann noch?«

Tibbs schaute auf. »Ich bin lediglich davon ausgegangen, Sir, daß Sie es vorziehen, sich während der Börsenstunden in der Nähe Ihres Telefons aufzuhalten.«

Der Punkt ging an Tibbs. »Also gut, es war tatsächlich an einem Nachmittag. Ich erinnere mich jetzt wieder, es war vor sechs Tagen.«

»Und bei dieser Gelegenheit haben Sie das Objekt gekauft, das ich Ihnen eben gebracht habe?«

»Richtig.«

»Ich nehme an, daß Sie in Anbetracht der hohen Preise und Mr. Wangs reichhaltiger Sammlung einige Zeit gebraucht haben, um sich zu entscheiden.«

»Wie kommen Sie denn darauf?« brauste Harvey auf, »ich brauche nie Zeit, um mich zu entscheiden. Das ist eine der Grundlagen für den Erfolg am Aktienmarkt.«

Tibbs ließ sich nicht beirren. »Hatten Sie die Skulptur vorher schon einmal gesehen?«

»In dem Fall hätte ich sie ja wohl sofort gekauft. Haben Sie sonst noch Fragen?«

»Nur noch eine kleine Bitte, Mr. Harvey. Falls es Ihnen nichts ausmacht, würde ich mir gern Ihre Jadesammlung ansehen. Ich fange allmählich an, mich für das Thema zu interessieren.«

Harvey überlegte. »Ist das wichtig für Ihre Ermittlungen?«

»Sonst hätte ich Sie sicher nicht darum gebeten.«

»Na schön.« Harvey stand auf. »Kommen Sie mit.«

Er führte ihn durch den angrenzenden Raum in ein kleines Arbeitszimmer. Auf dem Schreibtisch stand eine elektronische Rechenmaschine, an einer Seite befand sich eine Bücherwand mit zahlreichen Fachbücher zum Thema Geldpolitik. Direkt gegenüber hing in Augenhöhe ein kleiner Glasschrank mit gut einem Dutzend Jadeskulpturen. Die Kunstwerke schienen nach geometrischen Gesichtspunkten angeordnet worden zu sein, denn sie standen alle im gleichen Abstand voneinander und schauten nach vorn. Mr. Wang hatte seine Stücke viel unregelmäßiger aufgestellt und einige bewußt ein wenig zur Seite gedreht. Die penible Anordnung entsprach genau der Denkweise des Besitzers, dachte Tibbs.

Er betrachtete die Figuren eine Zeitlang und bedankte sich dann bei dem Hausherrn. »Wenn Sie jetzt noch die Freundlichkeit hätten, mir eine Quittung über das Stück auszustellen, das ich Ihnen gebracht habe, werde ich Sie nicht länger aufhalten.«

Harvey nahm hinter seinem Schreibtisch Platz, griff nach einem Stift und schrieb etwas auf ein Blatt Papier. Nachdem er Tibbs die Empfangsbestätigung gegeben hatte, führte er ihn ohne Umschweife zur Eingangstür. Erwartungsgemäß fiel die Verabschiedung nicht sonderlich herzlich aus. Genau in dem Augenblick, als die Tür ins Schloß fiel, begann das Telefon zu klingeln.

Während er nach Pasadena zurückfuhr, dachte Virgil zunächst über das Gespräch mit Harvey nach und beschäftigte sich dann wieder mit der jungen Frau, die jetzt allein in Mr. Wangs Haus lebte. Sie befand sich wirklich in einer schlimmen Lage. Wahrscheinlich konnte nur die Zeit helfen, ihren Kummer ein wenig zu lindern, und, was noch viel wichtiger war, die Gesellschaft endlich dahingehend verändern, daß Menschen nicht länger nach ihrer Abstammung, sondern nach ihrer Persönlichkeit beurteilt wurden.

Vor dem Haus angekommen, stellte er fest, daß die Vorhänge an den Fenstern immer noch zugezogen waren. Als er auf die Eingangstür zuging, bemerkte er zu seiner Verwunderung, daß er von Yumeko bereits erwartet wurde. Die junge Frau selbst war zwar nicht zu sehen, doch sie hatte die Tür schon einen Spalt breit geöffnet. Sobald er die Schwelle erreicht hatte, öffnete sie die Tür gerade so weit, daß er eintreten konnte. Er reichte ihr die Quittung. Sie nahm sie zwar an, warf jedoch keinen Blick darauf, sondern schaute ihn statt dessen sichtlich verstört an. »Ich freue mich sehr, daß Sie sind wieder da«, sagte sie ernst.

Bei dieser Begrüßung erübrigte sich die Frage zwar, doch er stellte sie trotzdem. »Ist in der Zwischenzeit etwas passiert?«

Sie führte ihn schweigend ins Wohnzimmer und setzte sich wieder in ihren Sessel. Nachdem auch Tibbs denselben Sessel wie bei seinem letzten Besuch gewählt hatte, schaute sie ihn unsicher an. »Zwei Männer sind gekommen«, sagte sie. »Auch Polizisten. Sie haben mir viele, viele Fragen gestellt.«

Diese Neuigkeit gefiel Virgil ganz und gar nicht. Dies war sein Fall, und wenn sonst noch jemand seine wichtigste Zeugin verhören wollte, hätte er ihn zumindest vorher davon in Kenntnis setzen müssen. »Waren die beiden etwa grob zu Ihnen?« fragte er finster.

Yumeko schüttelte langsam den Kopf. »Nein, nicht grob. Sie waren höflich. Aber sehr, sehr hartnäckig. Sie haben gesagt, sie kommen zurück. Ich hatte große Angst.«

»Wissen Sie, wer die beiden waren?«

»Mr. Lonigan und Mr. Duffy«, antwortete sie.

Kapitel 6

Mr. Aaron Finegold saß in seinem Bürosessel und hatte die langen Beine so weit unter dem Schreibtisch ausgestreckt, daß sein Gewicht mehr oder weniger auf dem Steißbein ruhte. Er hatte ein schmales gebräuntes Gesicht und volles schwarzes, sehr lockiges Haar, das sich nur mit viel Geduld einigermaßen bändigen ließ. Seine eng zusammenstehenden Augen lagen so tief in ihren Höhlen, daß sie aussahen, als seien sie ständig von dunklen Ringen umgeben. Manchmal nahmen sie einen schläfrigen Ausdruck an, doch gelegentlich konnte ihr Blick genauso stechend sein wie der eines übernächtigten Raben. Zu diesen markanten Zügen paßte eigentlich nur eine große, ausgeprägte Nase, und genau die besaß Mr. Finegold auch. Insgesamt war seine Physiognomie äußerst eindrucksvoll – und kam ihm in seinem Beruf mehr als gelegen.

»Sie wollten mich sprechen«, sagte er.

Virgil Tibbs hatte in seiner Laufbahn als Polizist schon viele Menschen verhört, und gerade Anwälte waren nichts Neues für ihn, weder in ihren Kanzleien oder vor Gericht. Er hielt Mr. Fingegolds prüfendem Blick mühelos stand. »Soweit ich weiß, waren Sie der Anwalt des verstorbenen Mr. Wang Fu-sen.«

»Richtig.«

Virgil legte seine Karte auf den Schreibtisch. »Ich leite die Ermittlungen in diesem Mordfall und habe einige Fragen an Sie. Ich hoffe, Sie haben nichts dagegen.«

Finegold verstand sofort und konterte entsprechend. »Ich bin sicher, Sie verstehen, daß mir in meiner Stellung gewisse Grenzen gesetzt sind und ich nicht über alles sprechen kann.«

»Aber ich darf wohl davon ausgehen, daß es auch in Ihrem Sinne ist, den oder die Mörder Ihres Mandanten zu finden.«

Klarer hätte er sich kaum ausdrücken können. »Allerdings«, sagte Finegold, »was wollen Sie wissen?«

»Als erstes wüßte ich gern, ob Mr. Wang Angehörige hatte, mit denen ich mich in Verbindung setzen könnte.«

Finegold schüttelte den Kopf. »Die einzigen Verwandten, von denen ich Kenntnis habe, leben auf der anderen Seite des Bambusvorhangs, und ich bezweifle stark, ob man sie überhaupt ausfindig machen oder anschreiben kann.«

»Ich könnte mir vorstellen, daß Mr. Wang ein beträchtliches Vermögen hinterlassen hat.«

»Stimmt. Zumindest was seine Jadesammlung betrifft. Die einzelnen Stücke sind außerordentlich wertvoll und wunderschön.«

»Können Sie mir sagen, ob er ein Testament gemacht hat?«

»Hat er, und zwar erst kürzlich.«

Tibbs änderte seinen Tonfall ein wenig. »Sie wissen ja, Mr. Finegold, zu welchen Taten die Hoffnung auf eine Erbschaft manche Menschen treiben kann.«

Der Anwalt nickte.

»Vielleicht hat die Aussicht auf Mr. Wangs Vermögen jemanden veranlaßt, bei seinem Ableben ein wenig nachzuhelfen.«

Der Anwalt richtete sich in seinem Sessel auf. »Das mag zwar gelegentlich zutreffen, aber in diesem Fall halte ich diese Schlußfolgerung für ausgesprochen unfair. Sie implizieren damit sozusagen, daß jeder, der von Mr. Wangs tragischem Tod auf irgendeine Weise profitiert, automatisch der Tat verdächtigt wird.«

Tibbs schlug die Beine übereinander. »Mr. Finegold, ich bin nicht hergekommen, um mit Ihnen die Klingen zu kreuzen, und es gibt hier auch keine Geschworenen, die wir von der Schuld oder Unschuld eines Angeklagten überzeugen müssen. Ich interessiere mich einzig und allein dafür, wer Ihren Mandanten ermordet hat und welches Motiv er hatte.«

»Schon gut, ich habe Sie verstanden. Was möchten Sie sonst noch wissen?«

»Momentan beschäftigt mich eine ganz andere Frage: Haben Sie Kenntnis davon oder halten Sie es für möglich, daß Mr. Wang in irgendeiner Form mit dem Handel von Rauschgift zu tun hatte?«

Der Anwalt nahm eine kerzengerade Sitzhaltung an. »Darauf kann ich Ihnen nur eine klare und eindeutige Antwort geben: Nein, auf gar keinen Fall!« Er hielt einen Moment inne, bevor er weitersprach. »Ich gehe davon aus, daß Sie keine rassistischen Vorurteile gegen ethnische Minderheiten hegen.«

Virgil schaute ihn an, sagte jedoch nichts.

»Es ist zwar strenggenommen nicht richtig, Chinesen als Minderheit zu bezeichnen, doch auf die Chinesen, die in diesem Land leben, trifft dies durchaus zu«, fuhr Finegold fort. »Leider gibt es mehr als genug Leute, die ihnen nur allzu bereitwillig gewisse klassische Laster unterstellen, die angeblich typisch für sie sein sollen.«

»Sie haben mich offenbar mißverstanden«, antwortete Tibbs. »Vielleicht sollte ich Ihnen die Zusammenhänge erklären. Ich habe Ihnen diese Frage nur gestellt, weil es einen triftigen Grund dafür gibt. Aber es handelt sich sich dabei um eine streng vertrauliche Angelegenheit, daher möchte ich Sie bitten, darüber absolutes Stillschweigen zu bewahren.«

Finegold musterte ihn nachdenklich. »Vielleicht sollte ich Ihnen ebenfalls eine vertrauliche Frage stellen: Würde man Mr. Wang auch dann in Zusammenhang mit dem Handel von Rauschgift bringen, wenn er noch am Leben wäre und sich guter Gesundheit erfreute?«

»Das kann ich Ihnen beim besten Willen nicht sagen. Momentan besteht die Möglichkeit eines Zusammenhangs, und ich bin verpflichtet, allen Spuren nachzugehen. Soweit ich weiß, wird dem verstorbenen Mr. Wang selbst nichts vorgeworfen.«

»Dann lassen Sie es mich folgendermaßen ausdrücken: Francis Wang war der ehrenwerteste, aufrichtigste Mensch, der mir je im Leben begegnet ist. Ich kann mir beim besten Willen nicht vorstellen, daß er Feinde hatte, obwohl nach Lage der Dinge zumindest ein Mensch ihn so sehr gehaßt haben muß, daß er ihn ermordet hat. Francis Wang war nicht nur ein bedeutender Jadehändler, der mein absolutes Vertrauen genoß, sondern darüber hinaus mein Mandant und ein sehr guter Freund.«

»Francis?«

»Viele Chinesen stellen fest, daß Ihre Namen für unsereins manchmal schwer auszusprechen und zu merken sind, Mr. Tibbs, und wählen daher einen englischen Namen, um die Sache zu vereinfachen. Besonders bei Geschäftsleuten ist dies gang und gäbe.«

»Wenn Sie mit dem Verstorbenen so gut befreundet waren, was ich keineswegs anzweifeln möchte, warum haben Sie dann eben so ablehnend reagiert, als ich Sie bat, mit mir zu sprechen? Sie wußten doch genau, worum es ging.«

Finegold lehnte sich zurück. »Ich bedaure mein Verhalten und möchte es Ihnen daher in aller Offenheit erklären. Ich betrachte es als meine Pflicht, den guten Ruf meines Mandanten auch nach seinem Tod zu schützen, deshalb war ich auch so abweisend. Darüber hinaus gibt es noch einen zweiten Grund. Da Sie es ohnehin früher oder später erfahren werden, kann ich es Ihnen auch direkt sagen. Francis hat mich erst vor ungefähr einer Woche gebeten, auch Miss Yumeko Nagashima zu vertreten. Haben Sie die junge Dame schon kennengelernt?«

Tibbs nickte. »Ja, ich hatte bereits das Vergnügen. Sagen Sie mir besser gleich, in welchen Schwierigkeiten sie sich befindet.«

»In gar keinen, soweit ich weiß.«

»Aber Sie haben doch gerade gesagt, Mr. Wang hätte Sie gebeten, sie zu vertreten. So etwas würden Sie doch normalerweise sicher nicht ohne einen triftigen Grund für jemanden tun, nur weil er Gast im Haus Ihres Mandanten ist.«

»Mr. Tibbs, ich hoffe inständig, daß ich nie in die mißliche Situation kommen werde, gegen Sie vor Gericht einen Mandanten vertreten zu müssen. Miss Nagashima ist mir ein Rätsel, denn ich weiß so gut wie gar nichts über ihre Vergangenheit. Ich weiß nur, daß mein Freund Wang sich mit ihr angefreundet hat und offenbar sehr glücklich darüber war. Ich bezweifle sehr, daß es eine sexuelle Beziehung zwischen den beiden gab, und ich glaube auch nicht, daß sie miteinander verwandt waren.«

Virgil nickte. »Da sind wir wohl in beiden Punkten einer Meinung. Zumindest gibt es bis jetzt keine Anhaltspunkte, die auf etwas anderes schließen lassen. Aber das ist natürlich nur meine persönliche Meinung.«

»Gut. Weiter kann ich dazu momentan nichts sagen, aber da mein Freund mich gebeten hat, auch die Interessen von Miss Nagashima zu vertreten, habe ich zu Beginn unseres Gesprächs genau dies versucht.«

Tibbs schaute auf seine Finger und preßte sie dann zusammen, bis sie fast weiß wurden. »Mr. Finegold, ich verstehe Ihr Zögern, und ich glaube, ich kenne den Grund. Trotzdem möchte ich Ihnen noch eine letzte Frage stellen.«

»Wenn ich kann, werde ich sie Ihnen gern beantworten.«

»Gut. Wahrscheinlich ahnen Sie schon, was ich wissen möchte. Sie haben mir bereits mitgeteilt, daß Mr. Wang vor kurzem ein Testament gemacht hat. Und daß er Sie, ebenfalls vor kurzem, gebeten hat, Miss Nagashima zu vertreten. Außerdem haben Sie gesagt, daß sie Ihres Wissens nach zum damaligen Zeitpunkt in keinerlei Schwierigkeiten steckte.« Er blickte auf. »Der Zusammenhang liegt natürlich auf der Hand. Wurde oder wird Miss Nagashima in dem Testament bedacht?«

Sekundenlang war im Zimmer nur das leise Summen der elektrischen Uhr auf dem Schreibtisch zu hören. Als Finegold schließlich sprach, klang seine Stimme fest. »Ich bin bereit, Ihnen die Frage zu beantworten, aber unter der Bedingung, daß nur Sie allein in Ihrer Eigenschaft als Polizeibeamter von dieser Information vor der Testamentseröffnung Gebrauch machen.«

»Einverstanden, allerdings mit der Einschränkung, daß ich möglicherweise meinem Vorgesetzten oder einem Kollegen gegenüber eine entsprechende Andeutung machen muß.«

»In Ordnung. Nun denn, Mr. Wang hat verschiedene persönliche und karitative Vermächtnisse eingerichtet und Verfügungen über bestimmte Gelder getroffen. Alles übrige, und ich würde sagen, es handelt sich um ein beträchtliches Vermögen, hat er Miss Nagashima vermacht. Sie weiß nichts davon, oder wußte es zumindest damals nicht. So gehört zum Beispiel die gesamte Jadesammlung, die einen beträchtlichen Vermögenswert darstellt, jetzt ihr.«

»Vielen Dank für Ihr Vertrauen, Mr. Finegold. Kein Wunder, daß Sie beauftragt wurden, Miss Nagashimas Interessen zu vertreten. Ich bin mehr als überrascht, in ihr plötzlich eine Erbin zu sehen.«

Der Anwalt erhob sich. »Mir ging es genauso, Mr. Tibbs, als er mich bat, das Dokument aufzusetzen. Aber Francis war auf seine ruhige, besonnene Art ein sehr enschlossener Mensch und ließ sich in seine persönlichen Angelegenheiten von niemandem hineinreden. Aus irgendeinem Grunde muß die junge Frau in seinem Leben eine sehr wichtige Rolle gespielt haben.«

Als er bei der Abteilung für Rauschgiftbekämpfung anrief, teilte man ihm mit, Mr. Lonigan und Mr. Duffy seien nicht im Hause und könnten momentan auch nicht erreicht werden. Virgil hatte mit dieser Möglichkeit gerechnet, hinterließ seine Nummer, 577–4598, und ging zu seinem Wagen. Langsam und in Gedanken versunken fuhr er zur Stadtbibliothek, stellte das Fahrzeug ab und betrat das Gebäude.

Die Bibliothekarin kannte ihn gut, denn er gehörte zu den Stammlesern. »Was brauchen Sie denn diesmal, Mr. Tibbs?« erkundigte sie sich. »Es würde mich kaum wundern, wenn es wieder etwas ganz Ausgefallenes wäre.«

Virgil lächelte. »Haben Sie Bücher über Jade?« fragte er.

»O ja, eine ganze Menge. Sind Sie an Jade im allgemeinen interessiert, an Schmuck, amerikanischer Jade oder chinesischen Schnitzereien?«

»Ausschließlich an chinesischen Schnitzereien.«

»Ach so. Ich glaube, ich habe darüber in der Zeitung gelesen. Eigentlich hätte ich mir ja denken können, daß man Sie mit dem Fall betraut.« Sie erhob sich. »Ich kann mich zwar nicht an den Namen des Autors erinnern, aber es gibt ein ausgezeichnetes Standardwerk über das Thema. Es wurde vor kurzem wieder neu aufgelegt. Es war neulich schon einmal jemand hier und hat danach gefragt.«

Sie gingen gemeinsam zum Katalog, wo die Bibliothekarin die betreffenden Titel schnell gefunden hatte. »Es gibt viele Bücher darüber, einige sind allerdings ziemlich trocken. Als Einführung würde ich ›The Stone of Heaven‹ von Gump vorschlagen. Und danach am besten ›Chinese Jade through the Ages‹ von Nott. Ich hoffe bloß, daß beide Bücher da sind. Der Nott ist das Standardwerk, von dem ich vorhin gesprochen habe.«

Zehn Minuten später verließ Tibbs die Bibliothek mit zwei Büchern – das eine war ziemlich dünn, das andere beträchtlich dicker. Als er zurück in sein Büro kam, war Bob Nakamura schon fort, doch als er die Bücher ablegte, fand Tibbs mitten auf dem Schreibtisch eine Nachricht von ihm. »Sofort McGowan anrufen, wenn du wieder da bist«.

Es dauerte eine Weile, bis man ihn durchgestellt hatte, doch schließlich meldete sich McGowans ruhige, ausgeglichene Stimme am anderen Ende der Leitung. »Kommen Sie bitte hoch, Virgil. Einige Herren warten bereits auf Sie.«

Tibbs konnte sich denken, wer die mysteriösen Herren waren. Einen Moment lang war er verärgert und wünschte sich, man würde ihn endlich in Ruhe seinen Fall lösen lassen. Doch dann fiel ihm ein, daß er die beiden ohnehin hatte treffen wollen und ihm ihr Besuch im Grunde gar nicht so ungelegen kam.

Als er das Büro seines Vorgesetzten betrat, erhoben sich Lonigan und Duffy und schüttelten ihm die Hand. »Freut mich, Sie zu sehen«, sagte Tibbs wahrheitsgemäß. »Ich hatte auch schon versucht, mich mit Ihnen in Verbindung zu setzen.«

»Das hat man uns ausgerichtet«, antwortete Duffy. »Damit hatten wir gerechnet. Anscheinend haben sich unsere Wege unerwartet schnell wieder gekreuzt.«

»Da Sie offenbar einen Fall miteinander besprechen wollen, schlage ich vor, Sie ziehen sich ins Konferenzzimmer zurück«, meinte McGowan. »Es ist momentan frei. Lassen Sie mich bitte wissen, welche Entscheidungen Sie getroffen haben.«

Auf dem Weg zum Konferenzzimmer sah Tibbs wieder Yumekos verstörtes Gesicht vor sich, als sie ihm vom Besuch der beiden FBI-Agenten erzählt hatte. Ihre Bestürzung war echt gewesen, die Fragen der beiden Männer hatten sie zutiefst erschreckt. Jetzt wollte er unbedingt den Grund herausfinden.

Nachdem sie die Tür geschlossen hatten, eröffnete Lonigan das Gespräch.

»Bei unserer ersten Unterredung konnten wir nicht ahnen, daß Wang Fu-sen noch am selben Tag eines gewaltsamen Todes sterben würde und Sie die Ermittlungen leiten würden, Mr. Tibbs.«

»Wirklich ein verdammt merkwürdiger Zufall«, meinte Virgil und sah Lonigan fragend an.

»Ja und nein. Zufall, daß der Mann ausgerechnet zu diesem Zeitpunkt starb, aber kein Zufall, daß man Ihnen den Fall übertragen hat. Sie sind hier immerhin *der* Spezialist für Mordfälle.«

Irgend etwas in Lonigans Stimme ließ darauf schließen, daß der Satz noch nicht vollständig war. »Wollen Sie damit sagen«, fragte Tibbs, »daß Chief McGowan wußte, daß Sie sich für den Mann interessierten?«

»Bevor wir uns mit Ihnen unterhalten haben«, sagte Duffy, »mußten wir die Sache natürlich mit ihm abklären. Schließlich ist er Ihr Vorgesetzter.«

»Dann war er also genau informiert?«

»Mehr oder weniger.«

»Und warum haben Sie *mir* davon nichts gesagt?« erkundigte sich Tibbs ungehalten.

»Das holen wir ja gerade nach. Schließlich waren Sie die ganze Zeit ziemlich beschäftigt – genau wie wir.«

Virgil setzte sich und streckte seine langen Beine unter dem Tisch aus. »Was halten Sie davon, mir endlich reinen Wein einzuschenken? Sie haben eine verdammt wichtige Aufgabe zu erledigen – genau wie ich. Allerdings mit dem kleinen Unterschied, daß ich mich anderen Aufgaben zuwenden werde, sobald dieser Fall abgeschlossen ist, was hoffentlich recht bald sein wird. In der Zwischenzeit würde ich es begrüßen, wenn wir uns nicht gegenseitig bei der Arbeit behindern!«

»Einverstanden«, sagte Lonigan und nahm ebenfalls Platz. »Ich kann mir vorstellen, warum Sie so verärgert sind. Wahrscheinlich, weil wir das Mädchen verhört haben – Miss Nagashima.«

»Was wollten Sie von ihr?« fragte Tibbs. »Liegt irgend etwas gegen sie vor?«

Duffy ließ sich in einen der Sessel fallen. »Ihr Vorname ist Virgil, nicht? Okay, Virgil, die Antwort lautet, wir wissen es selbst noch nicht.«

»Und gegen Wang?«

»Das wissen wir leider auch noch nicht.«

»Zu Ihrer Information: Miss Nagashima hat sich beim Verhör durch Sie vor Angst in die Hosen gemacht, und Sie haben sie damit getröstet, Sie würden wiederkommen.«

Lonigan schlug eine härtere Gangart ein. »Das werden wir auch, es sei denn, es stellt sich heraus, daß sie mit der Sache nichts zu tun hat. Was momentan leider nicht der Fall ist.«

»Und was spricht dafür?«

»Eine ganze Menge.«

Virgils Stimme klang mindestens so hart wie die von Lonigan. »Vor ein paar Stunden haben Sie mich gebeten, mit Ihnen zusammenzuarbeiten, und jetzt enthalten Sie mir wichtige Informationen vor, während ich versuche, einen Mord aufzuklären. Falls sich herausstellt, daß Miss Nagashima ihren Wohltäter umgebracht hat, und man sie vor Gericht des Mordes überführt, endet sie wahrscheinlich in der Gaskammer. Etwas Schlimmeres kann einem Menschen ja wohl kaum passieren. Natürlich hatten Sie das Recht, sie aufzusuchen, aber Sie haben damit meine Ermittlungen völlig durcheinandergebracht. Am besten wir legen die Karten endlich offen auf den Tisch und hören auf, uns gegenseitig in die Parade zu fahren.«

Duffy versuchte zu vermitteln. »Sie haben völlig recht, Virgil, daran besteht gar kein Zweifel. Ich schlage vor, wir arbeiten von jetzt an wirklich zusammen, das heißt, wir sagen Ihnen, was wir herausgefunden haben, aber dafür müssen Sie uns auch helfen, soweit es in Ihrer Macht steht.«

»Einverstanden. Schießen Sie los.«

Lonigan begann. »Normalerweise kommt das Rauschgift aus drei Quellen auf unseren Markt: aus dem Mittleren Osten, via Frankreich, aus Mexiko oder aus dem Fernen Osten. Der Großteil des Heroins, das an der Ostküste landet, wird aus Opium gewonnen, das aus der Türkei stammt. Im Libanon wird es zu Morphium, im Südosten Frankreichs zu Heroin, normalerweise in der Gegend von Marseille. Heroin kommt außerdem aus Mexiko, ist aber qualitativ nicht sonderlich gut und landet vor allem in Kalifornien, zum Teil auch in Hawaii. Der Preis liegt weit über vierhundertfünfzig Dollar pro Unze – und das für ein gestrecktes Produkt.«

»Das meiste davon ist mir bereits bekannt«, sagte Virgil.

»Das habe ich nicht anders erwartet, aber aus verschiedenen Gründen wollte ich es Ihnen trotzdem noch einmal darlegen. In Südostasien gibt es einige besonders wichtige Häfen, aus denen illegale Drogen in unser Land geschmuggelt werden. Dazu gehören Bangkok, Penang und Singapur. Das meiste davon in Form gepreßter Morphiumblöcke, die mit der Handelsbezeichnung 999 nach Hongkong verschifft werden. Dort wird es in Heroin umgewandelt. Wenn man dabei nicht äußerst vorsichtig ist, wird das Zeug unter Umständen zu stark erhitzt und der ganze Laden fliegt in die Luft. Ab und zu kommt das vor.«

»Das dürfte die Kontrolle um einiges erleichtern.«

»Genau das hoffe ich auch immer. Aber lassen Sie mich zum eigentlichen Problem kommen: Hongkong, Singapur und bis zu einem gewissen Grad auch Bangkok sind gleichzeitig auch die Hauptquellen für Jadeschnitzereien. Eine Zeitlang war es verboten, Jade in die USA einzuführen, doch unser verstorbener Freund Mr.

Wang hat es trotzdem immer irgendwie geschafft, sich regelmäßig mit Nachschub zu versorgen. Das wissen wir aus sicherer Quelle. Darüber hinaus läßt vieles darauf schließen, daß die Rauschgifthändler in ständigem Kontakt mit ihm standen, auch in diesem Punkt sind wir uns ziemlich sicher. In einer ganz besonders kritischen Phase taucht plötzlich die junge Asiatin auf, die jetzt in seinem Haus wohnt, und zieht bei ihm ein. Und kaum ist sie da, kommen die Sendungen immer häufiger.«

Tibbs unterbrach ihn mit einer Frage. »Sind das nur Vermutungen oder haben Sie stichhaltige Beweise?«

»Stichhaltige nicht – jedenfalls noch nicht. Doch da wären noch zwei weitere Punkte, die ein bißchen mehr Licht in die Sache bringen. Tagtäglich gelangen unzählige Tonnen der unterschiedlichsten Importgüter in unser Land, und es ist schier unmöglich, jede Ladung systematisch nach Schmuggelware zu untersuchen, daher müssen wir uns zu einem großen Teil auf unsere Informanten in Übersee verlassen. Auf diese Art fangen wir eine Menge ab, aber natürlich längst nicht alles. Mehrere Spuren führen zu Wang, soviel steht eindeutig fest.«

Duffy sprach weiter. »Der dickste Hund kommt allerdings noch, also machen Sie sich jetzt am besten auf einiges gefaßt.«

»Immer raus damit.«

»Gibt es Ihrer Meinung nach etwas Schlimmeres als Heroin?«

»Nicht daß ich wüßte«, antwortete Tibbs. »In einigen Fällen vielleicht LSD, wegen der unberechenbaren Wirkung. Sie kann manchmal später auftreten, so daß es selbst Wochen oder Monate nach dem letzten Trip urplötzlich und völlig ohne Vorwarnung zu Flashbacks kommen kann.«

»Stimmt, aber LSD macht nicht wirklich süchtig. Ich spreche über Drogen, die absolut süchtig machen.«

»In dieser Hinsicht steht Heroin wohl an erster Stelle.«

Duffy schüttelte den Kopf. »Früher schon, aber inzwischen leider nicht mehr. Haben Sie schon mal von Keto-Bedmidon gehört? Oder vielleicht von Claradon, so heißt das Teufelszeug nämlich auch noch.«

Virgil schüttelte den Kopf.

Lonigan faltete die Hände auf dem Tisch. »Es ist eine synthetische Droge, die in Europa für bestimmte medizinisch eng umschriebene Zwecke hergestellt wird. Ein äußerst wirksames Analgetikum, das zur Linderung extremer Schmerzen eingesetzt wird, etwa bei schwerverletzten Unfallopfern, die keine Überlebenschancen haben.«

»Und was ist mit Demerol?«

»Es gibt diverse Mittel für derartige Fälle, Keto-Bedmidon ist nur eins davon. Doch es besitzt zwei weitere Eigenschaften, die es extrem gefährlich machen. Erstens verursacht es eine starke Euphorie, es macht ›total high‹, wie es im Drogenjargon so schön heißt. Zweitens macht es äußerst süchtig. Und zwar bedeutend schneller als Heroin.«

»Demnach wäre es in jeder Hinsicht schlimmer als Heroin?«

»Könnte man sagen.«

»Das muß ja ein wahres Teufelszeug sein«, sagte Tibbs.

»Allerdings. Bei uns ist es verboten, doch vor einiger Zeit ist es trotzdem hier aufgetaucht. Ich wage zu bezweifeln, daß viele Junkies sich freiwillig an dem Zeug vergreifen würden, wenn sie wüßten, um was es sich handelt, und Sie wissen ja selbst, was die ihrem Körper alles antun.«

»Ich habe in dieser Hinsicht schon einiges gesehen.«

Lonigan hielt inne, als müsse er genau überlegen, wie er seine nächsten Sätze formulieren sollte. »Virgil, wir haben erfahren, daß die Rotchinesen das Zeug hergestellt haben und im Begriff sind, es in großen Mengen in unser Land zu schmuggeln. Und die wissen genau, was sie damit anrichten.«

Tibbs hatte eine Frage. »Viele Junkies sind zwar die meiste Zeit unzurechnungsfähig, aber wenn sie gerade nicht auf einem Trip sind, können sie ganz normal denken. Warum sollten sie sich also auf so ein Höllenzeug einlassen, solange sie Heroin kriegen können?«

Lonigan nickte. »Genau das hoffen wir auch. Das war bei Speed auch der Fall, und die Nachfrage hat enorm nachgelassen. Sollte noch mehr von dem Zeug auf den Markt kommen, werden wir sofort unsere Informationen offenlegen. Natürlich gibt es immer ein paar Junkies, die bereit sind, alles zu machen, bloß um zu beweisen, wie mutig sie sind. Ihnen scheint es nichts auszumachen, mit ihrem Leben Russisches Roulette zu spielen. Sagt Ihnen der Ausdruck ›Fruchtsalat‹ etwas?«

Virgil machte ein finsteres Gesicht. »Wir haben vorigen Monat zwei Opfer davon ins Huntington Memorial eingeliefert. Der eine ist inzwischen tot, der andere hat nur überlebt, weil er verdammtes Glück hatte und man ihm sofort den Magen ausgepumpt hat. Wissen Sie schon, wann dieses Keto-Bedmidon hier eintreffen soll?«

»Nein, wir haben keine Ahnung. Aber den absolut zuverlässigen Tip aus Hongkong, daß es bereits unterwegs ist und an den verstorbenen Mr. Wang gehen sollte. Oder an das Mädchen – vielleicht hat man sie ja aus genau diesem Grund bei ihm einquartiert. Jetzt wissen Sie, warum wir uns so brennend für die junge Dame interessieren.«

Als Tibbs zurück in sein Zimmer kam, war Bob Nakamura gerade damit beschäftigt, seine Büroarbeit zu erledigen, und saß hinter den riesigen Papierbergen, die jeden Monat in der Abteilung anfielen. Anscheinend funktionierte die ganze Polizeiverwaltung nur, wenn Unmengen von Papier verbraucht wurden.

»Nach all den Jahren sollte ich mich eigentlich an deine genialen Geistesblitze gewöhnt haben, Virg«, sagte er und schaute von seiner Schreibmaschine auf. »Aber irgendwie schaffst es immer noch, mich zu verblüffen. Ich habe inzwischen im Leichenschauhaus angerufen. Woher zum Teufel wußtest du, daß Mr. Wang Fu-sen nicht an dem Steinmesser gestorben ist, das in seiner Brust steckte? Du hattest recht, aber Floyd Sanderson hat mir hoch und heilig versichert, daß du nichts weiter getan hast als dich hinzuknien und dir die Leiche zwei oder drei Minuten lang anzusehen.«

Tibbs zuckte mit den Achseln. »Dir wäre es bestimmt auch aufgefallen.«

»Da bin ich mir gar nicht so sicher. Mein Spezialgebiet sind eher bewaffnetete Raubüberfälle. Wie bist du bloß darauf gekommen?«

»Nur wenn du mir erzählst, woran der Mann wirklich gestorben ist.«

»Das ist ja das Merkwürdige, Virg, anscheinend wissen sie das selbst noch nicht. Wahrscheinlich hat ihm jemand das Ding in die Brust gerammt, als er schon tot war.«

»Genau wie ich vermutet habe«, sagte Tibbs trocken.

»Nun komm schon, du Wunderknabe, spuck es endlich aus. Woran hast du es gesehen?«

»Mir ist die ungewöhnliche Lage des Toten aufgefallen. Und daraus habe ich diverse andere Schlußfolgerungen abgeleitet.«

»Beispielsweise?«

»Hast du die Fotos schon gesehen?«

»Noch nicht.«

»Dann geh sie dir anschauen. Wenn du danach noch irgendwelche Fragen haben solltest, können wir uns gern weiter darüber unterhalten.«

»Du hast wohl keine Lust, darüber zu sprechen.«

»Sehr richtig. Mir ist da nämlich etwas eingefallen, über das ich unbedingt nachdenken muß. Bitte entschuldige, aber das verstehst du doch sicher, oder?«

»Selbstverständlich. Wenn du deine berühmten Einfälle hast, laß ich dich doch meistens in Ruhe.«

Tibbs schaute auf seinen Schreibtisch und schüttelte verweifelt den Kopf. »Es ist nichts Weltbewegendes – jedenfalls nicht auf den ersten Blick. Vielleicht ist es auch nur ein Hirngespinst von mir. Aber ich glaube, ich sollte heute abend eine Dame zum Essen einladen. Aus rein dienstlichen Gründen, versteht sich.«

»Laß mich raten. Miss Nagashima?«

»Ja, falls sie wirklich so heißt. Die beiden FBI-Agenten haben ihr heute morgen einen Besuch abgestattet, aber als ich sie darauf angesprochen habe, waren sie auffallend zugeknöpft. Es gibt da ein paar harmlose Fragen, die ich ihr lieber selbst stellen möchte. Natürlich auf die sanfte Tour.«

Nakamura schaute ihn an. »Die Ärmste kann einem wirklich leid tun«, sagte er.

Kapitel 7

Pünktlich um halb sieben abends parkte Virgil Tibbs seinen Privatwagen vor dem Haus des verstorbenen Wang Fu-sen. Inzwischen hatte er sich umgezogen und trug jetzt eine zweifarbige Hose und ein Sportsakko, dazu ein hellblaues Oberhemd und eine der momentan sehr beliebten breiten Krawatten, die bedeutend bunter war als die Schlipse, die er normalerweise im Dienst trug. Als er die Einfahrt zum Haus hochging und an der Tür klingelte, war ihm vollkommen gleichgültig, was die Nachbarn wohl denken würden.

Sekunden später öffnete Yumeko die Tür. Tibbs war angenehm überrascht, als er sie sah, denn sie trug ein einfaches schwarzes Kleid, das ihre Figur hervorragend zur Geltung brachte, und dazu als einzigen Schmuck eine wunderschöne Jadebrosche, die einen bewundernswert realistisch wirkenden langschwänzigen Vogel darstellte. Ansonsten war das Kleid völlig schlicht, so daß Yumekos ausdrucksvolle Augen, ihr schwarzes Haar und der dunkle Teint noch exotischer wirkten. Während Virgil sie betrachtete, bemerkte er zum ersten Mal, wie attraktiv sie war.

»Guten Abend«, sagte er.

Yumeko bat ihn herein. »Vielen Dank, daß Sie mich gefragt haben«, sagte sie förmlich. Der Satz klang freundlich, äußerst höflich und ein klein wenig zynisch. Der ironische Unterton war allerdings so subtil, daß Tibbs sich nicht sicher war, ob er sich nicht vielleicht doch getäuscht hatte. Für eine Japanerin beherrschte Yumeko die englische Sprache zwar ausgesprochen gut, doch andererseits auch wieder nicht perfekt. Er beschloß, in ihre Worte keine subtilen Untertöne hineinzuinterpretieren, denn schließlich mußte sich Yumeko in einer für sie ungeheuer komplizierten und schwierigen Fremdsprache ausdrücken.

»Ich freue mich sehr, daß Sie mitkommen«, erwiderte Tibbs. Er wäre lieber weniger förmlich gewesen, aber für Vertrautheiten war es noch zu früh. Die junge Frau stammte aus einem anderen Land und einer anderen Kultur, außerdem hatte sie erst vor kurzem die kaltblütige Ermordung ihres Wohltäters verkraften müssen. Er konnte sich beim besten Willen nicht vorstellen, daß sie den alten Mann eigenhändig umgebracht hatte, doch er wußte aus Erfahrung, wie wichtig es war, bei der Arbeit stets objektiv zu bleiben und sich nicht von persönlichen Neigungen beeinflussen zu lassen. Er ging ohnehin schon zu weit, wenn er eine tatverdächtige Person zum Essen ausführte, selbst wenn er seine Entscheidung damit rechtfertigte, daß es in einer etwas zwangloseren Atmosphäre vielleicht leichter sein würde, ihr ein paar zusätzliche Informationen zu entlocken. Im Grunde wußte er sehr genau, daß es sich dabei lediglich um Vorwände handelte.

»Sie möchten, daß wir jetzt gehen?« fragte sie.

Er lächelte flüchtig und sagte: »Warum nicht?« Während sie neben ihm zu seinem Wagen ging, fiel ihm auf, daß sie nicht besonders groß war. Er hielt ihr die Beifahrertür auf und beobachtete, wie sie ins Auto stieg. Obwohl sie alles andere als entspannt war, bewegte sie sich auch jetzt ausgesprochen anmutig.

Er setzte sich ans Lenkrad und wandte sich ihr zu. »Hätten Sie Lust auf japanisches Essen?« erkundigte er sich.

Als sie ihn erstaunt anblickte, fiel ihm auf, wie groß ihre Augen trotz des orientalischen Schnitts waren. »Sie können essen?« fragte sie erstaunt.

Er führte die merkwürdige Formulierung korrekterweise darauf zurück, daß Yumeko wortwörtlich aus dem Japanischen übersetzt hatte. »Ja, natürlich«, sagte er. »Ich esse gern japanisch.«

Er ließ den Wagen an und fuhr in Richtung Stadtzentrum. Da er spürte, daß seine Begleiterin kein Interesse an Small Talk hatte, schwieg er. Im Hinterkopf quälte ihn der Gedanke, daß er mit der Entscheidung, Yumeko zum Essen auszuführen und mit ihr den Abend zu verbringen, die Grenzen solider Polizeiarbeit weit überschritt. Doch jetzt konnte er nicht mehr zurück, sie saß neben ihm im Wagen, und er wußte, was sich gehörte.

Das Restaurant, das er ausgewählt hatte, lag im Souterrain eines großen Gebäudes in der Nähe des Polizeipräsidiums. Nachdem sie die kleine Treppe hinuntergegangen waren, schienen sie sich mit einem Mal in einer anderen Welt zu befinden. Das schlichte, elegante Foyer bewies einmal mehr das typisch japanische Gespür für ästhetische Gestaltung und Wohnkultur selbst auf kleinstem Raum. Die entspannende Ruhe im Inneren des Restaurants ließ den Besucher die geschäftigen Straßen vergessen und versetzte ihn in ein kleines orientalisches Refugium, in dem köstliches Essen serviert wurde.

Sie wurden von einer Japanerin in einem rosafarbenen, geblümten Kimono begrüßt. Sie überprüfte die Reservierung und brachte sie zu ihrem Tisch. »Es tut mir leid«. sagte sie, »ich habe ganz vergessen zu fragen, ob sie nicht vielleicht lieber im Tatami-Zimmer sitzen würden.«

Virgil schaute seine Begleiterin fragend an und wartete auf eine Antwort. »Ich glaube«, sagte Yumeko vorsichtig, »daß Mr. Tibbs sich hier glücklicher fühlen wird.«

Die Bedienung blickte sie nochmals an, forderte sie höflich auf, Platz zu nehmen, und fügte dann eine Begrüßung auf Japanisch hinzu. Die Wirkung auf Yumeko war verblüffend. Sie antwortete sofort und schien dankbar zu sein, endlich wieder ihre Muttersprache sprechen zu dürfen, auch wenn es nur wenige Sätze waren. Für Tibbs war die kurze Unterhaltung völlig unverständlich, doch er bemerkte die auffällige Veränderung in Yumekos Verhalten – sie wirkte mit einem Mal sichtlich gelöst und zufrieden. Man hätte glauben können, eine ganz andere Person vor sich zu haben.

Selbst als die Bedienung fort war, war noch etwas von der Wärme zu spüren. »Sie ist eine sehr nette Frau«, sagte Yumeko. »Sie hat uns freundlich begrüßt. Sie verzeiht mir meine Abstammung, weil ihr Ehemann ist *hakojin*. Entschuldigung, das bedeutet, er ist weiß.«

Virgil wäre gern auf ihre Abstammung zu sprechen gekommen, beschloß jedoch, damit noch zu warten. Sie würden später noch genügend Zeit haben, also vertiefte er sich stattdessen in seine Speisekarte. »Was möchten Sie essen?« fragte er.

Bevor Yumeko antworten konnte, erschien eine andere Dame an ihrem Tisch und erkundigte sich, ob sie einen Cocktail wünschten. Yumeko schüttelte den Kopf. »Bitte, nein«, sagte sie. Nachdem Tibbs ebenfalls dankend abgelehnt hatte, erklärte sie ihm ihr Verhalten. »Einmal habe ich mich sehr bemitleidet und zuviel getrunken. Danach ich habe mich sehr krank gefühlt, und mein Magen hat sich umgedreht. Jetzt möchte ich nicht noch einmal erleben.«

»Kann ich gut verstehen«, sagte Virgil. »Man soll sich nie zu etwas zwingen, was man nicht wirklich möchte.«

Yumeko warf ihm einen verstohlenen Blick zu und schien ihn prüfend anzusehen, sagte jedoch nichts. Sie widmete sich wieder ihrer Speisekarte und hielt sie so, daß ihr Gesicht dahinter verborgen war.

»Es stört Sie nicht, wenn ich richtiges japanisches Essen bestelle?« erkundigte sie sich.

»Genau deswegen habe ich Sie schließlich hergebracht.«

Als die Serviererin wieder erschien, bestellte Yumeko auf japanisch. Die beiden Frauen führten ein kleines Gespräch, dann war die Reihe an Tibbs. »Sukiyaki«, sagte er einfach.

»*Gohan*?«

Er schaute sie fragend an.

»Verzeihung, ich habe nur gefragt, ob Sie auch Reis wünschen.«

»Ja, bitte.«

Die Serviererin holte ein Rechaud und bereitete alles für die Zubereitung der Spezialität bei Tisch vor. Dann brachte sie zwei dunkle Lackschalen mit klarer Suppe und stellte kleine Portionsschälchen mit japanischem Gemüse auf den Tisch. Neben Yumekos Teller legte sie ein Paar eingepackte Eßstäbchen und neben Virgils sowohl Eßstäbchen als auch konventionelles Besteck.

Yumeko nahm ihre Suppenschale und machte Anstalten, daraus zu trinken. »Vielen Dank, daß Sie mich in dieses Restaurant eingeladen haben«, sagte sie. »Ich habe schon lange Zeit nicht mehr japanisches Essen gehabt.«

»Ich freue mich, daß Sie mitgekommen sind«, erwiderte Virgil. Er schaute seine Begleiterin an und versuchte zu verstehen, was in ihr vorging. Für ihn war sie Japanerin, sie war in Japan aufgewachsen und ihre Muttersprache war Japanisch. Und doch war ihm bewußt, daß ihr Vater ein schwarzer Amerikaner und ihre Haut fast so dunkel war wie seine eigene. Er wußte immer noch nicht genau, ob ihr Problem in ihrer gemischtrassigen Herkunft lag oder in der recht offensichtlichen Tatsache, daß ihre Eltern nicht verheiratet gewesen waren. Während er seine Suppe trank, dachte er über diese Frage nach, beschloß aber schließlich, den Gedanken besser fallenzulassen.

Kurze Zeit später erschien die Serviererin wieder. Sie brachte eine Platte mit den kunstvoll arrangierten Zutaten für das Sukiyaki und eine einfache Eisenpfanne, in der das Gericht zubereitet werden sollte. »Und was essen Sie?« fragte Tibbs seine Begleiterin.

Yumeko zeigte auf die üppige Auswahl an Fleisch und Gemüse.

»Wie Sie wissen, verstehe ich kein Japanisch«, sagte er. »Ich habe nicht gehört, daß Sie dasselbe bestellt haben wie ich.«

»Zuerst ich habe auch etwas anderes bestellt«, erklärte sie. »Aber als Sie Sukiyaki bestellt haben, ich habe meine Meinung geändert und dasselbe bestellt.«

»Warum?«

»Weil es höflicher ist. Und einfacher für die Bedienung.«

Wieder schaute er sie prüfend an und fragte sich erneut, ob diese Frau wohl in der Lage wäre, einen Mord zu begehen. Er hatte schon viele komplizierte Menschen kennengelernt, aber aus Yumeko wurde er einfach nicht schlau.

Er verwarf auch diesen Gedanken wieder und gab sich damit zufrieden zuzusehen, wie die Serviererin ihr Hauptgericht zubereitete und dann mit ihren eigenen Eßstäbchen großzügige Portionen in die Schälchen der beiden Gäste füllte. Eine zweite Japanerin erschien zuerst mit einer Schüssel Reis und servierte danach frisch aufgebrühten Tee. Die Bedienung war gut und schnell, sogar noch ein bißchen besser als gewöhnlich, vielleicht weil einer der Gäste zumindest teilweise japanisch war.

Das Essen war sehr gut, und es fiel daher nicht auf, daß sie den größten Teil schweigend verzehrten. Virgil hatte ohnehin wenig zu sagen, und Yumeko hegte offensichtlich nicht die Absicht, ein Gespräch anzuknüpfen. Allerdings hatte er sehr wohl gemerkt, daß sie kein Problem damit zu haben schien, ihn als Begleiter zu akzeptieren. Er deutete dies als Beweis dafür, daß sie die Sünden ihres Vaters nicht auf alle anderen Männer übertrug, die seine Abstammung teilten. Vielleicht fühlte sie sich auch selbst wenigstens zu einem gewissen Teil als Farbige. Er hoffte, daß diese Vermutung zutraf.

Als sie etwas mehr als eine Stunde später das Restaurant wieder verließen, wurde ihm siedendheiß klar, daß er nicht wußte, was er als nächstes unternehmen sollte. Bisher hatte er den Gedanken erfolgreich verdrängt, doch jetzt gab es kein Entrinnen mehr, er mußte eine Entscheidung treffen. Er überlegte noch, ob er ihr vielleicht einen Kinobesuch vorschlagen oder sie lieber schon nach Hause bringen sollte, als die junge Frau selbst die Initiative ergriff und ihm die Entscheidung abnahm. »Wo wohnen Sie?« fragte sie.

»Ganz in der Nähe. In einem Apartment.«

»Sie haben Mitbewohner?«

»Nein, ich lebe allein. In dem Gebäude wohnen allerdings noch einige Kollegen von mir.«

Einen Augenblick lang blieb Yumeko wie angewurzelt stehen, als müsse sie sich zu einer Entscheidung durchringen, dann sagte sie:»Gehen wir jetzt in Ihre Wohnung?«

Tibbs war verblüfft. Einen Moment lang wußte er nicht, wie er reagieren sollte. »Möchten Sie das wirklich?« fragte er.

»Lassen Sie uns gehen«, antwortete sie und ging in die Richtung ihres Parkplatzes.

Während der kurzen Fahrt versuchte Tibbs, einen klaren Kopf zu bewahren. Er wurde das Gefühl nicht los, irgendwie in der Falle zu sitzen. Vielleicht war es schon eine unverzeihliche Indiskretion gewesen, das Mädchen zum Essen auszuführen. Er wußte selbst nicht mehr, was ihn bewogen hatte, sie überhaupt einzuladen. Offensichtlich hatte er nicht klar gedacht – falls er überhaupt gedacht hatte. Jetzt war er gezwungen, sie mit in seine Wohnung zu nehmen. Vom moralischen Standpunkt aus hatte er damit keinerlei Probleme, die Zeiten von Cotton Mather waren schließlich längst vorbei, aber ihm machte seine Stellung als Kriminalbeamter Sorgen. Falls es ihre Absicht war, sich ihm anzubieten, und sie dafür als Gegenleistung irgendeine Art von Immunität oder Schonung erwartete, blieb ihm keine andere Wahl, als sie auf der Stelle nach Hause zu bringen, und zwar in einer Atmosphäre, die alles andere als angenehm war. Außerdem wäre er gezwungen, sie in Zukunft mit eisiger Zurückhaltung zu behandeln.

Schließlich beschloß er, erst einmal in Ruhe abzuwarten. Er hielt vor dem hübsch gestalteten zweistöckigen Mietshaus, in dem er wohnte, stieg aus und öffnete die Beifahrertür für Yumeko. Während er ihr beim Aussteigen behilflich war, beobachtete er sie genau, doch es gelang ihm nicht, in ihrem Gesicht auch nur den geringsten Hinweis auf ihre Gedanken oder Gefühle zu entdecken, es war und blieb undurchdringlich. Sie folgte ihm durch die Lobby des Gebäudes bis vor die Türe seines Apartments im ersten Stock. Er schloß auf, griff nach dem Lichtschalter im Inneren der Wohnung und trat zur Seite, um Yumeko vorgehen zu lassen.

Sie machte nur wenige Schritte, blieb stehen und schaute sich um. Das Wohnzimmer war aufgeräumt, die Putzfrau war zufällig an diesem Tag da gewesen und hatte alles so zurückgelassen, daß die Wohnung selbst dem kritischen Blick einer Frau standhielt. Die Möbel waren zwar nicht sonderlich kostbar, aber geschmackvoll und von guter Qualität. Er war bei der Gestaltung der Zimmer vor allem auf Gemütlichkeit bedacht gewesen, daher wirkte alles einladend und freundlich.

»Es ist sehr nett bei Ihnen«, sagte Yumeko. Dann drehte sie sich um und ihr Blick fiel zum ersten Mal auf die gegenüberliegende Wand, an der ein großes Gemälde hing, dessen Farben so intensiv und leuchtend waren, daß es von innen heraus zu strahlen schien. Es stellte eine lebenssprühende, attraktive, vollkommen nackte junge Frau unter freiem Himmel dar. Ihr wohlgeformter Kopf und ihr hübsches Gesicht wurden von blondem Haar gerahmt, das der Maler verblüffend realistisch gestaltet hatte, auch wenn das Bild sonst nicht frei von einer gewissen Stilisierung war. Die junge Frau schaute den Betrachter mit klaren, ruhigen Augen von der Leinwand herab an und zog ihn unweigerlich in ihren Bann. Ihre nackten Schultern schienen das Sonnenlicht zurückzuwerfen, während ihre festen, wohlgeformten Brüste ihre jugendliche Weiblichkeit nur noch mehr betonten. Das Portrait schien ein merkwürdiges Eigenleben zu führen, wenn man es erst einmal bemerkt hatte, forderte es die uneingeschränkte Aufmerksamkeit des Betrachters und ließ einen nur schwer wieder los.

Yumeko schaute es sich lange an. »Es ist sehr schön«, sagte sie vorsichtig. »Ich glaube, der Maler ist sehr, sehr gut.«

Tibbs blieb ruhig stehen und wartete. »Da haben Sie recht. Das Bild ist von William Holt-Rymers.«

»Ich kenne diesen Namen nicht.« Yumeko schaute weiterhin unverwandt auf das Gemälde. »Aber ist egal. Er ist sicher ein sehr berühmter Künstler – bestimmt ist er das.«

»Er ist tatsächlich sehr bekannt.«

»Das Mädchen«, sagte sie dann, »gibt es wirklich, glaube ich.«

»Ja, stimmt.«

»Sie kennen sie?«

Virgil nickte. »Ja, sie heißt Linda. Linda Nunn.«

Yumeko schaute ihn zum ersten Mal nach langer Zeit wieder an. »Sie haben Sie so gesehen wie hier?«

»Ja, habe ich.«

Mit ausdruckslosem Gesicht ging Yumeko zum Sofa und setzte sich. »Sie ist Ihre Freundin, glaube ich auch.«

Tibbs schaute sie ruhig an. »Nein, Yumeko, das ist sie nicht. Ich kenne sie nur, weiter nichts – aus verschiedenen Gründen.« Er wechselte das Thema. »Sie haben gesagt, Sie möchten lieber nichts Alkoholisches trinken, aber kann ich Ihnen vielleicht irgendeine andere Erfrischung anbieten? Gibt es etwas, das Sie besonders mögen?«

Sie preßte ihre Hände fest zusammen. »Wenn Sie vielleicht Alkohol haben, der mich nicht übel macht, möchte ich ihn gerne haben. Es würde mir helfen.«

Obwohl er nicht verstand, was sie meinte, nickte er und ging an die kleine Hausbar in einer Ecke des Zimmers. »Ich glaube, ich habe da etwas für Sie. Falls es Ihnen nicht schmeckt, lassen Sie es einfach stehen.«

Er griff nach einer Flasche und entkorkte sie. Dann füllte er Eis in ein Glas und goß eine rubinrote Flüssigkeit darüber. Er brachte ihr das Getränk und wartete, während sie probierte.

»Schmeckt sehr gut. Ich mag es gern.«

»Gut«, sagte er. Er machte sich selbst einen ähnlichen Drink und setzte sich dann in einigem Abstand neben sie auf das Sofa. »Ich möchte Ihnen noch ein bißchen mehr über das Gemälde erzählen. Der Künstler hat es mir geschenkt, nachdem ich einen Mordfall gelöst habe, in den er und Miss Nunn verwickelt waren.«

»Er hat das Bild extra für Sie gemalt?«

»Ja. Und Linda hat ihm auch aus diesem Grund Modell gestanden.«

Yumeko nippte wieder an ihrem Drink. »Was ist das?« fragte sie.

»Cherry Heering.«

»Schmeckt sehr gut«, sagte sie noch einmal. Ihr Blick wanderte zurück zu dem Portrait. »Wenn Sie solche Frau kennen, schäme ich mich sehr. Sie werden enttäuscht sein von mir.«

Virgil sah sie ziemlich verblüfft an. »Wie meinen Sie das?«

Yumeko zuckte traurig mit den Schultern. »Ich habe nicht solchen Körper. Ich bin Frau, ja, aber halb Japanerin. Deshalb ich habe kleinere Brust. Es tut mir leid, aber ich kann es nicht ändern.«

Sehr vorsichtig und langsam nahm Tibbs sein Glas und trank einen Schluck. Als er wieder sprach, hatte er seine Stimme unter Kontrolle. »Yumeko, Sie sind doch nicht etwa mit der Absicht hergekommen, mit mir ins Bett zu gehen?«

Yumekos Augen waren weit geöffnet und herausfordernd. »Ist es denn nicht deshalb, daß Sie mich zum Essen eingeladen haben?«

»Und Sie haben meine Einladung akzeptiert, obwohl Sie das geglaubt haben?« fragte er.

Sie sah resigniert aus. »Natürlich. Meine Mutter hat mir genau erzählt über dieses Land. Wir haben unsere Sitten in Japan, Sie haben andere hier. Ich kann das verstehen.« Sie griff nach ihrem Glas.

»Also gut.« Virgil drehte sich so, daß er ihr direkt in die Augen sah. »Ich möchte Ihnen jetzt etwas erklären. Ich habe Sie zum Essen eingeladen, obwohl ich wußte, daß ich es besser nicht tun sollte. Weil Sie mir leid getan haben – schließlich haben Sie viel durchmachen müssen, und ich wollte Ihnen eine kleine Freude machen. Und weil ich gedacht habe, wir würden vielleicht einen netten Abend zusammen verbringen. Verstehen Sie das?«

»Ja, ich verstehe.«

Er trommelte mit den Fingern auf die Sofalehne. »Ich gehe mit einer Frau ins Bett, wenn es sich auf ganz natürliche Weise ergibt und ich mich gut mit ihr verstehe – ich nehme an, das gilt wohl für die meisten Männer. Aber es würde mir nicht einmal im Traum einfallen, Sie zum Abendessen einzuladen und allein deshalb zu erwarten, daß den Rest auch noch – ich meine, daß sie deshalb mit mir schlafen – das wäre wirklich …« Er hielt inne und versuchte, das richtige Wort zu finden. »… unfein.«

Yumeko schaute ihn weiter unverwandt an. »Dann haben Sie nicht von mir erwartet?« fragte sie.

»Selbstverständlich nicht! Ich habe Sie lediglich um Ihre Gesellschaft gebeten, das ist alles.«

»Aber Sie wissen doch, was ich bin!«

Schlagartig wurde ihm alles klar. Im Grunde hatte er die ganze Zeit genau gewußt, was sie quälte, aber den Gedanken immer wieder zurückgedrängt. Jetzt wurde er direkt damit konfrontiert und konnte die Augen nicht länger verschließen.

»Yumeko«, sagte er. »Ich möchte, daß Sie herkommen und sich ganz nah neben mich setzen.«

Ruhig und ohne sichtbare Regung gehorchte sie ihm.

Als sie sich gegen ihn lehnte und er die Wärme und Anspannung ihres Körpers spüren konnte, legte er seinen Arm um ihre Schulter und wartete, bis sie sich ein wenig entspannte – bis sie die Situation akzeptiert hatte.

»Ich werde Ihnen jetzt etwas sehr Wichtiges sagen, und ich möchte, daß Sie mir genau zuhören«, sagte er. »Bitte unterbrechen Sie mich nicht, bis ich fertig bin – einverstanden?«

Sie nickte, und mit einem Mal wirkte ihr Kopf an seiner Schulter sehr klein.

»Vor langer Zeit kamen meine Vorfahren, wer immer sie auch gewesen sein mögen, aus Afrika in dieses Land. Nicht freiwillig wie Sie, nein, sie waren Sklaven, man hatte sie gekauft und verkauft wie Vieh. Sie mußten schuften wie die Tiere, und viele ihrer Frauen wurden vergewaltigt. Glücklicherweise entwickelte sich die Gesellschaft hier irgendwann weiter, und die Sklaverei gehörte der Vergangenheit an. Danach mußten wir nur noch versuchen zu beweisen, daß wir menschliche Wesen waren, daß wir in der Lage waren, ganz normal zu leben und zu empfinden, und daß unsere Hautfarbe nicht auf alles abfärbte, was wir anfaßten. Das müßten Sie eigentlich wissen, denn auch Sie haben schwarze Vorfahren.«

Er trank wieder einen Schluck. »Es ist natürlich immer noch nicht alles vorbei, aber wenn wir es schaffen, die Militanten daran zu hindern, weiter Haß zu säen, wird es von Tag zu Tag besser. Daß ich diese Stellung innehabe, daß man mir diese Aufgabe übertragen hat, bedeutet schon sehr viel, und Sie sollten das wissen.«

Er holte tief Luft. »Jahrhundertelang haben die Menschen überall auf der Welt in kleinen Gruppen zusammengelebt, haben ihr eigenes Leben geführt und sich von anderen abgekapselt. Es war schwierig, wenn nicht sogar unmöglich, in andere Länder zu reisen. Es hat beispielsweise sehr lange gedauert, bis man von hier nach Japan reisen konnte.«

»Es war verboten«, sagte Yumeko.

»Ich weiß, das ist einer der Gründe. Dann kamen die ersten Flugzeuge und kurz darauf die schnellen Düsenjets. Sie haben die Welt grundlegend verändert, und heute kann jeder, der will, innerhalb weniger Stunden fast alle Teile der Welt erreichen. Auf diese Weise lernen sich die unterschiedlichsten Menschen kennen, bleiben zusammen, bekommen Kinder. So etwas war früher unmöglich, die Menschen konnten es sich nicht einmal vorstellen.«

Er spürte, wie sie sich wieder verspannte. »Ich weiß das alles – ich verstehe das. Aber es hilft mir nicht. Ich bin, wie ich geboren bin, und ich kann nicht anders sein. Und jeder kann das sehen.«

Unwillkürlich verstärkte er den Druck auf Yumekos Schulter so sehr, daß er ihr fast weh tat. »Yumeko, verdammt nochmal, seien Sie doch nicht so schrecklich stur! Versuchen Sie doch wenigstens zu verstehen. Vor hundert Jahren hätte man Sie noch mit offenem Mund angestarrt, aber doch heute nicht mehr, die Zeiten haben sich geändert! Vor hundert Jahren hätte ich nie sein können, was ich heute bin. Man hätte mich lediglich für irgendein Tier gehalten, dem man bestimmte Tricks beibringen konnte, beispielsweise Schuhe putzen.«

»Aber Sie hätten wenigstens gewußt, welches Tier Sie sind!«

Tibbs bemühte sich verzweifelt, ruhig zu bleiben, und hatte sich kurz darauf wieder unter Kontrolle. »Wir wissen alle, wer wir sind«, antwortete er. »Auch wenn es Ihnen vielleicht nicht bewußt ist. Sie sind ein Mensch, Sie sind eine Frau. Ich weiß, daß Sie gemischtrassig sind, aber das ist das beste Getreide auch – es wird sogar absichtlich so gezüchtet.« Er drehte ihren Kopf sanft herum, so daß sie ihn ansehen mußte. »Was meinen Sie wohl, wie viele Menschen heutzutage nur Vorfahren aus einer einzigen Rasse haben? Viele sind es bestimmt nicht mehr. Und so beneidenswert sind sie übrigens gar nicht, denn wenn man beginnt, verschiedene Linien zu kreuzen, wird das Produkt meist immer besser. Das ist nicht nur bei Pferden und Pflanzen so, sondern auch bei Menschen.«

Er packte ihre Schultern so fest, daß seine Finger sich fast in ihr Fleisch gruben. »Sie haben ja gar keine Ahnung, was für ein Glück Sie haben. Die Chance, überhaupt geboren zu werden, steht eins zu Milliarden. Ganz egal, welche Eltern man hat. Sie haben es trotzdem geschafft, Sie wurden geboren, Sie sind gesund, Sie leben. Machen Sie sich doch bloß mal bewußt, was für ein Wunder es ist, überhaupt auf der Welt zu sein. Und jetzt fangen Sie verdammt nochmal endlich an, Ihr Leben zu genießen!«

Er ließ sie los und stand auf. »Ich glaube, ich sollte Sie jetzt besser nach Hause fahren«, meinte er. »Ich habe morgen einen schweren Tag, und den Mörder habe ich auch noch nicht gefunden.«

Er brachte sie bis vor ihre Haustür. Als er eine Stufe unter ihr stand, um ihr Gute Nacht zu sagen, waren ihre Gesichter auf einer Höhe. Während er sie anschaute, fiel ihm wieder auf, wie verdammt attraktiv sie doch war, und er fragte sich, wann sie es wohl endlich begreifen würde. Doch er sagte nichts. Die Ermittlungen waren alles andere als abgeschlossen, und sein ursprünglicher Plan, einen Teil des Abends zu nutzen, um weitere Informationen in Erfahrung zu bringen, war kläglich gescheitert.

»Schließen Sie gut ab«, riet er ihr. »Und lassen Sie ja niemanden herein, wenn Sie ihn nicht kennen. Und selbst dann sollten Sie sehr vorsichtig sein.«

Nach dieser ernsten Ermahnung drehte er sich um und ging. In diesem Haus war ein Mord geschehen, und solange er nicht wußte, wer der Mörder war und warum er den alten Mann umgebracht hatte, würden weiter dunkle Schatten auf dem Haus und der jungen Frau lasten. Aus vielerlei Gründen bedrückt und mit deutlich angeschlagenem Selbstbewußtsein kehrte er zu seinem Wagen zurück.

Kapitel 8

Am folgenden Morgen hielt Virgil Tibbs es nicht sehr lange in seinem Büro aus. Er hatte viel zu erledigen, außerdem wollte er vermeiden, daß jemand hereinkam und sich nach seinem Rendezvous gestern abend erkundigte. Yumeko gehörte immerhin zum Kreis der Hauptverdächtigen. Wie überall sonst verbreiteten sich auch im Pasadena Police Department alle Neuigkeiten wie ein Lauffeuer, und falls ihn jemand mit Yumeko gesehen hatte, wußte hier inzwischen todsicher jeder Bescheid.

Glücklicherweise kam niemand und sprach ihn darauf an, so daß er sich ungestört dem kleinen Stapel mit besonders dringender Büroarbeit widmen konnte. Dann nahm er das Telefon und rief im Leichenschauhaus an.

Dort teilte man ihm mit, der Bericht über den verstorbenen Mr. Wang sei inzwischen fertig und der Pathologe, der die Autopsie durchgeführt hatte, sei noch eine Weile im Hause und könne ihm etwaige Fragen beantworten.

Ein Besuch im Leichenschauhaus war zwar nicht sonderlich angenehm, doch Virgil war aufgrund seiner Arbeit schon so oft dort gewesen, daß er sich recht gut auskannte. Er machte sich sofort auf den Weg, fand den zuständigen Arzt, einen großgewachsenen, unbeteiligt wirkenden jungen Mann, setzte sich mit ihm in einen kleinen Raum und unterhielt sich mit ihm. Auf einem kleinen Holztisch in der Mitte des Zimmers lag ein ausführlicher Bericht, der Aufschluß über die Todesursache des chinesischen Jadehändlers gab, und direkt daneben, auffällig und auf merkwürdige Weise fehl am Platz, die antike Steinklinge, die in Wangs Brust gesteckt hatte.

»Ich würde gern wissen«, sagte der Arzt, während er sich eine

Zigarette anzündete, »wie Sie darauf gekommen sind, daß der Tote bereits schwer verletzt war, bevor er erstochen wurde.«

»Aufgrund eines äußeren Merkmals. Was haben Sie denn herausgefunden?«

»Gewalteinwirkung vor Eintritt des Todes. Zunächst hat man ihn gewürgt, jedoch nicht so stark, daß deutlich sichtbare Spuren zurückblieben. Außerdem hat man ihn auf das Kinn und die linke Schläfe geschlagen.«

»Ist er an diesen Verletzungen gestorben?«

»Diese Frage kann ich nicht mit Sicherheit beantworten, dazu müssen wir noch einige abschließende Tests machen – mein Bericht ist daher nur vorläufig.«

»Ist es möglich, daß er aufgrund der Schläge das Bewußtsein verloren hat?«

»Allerdings.«

»Halten Sie dies für wahrscheinlich?«

»Für sehr wahrscheinlich sogar. Immerhin war der Verstorbene ein alter Mann, möglicherweise schon ein wenig gebrechlich. Ich habe zwar bisher noch keine organischen Krankheiten feststellen können, aber er hatte offenbar zuwenig Bewegung und verfügte auch nicht über sonderlich große Kraftreserven.«

»Noch etwas: Wieviel Kraft war nötig, um das Steinmesser in den Körper zu stoßen?«

»Vermutlich nicht sehr viel, aber genau kann ich es leider nicht sagen. Möchten Sie, daß ich noch ein paar Tests mit der Waffe durchführe?«

Virgil schüttelte den Kopf. »Wenn meine Theorie stimmt und alles so läuft, wie ich es mir vorstelle, wird das nicht nötig sein. Aber ich hätte noch eine Frage. Können Sie mir sagen, ob er von hinten oder von vorn angegriffen wurde?«

»Von hinten. Das steht auch in meinem Bericht.«

»Vielen Dank.« Tibbs erhob sich. »Genau das habe ich mir gedacht. Vielen Dank für das Gespräch.«

»Keine Ursache. Falls Sie die Waffe mitnehmen möchten, wissen Sie ja, an wen Sie sich wenden müssen.«

Im Foyer warf Virgil einen Blick auf die Visitenkarte, die Johnny Wu ihm gegeben hatte, und griff nach dem Telefon auf der Theke. Johnny Wu war zu Hause und bereit, sich mit ihm zu treffen.

»Wir können unsere Unterhaltung gern fortsetzen«, teilte Wu ihm mit. »Hätten Sie Lust, mich um elf im *Dynasty Club* zu treffen? Um die Zeit ist es dort noch nicht so voll.«

»In Ordnung«, sagte Tibbs. »Ich habe da etwas und würde gern Ihre Meinung dazu hören.«

Da er nicht unter Zeitdruck stand, fuhr er in aller Ruhe zum Pasadena Freeway, fand in unmittelbarer Nähe von New Chinatown ein offenes Parkhaus und klappte die Sonnenblende herunter, um den Wagen als Polizeifahrzeug kenntlich zu machen. Er hatte immer noch vierzig Minuten Zeit bis zu seiner Verabredung, also begab er sich in die Gassen des eindrucksvollen Geschäftsviertels, das zu den größten Touristenattraktionen der Stadt gehörte, und sah sich die Schaufenster an.

Die wenigen Geschäfte, die Jadeobjekte ausgestellt hatten, boten größtenteils minderwertige Steine an, die selbst sein ungeübtes Auge nicht zu täuschen vermochten. Viele wiesen den gleichen, aufdringlichen Grünton auf, der darauf schließen ließ, daß der Stein gefärbt war. Zunächst konnte er nichts entdecken, das auch nur annähernd an die wunderschönen Schnitzereien im Haus des Jadehändlers heranreichte. Mehr und mehr wurde ihm bewußt, wie kostbar und einzigartig Mr. Wangs Sammlung sein mußte. Er schaute sich die Imitate in den Schaufenstern genau an, und als er schließlich ein oder zwei bessere Stücke entdeckte, spürte er wieder die Faszination, die ihre subtile Schönheit auf ihn ausübte. In der Bamboo Lane fand er ein Geschäft, das aufwendig mit Alarmanlagen gesichert war und einige Schnitzereien ausgestellt hatte, die offensichtlich von hochwertiger Qualität waren. Sie fielen farblich sehr unterschiedlich aus und schienen auch nicht aus dem gleichen Material zu sein, waren jedoch weder näher gekennzeichnet noch mit einem Preis ausgezeichnet. Bedauerlicherweise war der Laden geschlossen, so daß er nicht hineingehen und sich erkundigen konnte.

Er war noch nie im *Dynasty Club* gewesen, hatte jedoch davon gehört. Angeblich handelte es sich um einen gemütlichen Privatclub, in dem sich hauptsächlich asiatisch-amerikanische Geschäftsleute und Politiker trafen. Er gehörte zu den Etablissements, deren Existenz dem gewöhnlichen Touristen unweigerlich verborgen blieb – wahrscheinlich genau das, was die Betreiber und Gäste beabsichtigten. Er suchte sich die Adresse im Telefonbuch heraus. Erst als er im Lift nach oben fuhr, fing er an, sich Gedanken über das Päckchen in seiner linken Hand zu machen. Noch war es niemandem aufgefallen, doch er konnte sich vorstellen, welche Wirkung es haben könnte, wenn er es im *Dynasty Club* auspackte.

Nachdem er auf die Klingel neben der verschlossenen Tür gedrückt hatte, brauchte er nur wenige Sekunden zu warten, bis er von einer Hosteß begrüßt wurde, die trotz der frühen Stunde elegant gekleidet und zurechtgemacht war.

»Guten Morgen, Sir«, sagte sie. »Was kann ich für Sie tun?«

Virgil war angenehm überrascht über den freundlichen Empfang, immerhin war er kein Clubmitglied, und doch war ihre Höflichkeit ihm gegenüber echt – daß er ein Schwarzer war, störte sie anscheinend ebensowenig, wie es ihn störte, daß sie Asiatin war.

»Ich bin mit Mr. Wu verabredet«, sagte Tibbs. »Er hat mich gebeten, ihn hier zu treffen.«

»Selbstverständlich, kommen Sie bitte herein.« Sie öffnete die Tür weiter. »Ihr Name, Sir?«

»Virgil Tibbs.«

»Vielen Dank, Mr. Tibbs. Ich werde nachsehen, ob Mr. Wu schon hier ist.«

An ihrem Verhalten war deutlich abzulesen, wie hervorragend der Club organisiert war. Virgil wartete ein oder zwei Minuten, während er sich die Dekoration ansah. Alles war sehr geschmackvoll, genau wie er erwartet hatte. Als die Hosteß zurückkam, bedeutete sie ihm, ihr zu folgen, und führte ihn durch einen großen Raum zu einer kleinen Nische, in der Johnny Wu auf ihn wartete. Er war bereits aufgestanden, um ihn zu begrüßen.

»Freut mich, Sie wiederzusehen. Bitte setzen Sie sich doch. Ich weiß zwar, daß es noch früh ist, aber der Sonnenstand erlaubt es soeben – was möchten Sie trinken?«

»Am liebsten nur eine Cola. Geht das?«

»Kein Problem.« Er rief die Hosteß. »Zwei Cola und ein paar Frühstücksbrötchen. Und für mich Kaffee. Für Sie auch, Virgil?«

Tibbs schüttelte den Kopf. »Nein, danke. Nur eine Cola.«

Johnny entließ die Hosteß mit einer freundlichen Handbewegung. »Was gibt's Neues?« erkundigte er sich.

Vorsichtig und möglichst unauffällig wickelte Virgil das Päckchen aus, legte das Steinmesser sorgsam genau zwischen sich und sein Gegenüber auf den Tisch und lehnte sich wortlos zurück.

Wu starrte es sekundenlang an. »Darf ich es anfassen?« fragte er.

»Selbstverständlich.«

Das Licht in der Nische war zwar gedämpft, reichte jedoch aus. Johnny Wu schaute sich den Gegenstand in seiner Hand eine Zeitlang von allen Seiten genau an, drehte und wendete ihn, um ihn aus jedem Blickwinkel bewundern zu können, und schien zutiefst beeindruckt. Als er fertig war, legte er ihn vorsichtig wieder auf den Tisch und wartete, bis die Kellnerin ihnen die Erfrischungen serviert hatte. Sie war für eine Asiatin erstaunlich groß und zudem äußerst attraktiv. Ihr Kleid war bewußt so zugeschnitten, daß ihre wohlgeformten Beine zu sehen waren, es zugleich aber elegant und dezent wirkte.

»Woher haben Sie sie?« fragte Tibbs.

»Die Mädchen?«

»Genau.«

Johnny lächelte. »Es ist schon erstaunlich, Virgil, was man alles findet, wenn man weiß, wo man suchen muß. Die meisten Mädchen hier sind Japanerinnen und wurden sorgfältig ausgewählt. Solche Mädchen findet man natürlich nicht auf der Straße, aber es gibt sie, man muß nur ein bißchen suchen.«

»Offenbar gibt es hier jemanden, der dafür eine ausgesprochene Begabung hat.«

»Der Club wird von Leuten geführt, die genau wissen, was sie tun. Hier arbeiten nur Mädchen, die besonders attraktiv sind – alle ein wenig größer als der Durchschnitt und äußerst charmant.«

»Und in wieweit sind sie verfügbar?« erkundigte sich Tibbs.

»Überhaupt nicht, das würde gegen die Clubregeln verstoßen. Alles nette, anständige junge Damen – und das sage ich nicht nur, weil Sie das Gesetz verkörpern.«

Virgil lächelte und trank seine Cola zur Hälfte aus. »Zurück zum geschäftlichen Teil. Ich wüßte gern, was Sie von diesem Objekt halten.« Er wies mit einer Kopfbewegung auf das Jademesser.

Johnny musterte ihn aufmerksam. »Sie wissen bestimmt schon eine ganze Menge über das Ding, sonst hätten Sie es mir bestimmt nicht gezeigt.«

»Da könnten Sie recht haben«, gab Tibbs zu. »Aber ich gehe

gern auf Nummer sicher. Besonders wenn es sich um ein Gebiet handelt, von dem ich keine Ahnung habe.«

»Verstehe. Dann werde ich Ihnen sagen, was Sie wissen möchten. Es ist ein Ritualmesser aus Jade, ein sogenannter *Ya-Chang*. Ein sehr altes Stück, vermutlich aus der Han-Dynastie – vielleicht sogar noch älter. Die auskristallisierten Ränder lassen darauf schließen. Das Stück ist höchstwahrscheinlich echt, äußerst selten und überaus wertvoll. Und jetzt sind Sie dran.«

»Es wird Sie möglicherweise schockieren«, sagte Tibbs, »aber dieses Ritualmesser steckte in Mr. Wangs Brust. Zum größten Teil jedenfalls.« Er hielt inne und wartete, wobei er die Reaktion seines Gegenübers genau beobachtete.

Johnny Wu faltete die Hände und starrte unverwandt auf den *Ya-Chang*. »Wang Fu-sen war nicht nur ein guter Freund von mir, er war außerdem ein Mann von außergewöhnlichem Charakter und großer Weisheit. Wenn ich den Mörder in die Finger bekäme, hätte ich große Lust, dieses Messer hier zu nehmen und ihm genau dasselbe damit anzutun, das er Wang angetan hat – die Folgen wären mir egal.«

Virgil trank seine Cola aus. »Ich hätte da eine bessere Idee«, sagte er. »Helfen Sie mir einfach, den Mörder zu finden. Dann bekommt er seine gerechte Strafe, ganz wie es das Gesetz vorsieht, und es hätte keinerlei unangenehme Konsequenzen für Sie – nur für ihn.«

»Was kann ich tun?« fragte Wu.

»Ich benötige noch mehr Informationen zum Thema Jade – eine ganze Menge sogar. Außerdem muß ich unbedingt alles Wissenswerte über Mr. Wangs Leben erfahren. Über seine anderen Geschäfte, falls es überhaupt welche gegeben hat, sein Privatleben, seine Vergangenheit. Ich benötige so viele Details wie möglich, um den Mörder finden zu können.«

Als er ausgeredet hatte, erschien eine andere attraktive Kellnerin und brachte ihnen frische Drinks, obwohl Johnny sein Glas noch nicht einmal angerührt hatte.

Johnny goß sich eine Tasse Kaffee aus der Warmhaltekanne ein und nippte vorsichtig daran. »Virgil, ich will Ihnen wirklich nichts vorenthalten – das können Sie mir glauben – aber ich fürchte, sehr viel weiß ich auch nicht. Wang Fu-sen hat sehr zurückgezogen gelebt. Er wohnte allein in seinem Haus, bis er die kleine Japanerin bei sich aufgenommen hat. Falls Sie meine Meinung zu diesem Thema wissen möchten, würde ich sagen, es war reine Menschenfreundlichkeit, sonst nichts. Das Mädchen hat ihm den Haushalt geführt und sich damit ihren Lebensunterhalt verdient, aber mehr ist zwischen den beiden bestimmt nicht gelaufen. Vielleicht können Sie sich so etwas nicht vorstellen, schließlich sind Sie kein Chinese, aber Wang besaß große Würde. Nicht die Art, die man stolz zur Schau stellt, sondern die tiefe innere Würde, die wirklich zählt. Schon allein aus diesem Grund hätte er die Situation des Mädchens nie ausgenutzt.«

Virgil schwieg.

»Vielleicht gibt es da etwas, das Ihnen weiterhelfen könnte – ich weiß es nicht genau«, fuhr Johnny fort. »Aber dazu muß ich Ihnen zuerst etwas erklären. In diesem Land gibt es zwei grundverschiedene Einstellungen gegenüber Chinesen. Ich selbst sehe mich als chinesischen Amerikaner, sozusagen als amerikanischen Bürger chinesischer Abstammung. Die meisten amerikanischen Chinesen sehen sich so. Aber die Chinesen in China – ob in Taiwan oder auf dem Festland – halten uns nach wie vor für Chinesen, die nur zufällig im Ausland leben. Sie sind fest davon überzeugt, daß ein Chinese immer an erster Stelle Chinese ist, und können sich einfach nicht vorstellen, wie das Leben hier in Amerika aussieht – daß es beispielsweise möglich ist, daß wir beide Amerikaner sind, auch wenn wir völlig andere Wurzeln haben und die meisten Amerikaner Weiße sind.«

Er trank noch etwas Kaffee. »Ich will damit sagen, Virgil, daß die Chinesen im Land meiner Vorfahren glauben, sie hätten ein Recht auf uns. Sie sind davon überzeugt, daß wir ihnen absoulte Loyalität schulden, nur weil wir Schlitzaugen haben – was weiß ich. Es stimmt zwar, daß viele von uns sich dem alten China sehr verbunden fühlen – nicht aber dem heutigen kommunistischen China –, genau wie viele junge Schwarze sich auf ihre afrikanischen Wurzeln besinnen und Frisuren im Afro-Look tragen.« Er bestrich sein Brötchen mit Butter.

»Wenn ich Sie recht verstehe«, fuhr Tibbs fort, »haben gewisse Personen in China versucht, auf Mr. Wang Druck auszuüben, nur weil er Chinese war – zumindest das, was sie darunter verstehen. Hatte er übrigens die amerikanische Staatsbürgerschaft?«

»Ja, hatte er. Ihre Vermutung ist richtig, ich bin zu genau derselben Schlußfolgerung gekommen. An mich sind diese Leute auch schon mehrfach herangetreten, und ich fürchte, es wird noch schlimmer kommen. Das meiste Zeug stammt aus Hongkong. Ich habe sogar einen der Briefe, die man mir geschickt hat, dem FBI übergeben.«

»Das bringt mich auf eine Idee«, sagte Tibbs. »Ich muß unbedingt überprüfen, ob Mr. Wang ähnliche Schritte unternommen hat. Es sei denn, Sie wissen es zufällig und können mir weiterhelfen.«

Johnny schüttelte den Kopf. »Keine Ahnung, in dem Punkt kann ich leider auch nur Vermutungen anstellen.«

»Wann könnte ich mir Ihre Jadesammlung ansehen?« fragte Virgil.

»Möchten Sie das denn?«

»Ja, ich interessiere mich sehr für Jade.«

Johnny dachte nach. »Warum bleiben wir nicht einfach hier, essen gemeinsam zu Mittag und gehen danach zu mir nach Hause – es ist nicht weit von hier. Dann können Sie sich meine Sammlung in aller Ruhe ansehen.«

»Könnten wir vielleicht auf das Mittagessen verzichten?« erkundigte sich Virgil. »Ich bin ehrlich gesagt überhaupt nicht hungrig. Es sei denn, Sie möchten unbedingt etwas essen.«

Johnny trank noch etwas Kaffee. »Nein, eigentlich nicht. Ich dachte nur, die Gesellschaft hier würde Ihnen vielleicht gefallen. Um zwölf kommen nämlich noch mehr hübsche Mädchen. Aber vielleicht haben Kriminalbeamte keinen Blick für schöne Frauen.«

»In dem Fall wäre ich ein ziemlich schlechter Kriminalbeamter«, sagte Tibbs. »Laden Sie mich doch einfach ein anderes Mal in den Club ein, dann gebe ich die Getränke aus.«

»Abgemacht. Wenn Sie öfter herkommen, könnten Sie doch Mitglied werden, hätten Sie Lust? Ich werde gern für Sie bürgen.«

»Vielen Dank, aber ich glaube nicht, daß ich mir das leisten kann.«

»So teuer ist es gar nicht.«

»Okay, vielleicht später. Wenn dieser Fall abgeschlossen ist.«

Johnny schaute ihn fragend an. »Stehe ich auch unter Mordverdacht?« fragte er.

»Lassen Sie es mich folgendermaßen ausdrücken: Wenn ich den Täter finde, werde ich es Ihnen mitteilen.«

Wu gab sich damit zufrieden. »Dann wollen wir mal, es ist wirklich ganz in der Nähe.«

Johnny Wus Jadesammlung war zwar bedeutend kleiner als die von Wang Fu-sen, doch man sah sofort, daß es nur erlesene Stücke waren. Außerdem hatte Wu alle Schnitzereien so sorgfältig arrangiert, daß sie möglichst gut zur Geltung kamen. Auch bei der Beleuchtung in den drei Vitrinen hatte er nichts dem Zufall überlassen. Das Licht war hell genug, um die kleinen Kunstwerke erstrahlen zu lassen, und doch dezent und weich genug, um jedem Stein zu schmeicheln. Doch Tibbs konnte auch so sehen, wie ausgefallen und kostbar die Jaden waren.

»Je länger ich diese Schnitzereien anschaue«, sagte er, »desto mehr bewundere ich die Künstler, die sie geschaffen haben. Wohl zum ersten Mal in meinem Leben wünsche ich mir, genug Geld zu haben, um mir so etwas Schönes leisten zu können.«

»Jade ist wirklich schrecklich teuer«, gab Johnny zu. »Aber bedenken Sie, wieviel Arbeit in den Schnitzereien steckt. Die meisten Steine stammen aus einem kleinen, abgelegenen Teil Burmas. Allein deshalb kosten sie schon eine Menge. Danach müssen sie noch zu den Künstlern gebracht werden, den weiten Weg bis nach Peking. Jade gehört zu den härtesten Materialien überhaupt und ist daher äußerst schwer zu bearbeiten. Es dauert Wochen, wenn nicht sogar Monate, bis eine hochwertige Schnitzerei fertig ist, und die Meister sterben allmählich aus – das momentane Regime hält nicht viel von wahrer Kunst. Wissen Sie, daß man inzwischen sogar Soldaten aus Jade anfertigt, kommunistische Soldaten beim Kampf und ähnliche Propagandaobjekte? Es ist eine wahre Schande, ich habe die Dinger selbst in den kommunistischen Warenhäusern in Hongkong gesehen.«

Da er alles erfahren hatte, was ihn momentan interessierte, eiste Tibbs sich schweren Herzens von den Vitrinen los. »Ihre Sammlung ist wirklich großartig«, sagte er.

»Vielen Dank.« Wu zögerte einen Augenblick und fuhr dann fort. »Nach einer angemessenen Wartezeit werde ich Miss Nagashima fragen, ob sie mir einige von Fu-sens Stücken verkauft. In ganz Amerika gibt es sicher keine schöneren, und es sind einige darunter, die ich wirklich gern erwerben würde, wenn sie nichts dagegen hat.«

Virgil schaute ihn an. »Warum Miss Nagashima?« fragte er.

»Ich dachte, Sie wüßten es bereits. Falls nicht, wird es höchste Zeit, daß Sie es erfahren. Fu-sen hat vor kurzem ein Testament gemacht und darin alles, was er besaß, inklusive seiner Jadesammlung, Miss Nagashima hinterlassen.«

»Hat er Ihnen das selbst mitgeteilt?«

»Nein, aber ich habe davon gehört. Bei uns spricht sich so etwas schnell herum. Wollen Sie mir den *Ya-Chang* zu weiteren Studien überlassen?«

»Das geht leider nicht«, antwortete Virgil. »Er ist ein Beweisstück und gehört daher in die Obhut der Polizei.«

Als Tibbs zurück nach Pasadena fuhr, gingen ihm verschiedene Theorien durch den Kopf, doch noch war alles viel zu vage, um sicher sein zu können. Ihm fehlten noch einige Puzzleteile, und bevor er sie nicht gefunden oder die Zusammenhänge verstanden hatte, mußte er damit rechnen, daß sich die weiteren Ermittlungen hinzogen.

In einem Coffee Shop südlich von Colorado legte er eine kleine Pause ein und bestellte sein übliches Mittagessen, ein Sandwich und einen Milkshake. Er wich nur selten von dieser Kombination ab, denn die Milch beruhigte seinen Magen und schien die Spannungen abzubauen, die seine Arbeit notgedrungen mit sich brachte. Inzwischen konnte er zwar in jedem Restaurant der Stadt essen, doch es gab immer noch Lokale, in denen man ihn spüren ließ, daß er unerwünscht war. Aus Rücksicht auf seinen Seelenfrieden blieb er ihnen möglichst fern und gestattete sich den Luxus, nur dort zu essen, wo seine Hautfarbe keinerlei Einfluß darauf hatte, wie man ihn behandelte oder bediente.

Nach dem Essen kehrte er in sein Büro zurück, um erneut die Akten auf seinem Schreibtisch anzugehen. Es führte kein Weg daran vorbei, die Arbeit mußte getan werden, egal wie lange es dauerte und wieviel Energie er dabei verschwendete. Bob Nakamura war fort, es gab wieder einmal einen Banküberfall aufzuklären, und diesmal wartete keine Nachricht auf seinem Tisch. Eine Stunde später rief er Don Washburn an. Washburn war in seinem Büro und gerne bereit, ihn zu empfangen, wenn er sich die Mühe machte, zur Fabrik zu kommen.

Als Tibbs in Richtung Norden durch die Straßen fuhr, fiel ihm auf, wie scharf sich die Berge vom Himmel abhoben, was ausgesprochen selten der Fall war. Die Luft war heute erstaunlich klar, und Kalifornien präsentierte sich so, wie es wahrscheinlich einst in den Zeiten der spanischen Kolonialherren ausgesehen hatte, lange vor der Erfindung des Verbrennungsmotors, und lange bevor Kraftwerke und Ölraffinerien begonnen hatten, die Umwelt zu verschmutzen.

Diesmal ließ ihn der Wachposten am Tor ohne langes Warten durch, anscheinend wußte er, daß man Tibbs erwartete. Im Inneren des Gebäudes wurde er von der Telefonistin begrüßt und gleich in Washburns großes Eckbüro gebracht.

Er hatte sich gerade gesetzt, als die hübsche Sekretärin, die sie schon beim letzten Mal bedient hatte, mit zwei Tassen Kaffee erschien. Diesmal hatte sie ihn nicht zu fragen brauchen, wie er seinen Kaffee am liebsten trank. Nachdem sie ihm die Tasse gereicht hatte, lächelte sie und zog sich diskret zurück.

»Mr. Washburn«, begann Virgil. »Wenn es Ihnen nichts ausmacht, würde ich Ihnen gern einige sehr direkte Fragen stellen. Es ist meine Aufgabe, den Mörder von Wang Fu-sen zu finden. Ich weiß, daß Sie das verstehen.«

»Natürlich.« Washburn schien es sehr ernst zu sein.

»Sie haben mir von Ihren persönliche Erfahrungen mit Rauschgift erzählt, was Ihren Sohn Robin betrifft.«

Sein Gegenüber nickte. »Ja, das stimmt.«

»Wie geht es ihm übrigens?«

Washburn lächelte. »Sehr gut – er kommt bald wieder zurück nach Hause.«

»Endlich mal eine gute Nachricht. Mr. Washburn, haben Sie irgendwann erfahren oder vermutet, daß Mr. Wang etwas mit illegalem Drogenhandel zu tun hatte? Ich stelle Ihnen diese Frage, weil Sie sagten, er sei ein guter Freund von Ihnen gewesen.«

Washburn antwortete mit fester, entschiedener Stimme. »Absolut nie. Ich kann mir nicht vorstellen, daß er Rauschgift genommen hat, und bin mir sogar sicher, daß er mit Drogenschmuggel nie etwas zu tun hatte. Ich möchte Ihnen erklären, warum ich mir so sicher bin. Ich habe ihn viele Jahre lang gekannt, es wäre für ihn ebenso unvorstellbar gewesen, mit Drogen zu handeln, wie es für ein Mädchen von der Heilsarmee wäre, als Serviererin in einer Unten-ohne-Bar zu arbeiten.«

Tibbs beobachtete ihn genau, während er ihm die nächste Frage stellte. »Auch wenn Sie ihn noch sehr geschätzt haben, wäre es nicht vielleicht doch möglich – und ich sage bewußt ›möglich‹ –, daß Robin seine Drogen von Mr. Wang bekommen hat? Bitte denken Sie noch einmal genau darüber nach.«

Washburn ließ sich mit seiner Antwort viel Zeit. »Lassen Sie es mich so ausdrücken, Mr. Tibbs: Soweit ich weiß, ist der Junge Mr. Wang nie begegnet. Mit einer einzigen Ausnahme vielleicht – als wir ihn zum Essen zu uns eingeladen hatten. Aber selbst das ist nicht sicher. Ich glaube mich zu erinnern, daß Robin an dem Abend gar nicht zu Hause war. Falls Sie einander tatsächlich gekannt haben sollten, habe ich davon nichts gewußt.«

Virgil trank seinen Kaffee und wechselte das Thema. »Sie haben mir im Vertrauen gesagt, daß Sie hier im Auftrag der Abteilung für Rauschgiftbekämpfung Drogenforschung betreiben. Ich will nicht lange um den heißen Brei herumreden, also frage ich lieber direkt: Arbeiten Sie auch mit Keto-Bedmidon?«

Washburn lehnte sich zurück und trommelte mit den Fingerspitzen sekundenlang auf seine Schreibtischplatte. »Darauf können Sie unmöglich selbst gekommen sein«, sagte er schließlich. »Also muß Ihnen jemand davon erzählt haben. Und das kann nur jemand von der Abteilung gewesen sein. Also gut, Sie haben recht mit Ihrer Vermutung. Wir haben das Zeug hier hergestellt und damit Versuche gemacht. Aber selbst im Testlabor wird es nachts immer in einem verschlossenen Safe aufbewahrt. Und die Mitarbeiter, die damit experimentieren, tragen Schutzmasken. Es ist wirklich das reinste Teufelszeug.«

Tibbs konnte ihm nur zustimmen. »Ich weiß. Wie ist es aufgebaut? Welche Farbe hat es beispielsweise?«

»Weiß.«

»Pulver?«

»Winzige Kristalle.«

»Wird es injiziert?«

»Ja.«

»Könnte ein Heroinsüchtiger es sich auf die übliche Art spritzen?«

»Ja. Mit dem üblichen Besteck. Aber wenn er das täte, wäre er verloren.«

Virgil faltete die Hände. »Ich würde Ihnen gern noch eine weitere Frage stellen, die äußerst wichtig ist. Bitte geben Sie mir eine ehrliche Antwort. Sie wissen, daß ich alle Information vertraulich behandeln werde.«

»Ich werde mein Bestes tun.«

»Mr. Washburn, wissen Sie oder haben Sie den wohlbegründeten Verdacht, daß Keto-Bedmidon schon auf dem amerikanischen Drogenmarkt aufgetaucht ist, vor allem hier an der Westküste?«

Diesmal schwieg Washburn sehr lange. »Sie fragen mich da etwas, das streng geheim ist, das ist Ihnen doch sicher bewußt, oder?«

»Ja.«

»Ist es für Ihre Ermittlungen unbedingt erforderlich?«

»Sonst hätte ich Sie nicht gefragt.«

»Dann bleibt mir nichts anderes übrig, als mich auf Ihr Wort zu verlassen. Wie ich Ihnen bereits sagte, ich habe schon viel von Ihnen gehört. Ja, Mr. Tibbs, es ist hier bei uns aufgetaucht, und wir sind in höchster Alarmbereitschaft.«

»In Los Angeles?«

»Ja.«

»Wann?«

Don Washburn rutschte unruhig auf seinem Sessel hin und her. Man sah deutlich, wie unangenehm ihm die Frage war. Er spannte die Kiefernmuskeln an und preßte die Lippen zusammen. Doch er hatte sich hervorragend unter Kontrolle. Als er wieder sprach, klang seine Stimme unbeteiligt und sachlich. »Vor einigen Monaten. Und da Sie ohnehin selbst darauf stoßen werden, kann ich es Ihnen auch gleich sagen. Angefangen hat es wenige Tage nach der Ankunft des japanischen Mädchens, Miss Nagashima heißt sie, glaube ich.«

Kapitel 9

Als er in seinem spartanisch eingerichteten Büro angekommen war, setzte sich Tibbs an den Schreibtisch und nahm eine Arbeit in Angriff, die er unmöglich länger aufschieben konnte. Zuerst holte er aus der obersten Schublade einen kleinen Block hervor, dann nahm er einen Stift und begann zu schreiben. Er schrieb immer nur eine Notiz auf jedes Blatt, und zwar mit der grünen Tinte, die er für diesen besonderen Zweck am liebsten benutzte. Jedesmal, wenn er fertig war, riß er das Blatt ab und legte es beiseite. Er hörte erst auf, nachdem er mit seiner markanten, präzisen Handschrift Notizen auf einunddreißig Blätter geschrieben hatte.

Anschließend räumte er die Schreibtischplatte vollkommen leer, zog sein Jackett aus und verteilte die einzelnen Blätter auf dem Tisch, als würde er eine komplizierte Patience legen. Immer wieder veränderte er die Position der verschiedenen Zettel, manchmal überlegte er sogar ziemlich lange, bevor er sich entschieden hatte, wo welches Blatt zu liegen hatte. Nachdem er alle einunddreißig Zettel sorgfältig arrangiert hatte, formten sie ein unregelmäßiges Muster mit mehreren auffälligen Lücken.

Danach blieb Virgil unbeweglich auf seinem Stuhl sitzen, die Hände auf dem Schoß, und schaute sich das Resultat seiner mühseligen Arbeit lange nachdenklich an. Obwohl er seit Jahren nicht mehr geraucht hatte, verspürte er plötzlich das Bedürfnis nach einer Zigarette. Er rieb sich mit der Rechten das Kinn und ließ sie wieder auf den Schoß sinken. Zweimal veränderte er die Position eines der Blätter. Ansonsten blieb das Diagramm unverändert, inklusive der Lücken, die er noch nicht zu füllen vermochte.

Gegen sechs Uhr bekam Tibbs Besuch. Er schaute auf und sah

seinen großgewachsenen Vorgesetzten Bob McGowan. »Störe ich?« fragte der Polizeichef.

»Nein, natürlich nicht. Nehmen Sie doch Platz.«

McGowan setzte sich auf einen der harten Stühle. »Ich wollte mich nur erkundigen, wie Sie im Mordfall Wang weitergekommen sind. Gibt es schon eine heiße Spur?«

Virgil wies vielsagend auf die Zettel auf seinem Schreibtisch. »Einiges habe ich zwar herausgefunden, aber es gibt immer noch zu viele Lücken. Ein wichtiger Punkt fehlt sogar völlig, und bevor ich den nicht geklärt habe, komme ich nur sehr langsam voran.«

»Möchten Sie, daß ich Ihnen ein paar Männer zuteile?«

»Ich glaube nicht. Ich möchte nicht wie eine Primadonna wirken, aber zur Zeit ist es ein klassischer Einmann-Job. In ein oder zwei Tagen kann das natürlich ganz anders aussehen.«

Bob McGowan schlug seine langen Beine übereinander. »Geht es bei dem Fall auch um Rauschgift?« fragte er.

Tibbs runzelte die Stirn. »Ja und nein. Ich stoße immer wieder auf Hinweise in diese Richtung, aber nie auf konkrete Beweise. Ich könnte wetten, daß es irgendwo eine Verbindung gibt, andererseits spricht vieles dagegen. Beispielsweise die Tatsache, daß der Verstorbene anscheinend ein absolut ehrenwerter Mensch war. Außerdem war er mehr als vermögend – und sein Geld stammte aus völlig legalen Quellen.«

»Ich habe gehört, daß eine junge Dame in seinem Haus lebt. Hat sie möglicherweise etwas mit der Sache zu tun?«

In diesem Augenblick war Tibbs dankbar für seine dunkle Hautfarbe. Er schaute hoch, ohne eine Miene zu verziehen. »Momentan würde ich sagen, es deutet einiges darauf hin, aber auch in diesem Punkt fehlen mir konkrete Beweise.«

»Dann haken Sie doch einfach ein bißchen nach«, schlug McGowan vor. »Warum verbringen Sie nicht ein wenig Zeit mit ihr, laden sie zum Essen ein?«

Tibbs musterte seinen Vorgesetzten mißtrauisch, doch auch sein Gesicht blieb undurchdringlich. »Gute Idee. Kann ich die Kosten als Spesen absetzen?«

»Das überlasse ich ganz Ihnen, Virgil.«

»Vielen Dank. Ich werde meine Grenzen nicht überschreiten.«

»Ich setze absolutes Vertrauen in Sie. Ich weiß, daß Sie so etwas nicht machen würden, solange die Ermittlungen noch nicht abgeschlossen sind.« Er streckte die Hand aus und zeigte auf Tibbs' Zetteldiagramm. »Da scheint mir eine Lücke zu sein. Wissen Sie schon, was fehlt?«

Tibbs lächelte. »Das werde ich hoffentlich heute abend herausfinden. In diese Lücke kommt meine Meinung zu Mr. Aaron Finegolds Jadesammlung. Die habe ich nämlich bisher noch nicht gesehen.«

»Kennen Sie sich mit Jade aus, Virgil?«

»Nein, Sir, aber ich bin dabei, mich schlau zu machen.«

Der Polizeichef erhob sich. »Machen Sie weiter so. Wenigstens können Sie sich bei Ihren Fällen nicht über Langeweile beklagen. Nudistencamps, bewaffnete Jugendliche, Baseball Teams, exotische junge Damen aus dem Fernen Osten ...«

»Wissen Sie, was sie ist?« fragte Tibbs leise.

»Sie ist ein Mensch«, antwortete McGowan. »Alles andere zählt für mich nicht.«

»Das ehrt Sie, Sir«, erwiderte Virgil.

Aaron Finegold empfing seinen Besucher an der Eingangstür. »Guten Abend, Officer Tibbs«, sagte er. »So lautet doch die korrekte Anrede, nicht?«

»Die korrekte Anrede können Sie beim nächsten Mal ruhig weglassen«, schlug Virgil vor.

»Wie Sie möchten. Bitte, treten Sie ein. Sind Sie übrigens dienstlich oder privat hier?«

»Sowohl als auch, wenn Sie nichts dagegen haben.«

»In diesem Fall erkläre ich die Bar für geöffnet. Haben Sie schon zu Abend gegessen?«

»Ja, vielen Dank.«

»Hätten Sie vielleicht Lust auf einen kleinen Nachtisch und eine Tasse Kaffee?«

»Ich möchte Ihnen wirklich keine Umstände machen.«

»Unsinn. Ich muß sogar gestehen, daß meine Frau es kaum erwarten kann, Sie endlich kennenzulernen. Sie hat vor kurzem ein Buch über Sie gelesen, ich glaube, es heißt *In der Hitze der Nacht*.«

Virgil stöhnte. »O je, nicht schon wieder! Dann wird sie bestimmt enttäuscht sein.«

Finegold führte seinen Besucher in ein riesiges Wohnzimmer, in dem ein luxuriöser flauschiger weißer Teppich lag. An einer Wand stand ein langes Sofa, bei dem es sich anscheinend um eine Spezialanfertigung handelte. Eine große, schlanke Frau erhob sich, um ihn zu begrüßen. »Miriam, ich möchte dich mit Mr. Virgil Tibbs bekanntmachen«, sagte Finegold. »Mr. Tibbs, meine Frau.«

»Guten Abend, Mr. Tibbs. Setzen Sie sich doch bitte. Wir wollten uns gerade eine Tasse Kaffee und ein Stück Kuchen gönnen. Um ganz ehrlich zu sein, wir haben damit auf Sie gewartet.«

»Das ist sehr freundlich von Ihnen.«

»Aber das ist doch selbstverständlich.« Sie hatte kaum ausgeredet, als auch schon ein Dienstmädchen das Zimmer betrat und ein Tablett mit mehreren Stücken Schokoladenkuchen brachte, der aus verschiedenen Schichten bestand. Tibbs bekam einen Teller mit einem Riesenstück und eine Gabel aus Sterlingsilber. Kurz darauf wurde der Kaffee in ungewöhnlichen Tassen gereicht, die zweifellos aus einer ausgefallenen Designerserie stammten.

»Und jetzt verraten Sie mir bitte«, wandte sich die Gastgeberin an den Besucher, »ob Sie vorhaben, meinen Mann zu verhaften.«

»Nein«, antwortete Virgil, »jedenfalls nicht, bevor ich meinen Kuchen aufgegessen habe. So etwas Köstliches habe ich schon lange nicht mehr gegessen.«

»Er wird eigens für uns gebacken«, erklärte Finegold. »Das Rezept stammt aus Zürich. Dort weiß man mit Schokolade umzugehen.«

Ohne ersichtlichen Grund brach das Gespräch an dieser Stelle ab. Tibbs aß seinen Kuchen, der für seinen Geschmack fast schon ein wenig zu mächtig war, und trank seinen Kaffee, der ungewohnt, aber hervorragend schmeckte. Er war fast fertig, als Miriam Finegold das Schweigen brach. »Länger kann ich es wirklich nicht mehr aushalten«, gestand sie. »Bitte verraten Sie uns doch, warum Sie hier sind. Sie haben eben gesagt, Ihr Besuch sei nicht nur privater Natur.«

»Also gut«, erwiderte Tibbs. »Ich bin auch gekommen, um mir Ihre Jadesammlung anzusehen.«

»Ist das – Ihr Ernst?«

Virgil nickte. »Allerdings.«

»Es fehlen doch hoffentlich keine Stücke in Mr. Wangs Sammlung?« erkundigte sich Finegold.

»Nicht daß ich wüßte«, antwortete Tibbs. »Wenn das der Grund meines Besuchs wäre, hätte ich bestimmt nicht vorher Ihren Kuchen gegessen.«

»Manchmal kann mein Mann einfach nicht vergessen, daß er Anwalt ist«, sagte Miriam Finegold. »Ich hoffe, Sie nehmen es ihm nicht übel.«

Der Anwalt erhob sich. »Dann wollen wir Ihnen unsere Schätze mal vorführen«, sagte er.

Die Sammlung der Finegolds bestand aus siebzehn Jaden von erlesener Schönheit. Alle waren Miniaturschnitzereien, anmutige chinesische Frauenfiguren, zierliche Tiere, Vögel und Blumen. Die Steine waren unterschiedlich gefärbt, zwei wiesen sogar einen blassen, aber unverkennbaren Lavendelton auf. Die Stücke standen nicht zusammen in einer Vitrine, sondern waren im ganzen Zimmer verteilt, so daß ihre Schönheit noch besser zur Geltung kam. Alle waren durch Glas geschützt, jedoch so geschickt aufgestellt, daß man den Eindruck hatte, sie ohne weiteres in die Hand nehmen und bewundern zu können.

Tibbs wandte sich an die Gastgeberin. »Haben Sie die Figuren so wunderbar arrangiert?« erkundigte er sich.

Sie lächelte. »Das haben wir zusammen getan. Wir besitzen zwar nicht sehr viele Stücke, aber wir sind trotzdem sehr stolz auf unsere Sammlung. Wir haben uns schon gefragt, ob wir überhaupt weitersammeln wollen, jetzt wo Mr. Wang tot ist. Er schien seinen Jaden immer eine ganz besondere Aura zu verleihen. Er war wirklich ein wunderbarer Mensch.«

»Das habe ich schon mehrfach gehört«, sagte Virgil. »Ich kenne mich zwar mit Jade nicht sonderlich gut aus, aber ich weiß Schönheit zu schätzen, und ich finde Ihre Sammlung sehr beeindrukkend.«

Nachdem er sich noch eine Weile mit dem Ehepaar unterhalten hatte, verabschiedete er sich, ging zu seinem Wagen und fuhr zu seiner Wohnung.

Zu Hause angekommen, zog er sich die Schuhe aus und gönnte seinen müden Füßen ein wenig Ruhe. Es war ein anstrengender Tag gewesen – zu anstrengend für seinen Geschmack. Er machte sich einen Drink, zog das Jackett aus, legte Halfter und Pistole ab und entledigte sich der Handschellen und empfand es als absoluten Luxus, endlich seine Krawatte ausziehen zu können. Er trank einen ordentlichen Schluck und genoß, wie ihm der Alkohol die Kehle hinunterrann.

Nachdem er es sich in seinem Lieblingssessel gemütlich gemacht hatte, schaltete er die Stehlampe ein und vertiefte sich in die beiden Fachbücher über Jade. Er lernte viel Neues, gelegentlich machte er sich sogar Notizen. Schließlich rieb er sich die Augen und beschloß, es für heute gut sein zu lassen. Jade war wirklich eine eigene Kultur, leider unerschwinglich für den Geldbeutel eines Polizeibeamten, doch trotzdem ungemein faszinierend. Er nahm sich noch vier Kekse, trank ein kleines Glas Seven-Up, um seinen Durst zu löschen, und ging zu Bett.

Am Morgen fand er alles unverändert vor. Die Lücken in dem Arrangement, das er gestern auf seinem Schreibtisch gelegt hatte, hatten sich nicht über Nacht gefüllt, und auch die strahlende Sonne verringerte seine Probleme nicht im geringsten. Er frühstückte gerade, als das Telefon klingelte.

Er nahm ab und sagte: »Guten Morgen.«

»Guten Morgen, Virgil. Hier ist Frank Lonigan. Wie geht's Ihnen?«

»Gut – jedenfalls bis jetzt. Was ist los?«

»Virgil, es hat sich einiges getan, und wir dachten, wir setzen Sie am besten möglichst schnell ins Bild. Könnte sein, daß es etwas mit dem Fall zu tun hat, an dem Sie gerade arbeiten, vielleicht aber auch nicht. Hätten Sie Zeit und Lust, heute mit uns Kaffee zu trinken? Paßt es Ihnen vielleicht in einer halben Stunde?«

»In Ordnung. Wo sind Sie jetzt?«

»Nicht weit von Ihnen. Wie wär's mit *Bob's* in der Nähe vom College?«

»Einverstanden. Dann bis gleich.«

Virgil rief noch schnell im Präsidium an und sagte Bescheid, daß er später kommen würde. Nachdem er sich fertig angezogen und das gebrauchte Geschirr abgespült hatte, machte er sich auf den Weg.

Obwohl er einige Minuten zu früh eintraf, wartete Frank Lonigan bereits auf ihn. Er stand auf, um Tibbs die Hand zu schütteln, und ließ sich dann wieder auf das Kunstlederpolster sinken.

Als sie bestellt hatten, zündete sich Lonigan eine Zigarette an und begann zu reden. »Virgil, ich arbeite seit sechzehn Jahren in der Abteilung und war immer der Meinung, mich könnte so leicht nichts mehr überraschen. Doch in der letzten Zeit sind Dinge passiert, auf die ich mir absolut keinen Reim machen kann. Und solange wir die Verbindungsleute nicht kennen, können wir nicht mit Sicherheit ausschließen, daß der Wang-Mordfall etwas damit zu tun hat.»

»Am besten, Sie schenken mir reinen Wein ein«, sagte Tibbs.

»Genau das habe ich auch vor. Ich weiß nicht, wie gut Sie über unsere übliche Vorgehensweise informiert sind, aber ein Großteil der Arbeit wird im Ausland verrichtet, wo wir mit Interpol und anderen Polizeibehörden zusammenarbeiten, um den Drogennachschub bereits an der Quelle zu unterbinden. Es ist Aufgabe des Zolls, die Einfuhr von illegalen Drogen an der Grenze zu stoppen, und wenn das Zeug erst einmal hier ist, fällt es in den Aufgabenbereich der örtlichen Polizeidienststellen. Dann müssen die sich darum kümmern und verhindern, daß die Drogen weiterverkauft werden.«

Er hielt inne, während die Serviererin ihnen Kaffee und Milchbrötchen brachte.

»Bei unserer Arbeit sind wir zu einem großen Teil auf die Zusammenarbeit mit V-Männern, Informanten, angewiesen. Manchmal helfen sie uns gegen Bezahlung, manchmal aus persönlichen Motiven oder Rachegelüsten, gelegentlich auch nur, weil sie verantwortungsbewußte Bürger sind, die uns unterstützen wollen. Daher machen wir uns die Mühe, jedem Hinweis nachzugehen, solange er vernünftig klingt. In vielen Fällen verlaufen die Spuren im Sand, aber manchmal ist es uns aufgrund dieser Hinweise auch schon gelungen, ganze Schiffsladungen hochgehen lassen. Langfristig gesehen lohnt es sich also. Natürlich sind unsere Informanten äußerst zuverlässig, außerdem arbeiten viele von uns als verdeckte Ermittler.«

»Das kann ich mir denken«, kommentierte Tibbs.

Lonigan teilte eines der Brötchen und bestrich es mit Butter. »Vor ungefähr fünf oder sechs Wochen hat uns ein Anrufer, der natürlich anonym bleiben wollte, einen Tip gegeben. Er behauptete, es stünde eine Lieferung aus Mexiko an. Wir haben uns mit den zuständigen Zollbeamten in Verbindung gesetzt und sie vorgewarnt.

Ich will mich kurz fassen: Sie haben dreiundsechzig Kilo Heroin gefunden, in der Hauptsache Roh-Heroin.«

»Ich befasse mich zwar normalerweise nicht mit Rauschgift«, sagte Tibbs, »aber das klingt wirklich nach einem Riesencoup. Knapp siebzig Kilo Heroin, das dürfte ein Vermögen wert sein – da hätten die Straßendealer wahrscheinlich monatelang genug.«

»Sehr richtig, aber das ist noch nicht alles.« Lonigan biß wieder in sein Brötchen und spülte den Bissen mit einem Schluck Kaffee hinunter. »Die Drahtzieher sind natürlich keine Amateure. Wer auch immer diese Lieferung arrangiert hat, hat sofort für Ersatz gesorgt, diesmal allerdings auf einer anderen Route.«

Virgil schaute ihn an. »Und Sie haben wieder einen Tip bekommen«, mutmaßte er.

»Richtig – und zwar von demselben Informanten, soweit wir feststellen konnten.«

»Wenn das herauskommt, macht man bestimmt kurzen Prozeß mit ihm – oder ihr.«

»Daran besteht gar kein Zweifel. Ich brauche Ihnen sicher nicht zu sagen, daß ich Ihnen all dies ›unter der Rose‹ erzähle.« Er schaute ihn forschend an, als sei er nicht sicher, ob Tibbs die Anspielung verstünde.

»Sub rosa – wie bei den Gelagen der alten Römer«, stimmte Virgil zu.

»Gut. Es gibt da noch etwas, das ich Ihnen erzählen möchte. Es gibt zwar noch keine konkreten Beweise, aber wir haben weiterhin aus dem Fernen Osten den Tip bekommen, daß Ihr Mordopfer nicht nur Jade, sondern auch Rauschgift importiert haben soll.«

Tibbs trank einen Schluck Kaffee und räusperte sich. »Frank, es ist wirklich nicht meine Art, Beweise anzuzweifeln, und mir ist auch bewußt, daß es Menschen gibt, die ein perfektes Doppelleben führen. Aber wenn Wang tatsächlich mit Drogen gehandelt hat, ist es ihm gelungen, all seinen Bekannten und Freunden, mit denen ich bisher gesprochen habe, etwas vorzumachen. Einige sehr angesehene Bürger haben sich mehr oder weniger für ihn verbürgt.«

»Einfach so?«

»Sehr richtig. Wenn etwas faul ist, stößt man normalerweise immer früher oder später auf Ungereimtheiten, aber in diesem Fall habe ich bisher rein gar nichts finden können.«

Lonigan sah ihn nachdenklich an. »Vielleicht war es auch das Mädchen«, sagte er.

»Könnte sein«, stimmte Tibbs zu. »Zeitlich würde es hinkommen.«

Lonigan trank seinen Kaffee aus. »Ich werde Ihnen verraten, warum ich Sie eingeweiht habe, Virgil. Ich wollte Sie um etwas bitten. Wenn Sie auf irgendeinen Zusammenhang mit Rauschgift stoßen sollten oder auch nur den leisesten Verdacht haben, daß irgend etwas an der Sache faul ist, lassen Sie es mich bitte umgehend wissen. Es ist einfach alles anders als sonst.«

»Wie soll ich das verstehen?«

Frank Lonigan beugte sich vor. »Virgil, zählen Sie einfach nur zwei und zwei zusammen, dann wissen Sie, was ich meine. Erstens bekommen wir urplötzlich aus heiterem Himmel anonyme Hinweise, die uns einige der größten Erfolge seit Jahren bescheren. Zweitens erfahren wir, daß die Rotchinesen zufällig gleichzeitig versuchen, Keto ins Land zu drücken. Und vergessen Sie nicht, daß nicht alle Süchtigen heruntergekommene Straßenjunkies sind. Einige gehören zu den Spitzen unserer Wirtschaft und Gesellschaft.«

»Gibt es Beweise?«

»Ja, Virgil, die gibt es. Während der letzten zwei Tage haben wir vier tote Junkies gefunden. Drei von ihnen sind an einer Überdosis gestorben, sagt unser Pathologe.«

»Wieviel Prozent Heroin sind nötig dazu?«

»Etwa fünfundzwanzig oder dreißig – hängt von der körperlichen Verfassung des Betroffenen und der Reinheit des Stoffs ab. Aber es war kein Heroin, Virgil. Es war Keto-Bedmidon.«

Als er in sein Büro zurückkam, war Virgil froh, daß er mit niemandem reden mußte. Er hängte sein Jackett über die Rückenlehne seines Stuhls, setzte sich und fand auf seinem Schreibtisch die Nachricht vor, daß ein gewisser Commander Reese vom Los Angeles Police Department angerufen habe. Commander war dort der nächsthöhere Rang nach dem Captain. Er griff nach dem Telefon und rief zurück.

Commander Rees kam sofort zur Sache. »Ich habe erfahren, daß Sie an einem Fall arbeiten, der mit Rauschgift in Zusammenhang steht. Wenn die Jungs in Zimmer 321 Ihnen irgendwie helfen können, brauchen Sie sich nur zu melden. Und falls es Sie in unseren Zuständigkeitsbereich verschlagen sollte, haben Sie freie Hand.«

»Vielen Dank, Sir«, sagte Tibbs. »Zufällig wollte ich mich ohnehin heute nachmittag mit Ihrem Drogendezernat in Verbindung setzen.«

»Gut, ich sage den Jungs Bescheid.«

Nachdem er aufgelegt hatte, fühlte sich Virgil ein wenig besser. Anscheinend stand er doch nicht so allein, wie er befürchtet hatte. Er wußte, wo die Lücken in seinem Puzzle waren, er brauchte sie nur noch zu füllen. Dazu gehörte auch die Lücke, die erst ganz zum Schluß an die Reihe kam, weil sie den Namen des Mörders enthielt.

Nachdem er sich eine Weile mit dem üblichen Papierkram beschäftigt und die dringendsten Arbeiten erledigt hatte, nahm der das Telefonbuch und begann einc mühselige Suche. Es gab Unmengen von Brokerfirmen und Börsenmaklern, und wenn er nicht gleich am Anfang einen Glückstreffer landete, würde er alle anrufen müssen. Er begann, das Branchenverzeichnis zu durchforsten, und fand dabei heraus, daß Mr. Harveys Vorname Elliot war. Das half ihm zumindest etwas weiter, da es recht unwahrscheinlich war, daß es in dieser Gegend einen zweiten regelmäßigen Börsenkunden mit diesem Namen gab.

Beim sechsten Anruf traf er schließlich ins Schwarze. Nachdem er sich dem Filialleiter gegenüber zufriedenstellend ausgewiesen hatte, teilte man ihm mit, ein Mr. Elliot Harvey habe bei der Firma ein beträchtliches Konto, das sich in ständiger Bewegung befinde. Weitere Informationen könne man leider per Telefon nicht geben. Das klang vielversprechend, also verließ Tibbs das Präsidium und begab sich auf die andere Straßenseite, wo die offiziellen braunen Wagen, die nicht als Polizeifahrzeuge gekennzeichnet waren, ordentlich hintereinander geparkt standen. Er nahm den ihm zugeteilten Wagen und war innerhalb von wenigen Minuten im Büro des Zweigstellenleiters.

Nachdem er sich erneut ausgewiesen und sein Gegenüber von der Wichtigkeit seines Anliegens überzeugt hatte, zeigte sich dieser genauso kooperativ, wie Virgil es sich erhofft hatte. »Einige unserer Kunden sind sehr diskret, was ihren Wertpapierbestand angeht«, erklärte der Filialleiter. »In einem derartigen Fall würden wir Sie bitten, uns eine offizielle Vollmacht vorzulegen. Glücklicherweise gehört Mr. Harvey nicht zu diesem Personenkreis. Er ist normalerweise äußerst direkt und unverblümt, aber er hat uns nie angehalten, sein Konto vertraulich zu behandeln.«

»Ich weiß Ihr Entgegenkommen zu schätzen«, versicherte Tibbs. »Wenn Sie nichts dagegen haben, würde ich mir gern die Aufstellung seiner Transaktionen während der letzten zwei Jahre ansehen. Gibt es vielleicht ein Büro, das momentan nicht gebraucht wird und in dem ich mir die Unterlagen ungestört ansehen kann?«

»Das läßt sich einrichten. Und was soll ich sagen, falls Mr. Harvey unerwartet hier auftaucht?«

»Wenn Sie die Unterlagen brauchen, kommen Sie einfach zu mir und holen sie. Ich kenne Mr. Harvey persönlich und würde es vorziehen, wenn er vorerst von meinem Besuch nichts erfährt.«

»In Ordnung. Sergeant Tibbs, nicht wahr? Als kleine Gegenleistung möchte ich Ihnen auch eine Frage stellen.«

»Ich werde sie beantworten, wenn es mir möglich ist«, sagte Virgil.

»Mr. Harvey finanziert Wertpapierkäufe mit Krediten, so daß beträchtliche Darlehensbeträge im Spiel sind, die wir ihm bisher stets großzügig gewährt haben. Sie sind zwar nominell durch seinen Wertpapierbestand abgesichert, aber – ich vermute, Sie ahnen, worauf ich hinauswill.«

»Ich weiß, was Sie meinen«, sagte Tibbs. »Doch momentan sehe ich keinerlei Grund zur Beunruhigung. Mr. Harvey ist lediglich indirekt in einen Mordfall verwickelt, an dem ich gerade arbeite. Mehr kann ich Ihnen dazu leider nicht sagen. Und auch diese Information ist streng vertraulich.«

»Selbstverständlich. Ich werde meine Sektretärin bitten, Sie in ein leerstehendes Büro zu bringen. Mr. Fletcher ist heute nicht da, Sie können daher sein Zimmer nehmen. Man wird Ihnen die gewünschten Unterlagen bringen. Ich wäre Ihnen dankbar, wenn Sie mich, soweit dies möglich ist, auf dem laufenden halten würden.«

»Noch eine Frage«, sagte Tibbs. »Wissen Sie zufällig, ob Mr. Harvey regelmäßig mit anderen Börsenmaklern oder Brokerfirmen zusammenarbeitet?«

»Das halte ich für sehr unwahrscheinlich. Wir haben in beträchtlichem Umfang Geschäfte für ihn wahrgenommen und ihm dafür gewisse Dienste gewährt, die er anscheinend sehr zu schätzen weiß.«

»Vielen Dank für Ihre Hilfe. Ich werde wahrscheinlich ziemlich lange darüber brüten müssen, wenn es Sie nicht stört.«

»Sie können ruhig den ganzen Tag bleiben. Falls Sie sonst noch irgend etwas brauchen, lassen Sie es mich wissen.«

Tatsächlich war Virgil fast den ganzen restlichen Tag damit beschäftigt, gewissenhaft alle Informationen zusammenzutragen, die er benötigte. Er schrieb geduldig alle Zahlen auf einem langen gelben Notizblock und verglich sie anschließend mit dem jeweiligen Dow Jones-Kursdiagramm und anderen wichtigen Indikatoren. Er war so vertieft, daß er sogar vergaß, eine Mittagspause einzulegen, und hatte seine Aufstellungen erst kurz vor drei beendet. Inzwischen war das Stockwerk wie ausgestorben. Die Börse an der Westküste öffnete morgens pünktlich um sieben, daher blieben nur wenige Mitarbeiter nachmittags lange im Haus. Müde, aber zufrieden ordnete Tibbs die unzähligen Blätter, steckte seine Notizen in seine Aktentasche und brachte die Unterlagen zu Harveys Konto zusammen mit den anderen Papieren, die man ihm überlassen hatte, wieder zurück.

Der Filialleiter wollte gerade aufbrechen. »Haben Sie gefunden, wonach Sie gesucht haben?« fragte er.

»Ja, vielen Dank. Falls jemand Fragen stellen sollte, sagen Sie bitte, ich sei einer Ihrer Rechnungsprüfer. Sind bei Ihnen überhaupt Neger beschäftigt?«

»O ja, ziemlich viele.« Die Antwort kam ein wenig zu schnell, doch Virgil nahm es dem Mann nicht übel, er war weitaus Schlimmeres gewöhnt. Anscheinend war es seinem Gegenüber auch aufgefallen, denn er versuchte sich herauszureden. »Es ist durchaus normal, daß einige unserer Revisoren Schwarze sind. Schließlich sind auch viele unserer besten Kunden Schwarze.«

Tibbs ließ es dabei bewenden, verabschiedete sich und ging zurück zu seinem Wagen. Er mochte die Bezeichnung Schwarzer nicht sonderlich, schließlich hätte er seinen Zimmerkollegen auch nicht als Gelben bezeichnet. Er persönlich hatte nichts gegen die Bezeichnung Neger und fragte sich, wie lange es wohl dauern würde, bis sich die Menschen, egal welche Hautfarbe sie hatten, an den Umgang mit derartigen Begriffen gewöhnt hatten.

Unter dem Scheibenwischer auf der Windschutzscheibe steckte ein Strafzettel. Als Virgil sich umschaute, stellte er fest, daß er den Wagen versehentlich die ganze Zeit in einer Zone abgestellt hatte, in der man nur zwei Stunden parken durfte. Er drehte den Strafzettel um, um nachzusehen, wer wohl so dumm gewesen war, einem offiziellen Polizeiwagen ein Knöllchen zu verpassen, und konnte sich ein Lächeln nicht verkneifen, als er sah, daß jemand mit roter Tinte »Na, na, na!« daraufgeschrieben hatte.

Das erinnerte ihn schlagartig an einen Abend, als sich jemand über Polizeifunk erkundigt hatte, ob die Busse ins Zentrum die ganze Nacht fuhren und ein Kollege wie aus der Pistole geschossen »Do-da, do-da!« gesungen hatte.

Er brachte den Wagen zurück und begab sich wieder in sein Büro. Bob war immer noch fort, wahrscheinlich jagte er wieder einmal Bankräuber. In diesem Fall hatten die Bankräuber schlechte Karten. Von allen Kollegen im Präsidium sah Bob Nakamura am wenigsten wie ein Police Detective aus – das war einer der Gründe, warum er so erfolgreich war.

Es war kurz vor sechs, als das Telefon auf Virgils Schreibtisch zu klingeln begann. Er nahm den Hörer ab und sagte nur »Ja?«, weil er einen internen Anruf erwartete.

Er war ziemlich überrascht, als er Yumekos Stimme am anderen Ende der Leitung erkannte. »Darf ich Sie immer noch Virgil nennen?« fragte sie zaghaft.

»Natürlich dürfen Sie das. Was kann ich für Sie tun, Yumeko?«

»Ich mache mich Sorgen wegen Chin.«

»Chin? Wer ist Chin?«

»Er ist schon seit drei Tagen weg«, sagte Yumeko.

Tibbs griff nach einem Stift. »Geben Sie mir bitte seinen vollen Namen und verraten Sie mir, wer der Mann ist.«

»Er heißt Chin, Chin Soo. Er ist der Diener von Mr. Wang.«

»Mr. Wang hatte einen Diener? Warum erfahre ich das erst jetzt?«

»Es tut mir leid. Sie haben nicht gefragt, und ich habe vergessen zu sagen. Er ist seit drei Tagen weg.«

Sie sprudelte die Sätze so schnell hervor, daß Tibbs sie kaum verstehen konnte. Ein Diener! Daß er daran nicht gedacht hatte! Aber wie Yumeko sehr richtig gesagt hatte, er hatte sie schließlich auch nicht danach gefragt.

»Ich komme sofort«, sagte er fast mechanisch und legte auf. Er war immer noch ein wenig benommen vor Überraschung über diese unerwartete Wendung. Das war also das fehlende Zwischenglied, nach dem er die ganze Zeit so verzweifelt gesucht hatte.

Kapitel 10

Als Yumeko ihm die Tür öffnete, wirkte sie sichtlich bedrückt. Wahrscheinlich machte sie sich Sorgen um den verschwundenen Hausdiener, doch höchstwahrscheinlich befürchtete sie außerdem, endgültig Virgils Mißfallen erregt zu haben. »Es tut mir sehr leid«, entschuldigte sie sich, noch bevor er Gelegenheit hatte, etwas zu sagen. »Ich hätte Ihnen erzählen müssen, es ist allein meine Schuld. Ich habe soviel gedacht an Mr. Wang, daß ich Chin Soo ganz vergessen habe!«

Dann streckte sie zu seiner großen Überraschung beide Arme nach ihm aus.

Kein Gentleman, der etwas auf sich hielt, konnte eine Frau in dieser Situation abweisen. Also schloß Virgil sie in seine Arme und drückte ihren Kopf sanft an seine Schulter. Er konnte genau fühlen, wie verzweifelt und angespannt sie war, sie zitterte am ganzen Körper. Er hatte schon viele Frauen in den Armen gehalten, doch noch nie eine, die einer anderen Rasse angehörte. Er hatte keine Vorurteile, es war ihm nur noch nie gelungen, die tief verwurzelten Hemmungen zu überwinden, die man ihm während seiner Kindheit in den Südstaaten eingebleut hatte. Für ihn war Yumeko in diesem Augenblick eine Japanerin. Die Tatsache, daß sie außerdem die gleichen Vorfahren hatte wie er, war dabei zweitrangig, ihm war nur bewußt, daß sie aus einem anderen Land stammte und in einer ihm völlig fremden Kultur aufgewachsen war.

»Verzeihen Sie mir, bitte?« fragte sie.

Einen Moment lang fragte er sich, ob Yumeko vielleicht bewußt ihre Waffen als Frau einsetzte, um sein Mitgefühl zu erregen. Doch dann spürte er wieder ihren bebenden Körper und wußte, daß es ihr ernst war. »Natürlich«, sagte er und zwang sich, sie auf Armlänge von sich weg zu halten. Er betrachtete sie genau, während sie zu ihm hochschaute, und wünschte sich in diesem Moment verzweifelt, sie wäre nicht in diesen unseligen Mordfall verwickelt und würde nicht zu den wichtigsten Zeugen, wenn nicht sogar zum Kreis der Hauptverdächtigen, gehören.

»Am besten, Sie erzählen mir alles ganz genau«, sagte er.

Yumeko sah ihn unverwandt an. »Ich habe einen kleinen Snack gemacht, möchten Sie sich setzen und mit mir essen?«

Erst jetzt wurde ihm bewußt, daß er noch gar nichts gegessen hatte. Obwohl ihm klar war, daß er damit ein weiteres Mal gegen die Polizeivorschriften verstieß, nahm er ihre Einladung an. »Gern«, sagte er, »aber Sie müssen mir alles über Chin Soo erzählen.«

»Bitte setzen Sie sich.« Yumeko wies mit der Hand in Richtung Wohnzimmer. »Es dauert nur ein paar Minuten.«

Fünf Minuten später war sie wieder zurück und führte ihn ins Eßzimmer. Sie hatte zwei Sets auf den Tisch gelegt und eine kleine, typisch japanische Mahlzeit vorbereitet – mehrere Schälchen mit unterschiedlichen Gerichten. Im Gegensatz zu den Gepflogenheiten der westlichen Küche gab es kein Hauptgericht. Tibbs nahm Platz, legte sich die Serviette auf den Schoß und erinnerte sich plötzlich an das denkwürdige Mittagessen im Nudistencamp, in das ihn die Ermittlungen in einem anderen Mordfall vor einiger Zeit verschlagen hatten

Auf dem Tisch stand eine Kerze, doch Yumeko zündete sie nicht an. Nachdem sie eine Zeitlang schweigend gegessen hatten, begann die junge Frau zu sprechen. »Als ich angekommen bin, war Chin Soo schon Diener von Mr. Wang. Ich weiß nicht, wie lange schon, aber es muß schon länger gewesen sein, weil er sich nicht verhalten hat wie jemand, der neu ist. Mr. Wang hat oft mit ihm gesprochen, immer sehr freundlich, aber Chin hat nicht viel gesagt. Ich habe nicht verstanden, was sie geredet haben, sie haben immer Chinesisch gesprochen.«

»Dann stammte Chin also aus China? Ich meine, er war kein chinesischer Amerikaner?«

»Das ist richtig. Ich glaube, er kam aus Hongkong.«

»Gut. Reden Sie weiter.«

»Als Mr. Wang tot war, mein Schock war sehr groß. Ich habe nicht gemerkt, daß Chin Soo weg war. Sein Zimmer ist oben auf der Rückseite vom Haus, also sehe ich ihn abends nie.«

»Ich hätte da noch eine Frage. Hatten Sie je den Eindruck, Chin Soo würde sich für Sie – interessieren?«

Yumeko senkte den Blick. »Ich kann das nicht glauben. Mr. Wang hätte so etwas nicht gern gesehen, und Chin Soo wußte genau, was ich bin.«

Eine Weile war es ganz still, dann fuhr Yumeko fort. »Ich sage Ihnen jetzt alles, was ich weiß. Mr. Wang hat mir eine Stellung verschafft. Ich habe das nicht gewollt, aber es war sein Wunsch, daß ich nicht den ganzen Tag hier bleibe. Er wünschte, daß ich ausgehe und Leute treffe.«

»Da hatte er recht, würde ich sagen«, kommentierte Tibbs.

»Weil es sein Wunsch war, ich bin gegangen. Am ersten Tag meiner Arbeit komme ich abends nach Hause und finde ...« Sie brach mitten im Satz ab. »Chin war weg, aber das ist mir gar nicht aufgefallen. Dann habe ich kurze Zeit geglaubt, er ist vielleicht weggelaufen, weil er Angst hatte. Aber als er nicht zurückgekommen ist, ich habe Sie angerufen.«

Virgil aß etwas Spinat, ein Gemüse, das er normalerweise nicht sonderlich mochte, doch nach Yumekos Rezept zubereitet schmeckte es hervorragend. »Wie alt ist Chin?« erkundigte er sich.

»Fünfundzwanzig, glaube ich.«

»Ist er groß?«

»Nein, Sie sind größer.«

»Ist er ein kräftiger Mann?«

»Nicht so sehr. Ich glaube nicht, daß er Mr. Wang mit dem Messer umgebracht hat, das wäre zu schwer für ihn. Außerdem war Mr. Wang immer sehr gut zu ihm. Er war gut zu allen Menschen.«

Tibbs ließ es zunächst dabei bewenden und aß zu Ende, ohne wieder auf Mr. Wang oder den verschwundenen Boy zu sprechen zu kommen. Er wollte, daß Yumeko sich ein wenig beruhigte, mußte jedoch gleichzeitig versuchen herauszufinden, ob es sonst noch etwas gab, was sie zu sagen vergessen hatte. Erst als sie das Geschirr abgeräumt und den Tee gebracht hatte, kam er wieder auf das Thema zurück. »Yumeko, hat Mr. Wang jemals angedeutet, daß er irgendwelche Probleme hatte?«

»Ja. Er hat das angedeutet«, antwortete sie. »Er hat zu mir gesagt, daß es böse Geister gibt. Aber er hat etwas anderes gemeint, richtige Dinge, die wie böse Geister sind und ihn gequält haben.«

Virgil hakte sofort nach. »Hat er sonst noch etwas gesagt, Yumeko?«

»Er hat auch gesagt, daß der Wind nicht immer eine Kerze ausbläst, auch wenn sie schon ...« Sie suchte vergeblich nach dem richtigen Wort.

»Niedergebrannt ist?«

»Ich glaube, ja. Aber ein anderes Wort.«

»Sich verzehrt?«

»Nein. Mit Flamme.«

»Wenn die Flamme schon flackert?«

»Ja, genau so hat er gesagt!« Sie schien erleichtert zu sein, daß sie ihr kleines Sprachproblem gelöst hatten.

»Befand er sich in ärztlicher Behandlung?«

»Ich glaube nicht. Er war alt und nicht sehr groß, aber noch sehr stark – er hat nicht geflackert.«

»Dann muß es also etwas anderes gewesen sein – etwas, das von außen kam.«

»Ich glaube auch.«

»Haben Sie eine Ahnung, was es gewesen sein könnte?«

Sie schüttelte den Kopf. »Ich weiß gar nichts. Er hat mir nie erzählt, und ich sehe nichts und höre nichts.«

Mit einem Mal schoß Virgil eine Idee durch den Kopf. »Yumeko«, sagte er. »Ich möchte Sie gern um einen Gefallen bitten. Könnten wir bitte ins Jadezimmer gehen?«

Sie stand sofort auf. »Kommen Sie, bitte. Es ist gut, daß Sie hier sind.«

Sie führte ihn in den hinteren Teil des Hauses, öffnete die Tür mit einem Schlüssel, der bereits steckte, und schaltete das Licht an. Der Kreideumriß, der auf dem Teppich die Lage der Leiche markiert hatte, war verschwunden. Dennoch wurde man das Gefühl nicht los, daß sich der ehemalige Hausherr immer noch im Raum befand. Tibbs konnte sich gut vorstellen, warum Yumeko Angst hatte, das Zimmer allein zu betreten, und warum sie dieses Unbehagen so schnell nicht loswerden würde.

»Ich versuche gerade, mich ein wenig mit Jade zu befassen«, sagte er. »Aber die Fotos in den Büchern sind nicht besonders hilfreich.«

Sie schaute ihn an. »Sie finden Jade schön?« fragte sie.

»Ja, sehr sogar. Je mehr ich mich damit beschäftige, desto mehr fasziniert es mich. Aber im Moment möchte ich gern aus einem anderen Grund etwas darüber erfahren.«

Sie verstand. »Ich helfe Ihnen gern, wenn ich kann. Ich verstehe noch nicht sehr viel, aber Mr. Wang bringt es mir bei.« Sie hielt erschrocken inne, und plötzlich rollten aus ihren ausdrucksvollen Augen zwei Tränen auf ihre Wangen hinab.

Virgil ging zu ihr, schloß sie wieder in seine Arme, klopfte ihr beruhigend auf den Rücken und wartete geduldig, bis sie sich einigermaßen gefangen hatte. Selbst in dieser gespannten Situation war er sich ihrer Attraktivität sehr wohl bewußt. Schließlich gab er sie widerstrebend frei.

Sein innerer Konflikt wurde nicht besser, als Yumeko ihn dankbar anschaute und sagte: »Sie sind sehr lieb zu mir.«

Er räusperte sich. »Erzählen Sie mir einfach etwas über Jade.«

Yumeko holte die sorgfältig versteckten Schlüssel und schloß zwei Vitrinen auf. »In China macht man wunderbare Sachen mit vielen verschiedenen Steinen«, erklärte sie. »Der beste ist Jade, aber auch sehr gut sind Rosenquarz, Bergkristall, Lapislazuli und ein paar andere. Es gibt auch weichere Steine wie Serpentin und Bowenit, aus denen macht man auch oft Schnitzereien. Sie sehen aus wie Jade, sind aber keine. Manchmal nennt man sie auch »neue Jade«, aber das ist nicht richtig.»

»Soweit ich weiß, gibt es zwei Arten von Jade.«

»Das stimmt, Virgil. Nephrit, das ist echte Jade und war lange Zeit auch einzige Jade. Dann haben sie einen neuen Stein gefunden, auch wunderschön und sehr, sehr hart. Es kommt aus einem Ort in Burma und heißt heute Jadeit. Ich zeige Ihnen.«

Aus einer der Vitrinen, die sie aufgeschlossen hatte, nahm sie eine wunderschöne Vase, um deren Außenseite sich zarte Stengel und Blüten rankten. Sie war aus einem Stück geschnitzt und besaß eine milchigweiße Färbung. Yumeko nahm sie von dem aufwendig geschnitzten Holzständer, der offensichtlich speziell für das kleine Kunstwerk angefertigt worden war, und reichte sie Tibbs.

»Bitte schauen Sie sich an«, forderte sie ihn auf. »Aber drehen Sie die Vase bitte nicht um, der Deckel ist nicht fest, und innen ist alles hohl. So etwas ist sehr schwer zu machen. Man kann sie wirklich als Vase benutzen, aber man sollte es nicht tun, dazu ist sie viel zu kostbar.«

Überaus behutsam hielt Virgil die ausgefallene Schnitzerei in seinen dunklen Händen und betrachtete sie aufmerksam. Der Mann, der sie gemacht hatte, war nicht nur ein wirklicher Künstler gewesen, sondern auch ein wahrer Meister der Schnitztechnik, denn immerhin gehörte Jade zu den härtesten Steinen der Welt und ließ sich daher nur schwer bearbeiten. Virgil wagte nicht, sich vorzustellen, wie viele Wochen und Monate geduldiger Arbeit nötig gewesen waren, um dieses unglaubliche kleine Kunstwerk zu schaffen. Er war zutiefst beeindruckt und konnte gut verstehen, warum es so teuer war.

»Jade ist nicht immer grün«, sagte Yumeko. »Sie kann fast alle Farben haben, sogar Schwarz. Die Chinesen sagen, weiße Jade allein kann schon hundert verschiedene Schattierungen haben. Der Stein, den Sie in der Hand halten, heißt Hammelfett-Jade, wegen seiner Farbe – ein sehr guter Stein.«

Als er das kostbare Objekt lange genug bestaunt hatte, nahm Yumeko es wieder an sich und reichte ihm ein anderes. Auch dieser Stein war sehr hell, wies jedoch einen zarten Grünschimmer auf. Die Schnitzerei stellte zwei chinesische Frauen in einem Boot dar, und der dazugehörige Holzständer war so gestaltet, daß er an Wellen erinnerte. »Die zwei Schwestern sind aus Jadeit«, erklärte sie. »Es ist härter als Nephrit, seltener und noch teurer. Aber es ist auch am schönsten. Haben Sie ein Messer?«

»Ja«, sagte Tibbs.

»Versuchen Sie mal, daran zu kratzen. Es geht nicht. Echte Jade ist härter als Stahl, deshalb man kann mit dem Messer keine Spur machen.«

Virgil betrachtete die Schnitzerei, die irgendwo im fernen Asien von einem Künstler geschaffen worden war, dessen Namen niemand kannte, denn alle Jadeschnitzereien waren anonym. »Yumeko«, fragte er. »Haben Sie auch Grabbeigaben? Jaden, die man Toten mit ins Grab gelegt hat?«

Sie schaute ihn an, ein wenig überrascht, daß er überhaupt von der Existenz dieser Gegenstände wußte. »Mr. Wang hatte manchmal solche Jaden, aber er mochte sie nicht sehr. Jade war für ihn etwas Wunderschönes. Grabbeigaben aus Jade wurden manchmal nur gemacht, um mit Toten begraben zu werden, um ihnen nächste Welt zu verschönern oder ihren Reichtum zu zeigen. Manchmal man hat auch mit kleinen Amuletten oder Plättchen die Körperöffnungen zugemacht.«

»Ich lese gerade ein paar Bücher über Jade«, sagte Tibbs. »Ich muß nur aufpassen, daß ich mich nicht in die Steine verliebe. So ein Hobby werde ich mir wohl nie leisten können.«

»Es kostet nicht immer so teuer. Manchmal haben wir Stücke, die nur sieben- oder achthundert Dollar kosten. Alle sind Jade. Manchmal schicken Leute auch Schnitzereien an Mr. Wang, die wunderschön sind – aber keine Jade. Er hat sie nie verkauft, nur an Mr. Wu, der wußte, daß es keine echte Jade war.«

Virgil blieb über eine Stunde. Er spürte, daß Yumeko froh über seine Gegenwart war, und betrachtete ausgiebig die zahlreichen Schätze in den Vitrinen. Er hatte nicht geahnt, daß es so viele waren, denn ihr Besitzer hatte sie überaus kunstvoll arrangiert. Er begann zu erwägen, ob es nicht doch möglich sein würde, irgendwann selbst eine Schnitzerei zu erstehen, verwarf den Gedanken jedoch schnell wieder. Jade war nur etwas für Wohlhabende, und zu diesem erlauchten Kreis gehörten keine Polizeibeamten, ganz gleichgültig welchen Rang sie bekleideten.

»Yumeko«, sagte er, als er sich zum Fortgehen bereitmachte. »Hat Mr. Wang außer Jade noch etwas anderes importiert? War sonst noch etwas in den Päckchen?«

Sie schüttelte den Kopf. »Ich glaube, er hat nur seine Möbel importiert. Sie sind aus Taiwan, aber das ist schon viele Jahre her. Mr. Wang hatte viele Freunde im Fernen Osten, sie haben für ihn echte Jade gefunden und aus Taipeh, Singapur und Bangkok geschickt. Aber nie aus Rotchina, weil er das nicht gern hatte, obwohl es seine Heimat war.«

Dies war eine interessante Information, falls sie der Wirklichkeit entsprach. »Sind Sie da sicher?«

»Ja, ganz sicher. Aus kommunistischen Ländern kommt nie etwas. Mr. Wang hat nie Stücke von Rotleuten gekauft, obwohl einige Verwandte von ihm in China leben, auf dem Festland.«

Virgil war mit seinen neuesten Entdeckungen äußerst zufrieden und dankte ihr noch einmal für ihre Gastfreundschaft und ihre Hilfe. Dann gingen sie zur Tür, wo er sich rasch verabschiedete. Er fuhr auf dem schnellsten Weg zu seiner Wohnung, schloß die Tür auf und griff nach dem Telefon. Nachdem er gewählt hatte, brauchte er nur wenige Sekunden zu warten, bis Bob Nakamura sich meldete. »Ich habe einen kleinen Anschlag auf dich vor«, sagte Tibbs. »Ich fahre gleich nach L. A., ich glaube, ich habe endlich eine Spur. Hast du Lust mitzukommen?«

»Warum nicht? Wo bist du jetzt?«

»Bei mir zu Hause. Erinnerst du dich noch an die Sachen, die du anhattest, als wir vorige Woche die Kegelbahn observiert haben?«

»Klar. In etwa vierzig Minuten?«

»Du brauchst dich nicht zu hetzen, wir haben die ganze Nacht Zeit.«

Virgil legte auf und ging nachdenklich in sein Schlafzimmer. Als er anfing, sich umzuziehen, ließ er sich noch einmal alles, was er an diesem Abend erfahren hatte, durch den Kopf gehen. Allmählich paßten die einzelnen Teile seines Puzzles schon besser zusammen. Aus seinem Schrank nahm er ein Paar alte Arbeitsschuhe, ausgeblichene Blue jeans, ein zerschlissenes Hemd und eine abgetragene Jacke, die äußerst billig aussah.

Vorsichtig hängte er den eleganten Anzug weg, der ihn fast den Verdienst einer ganzen Woche gekostet hatte, und stellte seine sorgsam polierten Schuhe in einer Ecke des Zimmers auf den Boden. Er zog sich bis auf die Unterwäsche aus und schlüpfte in die alte Hose und das an den Ellbogen beinahe völlig durchgescheuerte Hemd. Als er sich fertig umgezogen hatte, sah er aus wie ein einfacher schwarzer Arbeiter und paßte seine gesamte Körpersprache der neuen Rolle an. Vorübergehend lösten sich seine Gedanken von seinem Fall und kehrten zurück in die Zeit, als diese Kleidungsstücke das Beste gewesen waren, das er sich leisten konnte. Es war zwar schon viele Jahre her, doch die Erinnerung hatte sich für immer schmerzlich und unauslöschlich in sein Gedächtnis gegraben. Er brauchte nicht einmal zu schauspielern, er versetzte sich lediglich zurück in den siebzehnjährigen Jungen, dem elf Jahre zuvor schlagartig klar geworden war, daß er anders aussah als die meisten anderen Amerikaner und daß sich daran für den Rest seines Lebens nichts ändern würde.

Er mixte sich einen Whiskey mit Soda und trank ihn langsam aus, während er darüber nachdachte, wie er den Rest des Abends und die kommende Nacht am sinnvollsten nutzen konnte. Er ließ die Flasche auf dem Tisch stehen, stellte ein sauberes Glas daneben und wartete auf die Ankunft seines Partners. Bob trank zwar nie sonderlich viel, doch heute war es beinahe zwingend, daß sie beide eine Alkoholfahne hatten. Es gehörte einfach zu ihrer Rolle. Nachdem er den Highball getrunken hatte, fühlte er sich besser und machte sich sofort noch einen. Er war gerade damit fertig, als es an der Tür klingelte.

Bob Nakamura sah völlig verändert aus. Es gab nur wenige japanische Amerikaner, die heruntergekommen wirkten, doch viele lebten von der Landarbeit und kleideten sich entsprechend. Bob hatte bei seiner Verwandlung sogar an Erde unter seinen Fingernägeln gedacht, und seinen Kleidungsstücken entströmte ein schwacher Schweißgeruch. »Was steht denn an?« fragte er.

»Die Rauschgiftrunde, aber diesmal geht es nicht um irgendwelchen Stoff. Ich will nur wissen, was in der Szene los ist. Falls es sich nicht vermeiden läßt, kaufen wir natürlich was, aber wir sind ausnahmsweise mal nicht hinter den Dealern her. Ich bezweifle sogar, daß momentan viel Stoff im Umlauf ist.«

»Ich habe auch gehört, daß es Engpässe gibt. Sonst noch was?«

»Ja.« Virgil wies auf das Glas und die Flasche. »Mach dir lieber einen Highball. Kann sein, daß ich mich irre, aber es könnte sein, daß wir heute auf neuen Stoff stoßen. Extrem gefährliches Zeug, schlimmer als Heroin.«

Nakamura schaute hoch, die Flasche noch in der Hand. »*Schlimmer* als Heroin?«

Tibbs nickte. »Eine synthetische Droge, mehr kann ich leider nicht sagen. Du darfst es auf keinen Fall nehmen. Wenn uns jemand das Zeug anbietet, darfst du nicht mal daran riechen.«

Bob sah ihn entgeistert an. »Virg, ist dir bewußt, was du da sagst?«

»Allerdings. Es weist einiges darauf hin, daß ein Zusammenhang mit dem Fall besteht, an dem ich gerade arbeite.«

»Macht das Zeug süchtig?«

»Und wie.«

Nakamura ließ sich auf einen Stuhl sinken. »O Gott.«

Virgil griff nach seinem eigenen Glas. »Nur damit du weißt, womit wir es zu tun haben.«

Bob dachte nach. »Wissen die Jungs vom Rauschgiftdezernat schon Bescheid?«

»Davon gehe ich aus – das FBI hat sie bestimmt informiert.«

»Hat dein Mr. Wang das Zeug etwa verkauft?«

»Das gehört zu den Dingen, die ich heute nacht herausfinden möchte. Wenn du soweit bist, können wir losfahren.«

»Gib mir noch zwei Minuten, jetzt brauche ich nämlich wirklich einen Drink. Ich habe übrigens einen Wagen mitgebracht, der hervorragend zu uns paßt. Ich habe ihn mir von einem Gebrauchtwagenhändler ausgeliehen. Ein Chevy, neun Jahre alt, aber er läuft bedeutend besser als er aussieht.«

»Gut.« Tibbs griff wieder nach dem Telefon und rief den diensthabenden Beamten im Präsidium an. »Hier ist Virgil«, sagte er. »Ich fahre gleich mit Bob Nakamura in die Stadt. Würden Sie bitte das Los Angeles Police Department informieren, daß wir in deren Zuständigkeitsbereich kommen? Wir werden aller Voraussicht nach den größten Teil der Nacht auf den Straßen verbringen. Zuerst 1212 South Alvarado, dann Central Market und später South Central.«

»Verstanden. Braucht ihr Unterstützung?«

»Falls ja, melden wir uns.«

»In Ordnung. Ich leite alles an Zimmer 321 weiter – es geht doch um Rauschgift, oder?«

»Stimmt«, sagte Virgil und legte auf.

»Ich hätte da noch eine Frage«, warf Bob ein. »Warum sind wir eigentlich zusammen?«

»Weil wir uns lieben«, antwortete Tibbs.

»Wie reizend. Ich fand dich schon immer irgendwie süß.«

Virgil tat so, als wolle er seinem Partner einen Tritt verpassen, und stellte sein Glas zurück auf den Tisch. Sie verließen die Wohnung, kletterten in Bobs alten Chevy und fuhren in Richtung Freeway.

Nachdem sie das vierstöckige Autobahnkreuz hinter sich gelassen hatten, fuhr Bob nach Süden auf dem Harbor Freeway bis nach Olympic. Dort verließ er den Freeway und fuhr weiter nach Westen, am Hauptquartier der Amerikanischen Karate Vereinigung vorbei, die Virgil so gut kannte, bis nach Alvarado, dann wieder in Richtung Süden.

Das Heim für bedingt aus der Haft entlassene Drogenstraftäter, das dem Staat Kalifornien unterstand, war ursprünglich ein Motel gewesen und sah immer noch so täuschend danach aus, daß kaum eine Nacht verging, in der nicht jemand hereinschaute und sich nach den Zimmerpreisen erkundigte. In jedem der ehemaligen Gästezimmer waren jetzt mehrere Männer untergebracht, die tagsüber die Möglichkeit hatten, unter Aufsicht einer geregelten Arbeit nachzugehen, und für Unterkunft und Verpflegung nur einen geringen Betrag zu entrichten hatten. Viele von ihnen hatten eine lange Suchtkarriere hinter sich, einige hatten sogar bereits mehrere Male die Qualen des Entzugs durchlitten. Wenn es einen Ort gab, an dem man etwas über die Drogenszene erfahren konnte, dann hier.

Als Tibbs und Nakamura eintrafen, wurden sie bereits von einem der Bewährungshelfer erwartet. »Was kann ich für Sie tun?« erkundigte er sich sofort. Er wußte, wer sie waren, und ließ sich daher von ihrer Verkleidung nicht beirren.

»Ich ermittle momentan in einem Mordfall«, erklärte Virgil. »Es scheint eine Verbindung mit der Drogenszene zu geben, aber wir sind hinter niemandem her, jedenfalls noch nicht. Ich brauche lediglich Informationen.«

»Vielleicht kann Billy Lester Ihnen da weiterhelfen.«

»Und wo finden wir ihn?« erkundigte sich Bob.

»Gehen Sie einfach in mein Büro, ich lasse ihn holen.«

Etwa fünf Minuten später erschien ein großer, schlaksiger Schwarzer. Er war anscheinend weit über fünfzig, trug einen Bart wie ein spanischer Caballero und setzte sich ruhig auf einen der Stühle. »Der Boss sagt, Sie woll'n wissen, wie's momentan in der Szene aussieht«, sagte er.

»Genau«, erwiderte Tibbs. »Wir sind diesmal nicht hinter irgendwelchen Dealern oder Junkies her. Das hier ist 'ne Nummer größer.«

»Woll'n Sie etwa die Hintermänner schnappen?«

Bob Nakamura schüttelte den Kopf. »Es geht um Mord«, sagte er. Lester war sofort im Bilde.

»Okay. Was wollt ihr wissen?« fragte er.

Tibbs ging zum Getränkeautomaten, warf mehrere Münzen ein und kehrte mit drei Limoflaschen zurück, reichte Bob und Lester eine und nahm einen kräftigen Schluck aus seiner eigenen Flasche, bevor er antwortete. »Wir würden gern wissen, wie es momentan auf dem Markt aussieht.«

Lester schlug die Beine übereinander. »Ziemlich mies. Wißt ihr das etwa noch nich'?«

»Nein, deshalb fragen wir Sie ja«, meinte Tibbs.

»Es kommt plötzlich kein neuer Stoff mehr – tote Hose. Kaum noch was da. Un' wenn das auch noch weg is' un' nich' schnellstens Nachschub kommt, gibt's bestimmt Panik. Todsicher. Könnt ihr euch das vorstellen – Junkies ohne Stoff? Dann bleibt denen doch nichts andres übrig, als Apotheken zu überfallen un' die Autos von Ärzten zu knacken, um wenigstens an Rezepte zu kommen. Manche von denen sind ganz schön clever, die reinsten Schauspieler. Die täuschen alle möglichen Symptome vor, bloß um sich das Zeug verschreiben zu lassen. Aber selbs' dann reicht's meistens bloß für eine Dröhnung. Un' den armen Teufeln, die's absolut nich' mehr aushalten, bleibt bloß noch eins: ab ins Krankenhaus auf Entzug. Die können einem nur leid tun, Cold Turkey is' die reine Hölle!«

»Ich weiß nicht, ob Sie schon davon gehört haben«, sagte Bob. »Heute nachmittag, so gegen sechs, hat die Polizei einen Riesencoup gelandet. In der Nähe der Watts Towers, mehr als fünf Kilo Rohware.«

Lester starrte ihn entgeistert an. »Mann, das klingt nich' gut! Ich bin zwar selbs' nich' mehr drauf, aber das war bestimmt der letzte Stoff in ganz L. A. Das klingt gar nich' gut.« Er schüttelte den Kopf.

»Billy«, sagte Virgil. »Sie haben doch sicher gehört, daß innerhalb der letzten zwei Tage vier Drogentote gefunden wurden?«

»Klar. Hab' gehört, die soll'n sich 'nen goldenen Schuß verpaßt haben. Der Stoff war zu rein, un' das war's dann.«

»In einem Fall mag das stimmen«, räumte Tibbs ein. »Aber bei den anderen drei nicht.«

Lester trank seine Flasche aus und stellte sie auf den Tisch. Dann beugte er sich vor und flüsterte: »Ich weiß, was Sie meinen. Hab' schon davon gehört. Das war der neue Stoff, nich'?«

Virgil nickte. »Davon gehen wir aus.«

»Die wollten ja nich' auf mich hören«, fuhr Billy fort. »Das is' das Problem mit Junkies, man kann sich den Mund fusselig reden, un' kaum gibt's was Neues, müssen sie's unbedingt ausprobieren, damit sie nur ja nichts verpassen.«

»Wie der berühmte Fruchtsalat«, meinte Tibbs.

»Genau, die schmeißen einfach die ganzen Pillen zusammen, un' dann nimmt sich jeder zwei oder drei von den Dingern, bloß um zu sehen, was passiert. Das kann schwer ins Auge gehen. Aber der neue Stoff, Mann, den würd' ich nich' mal geschenkt nehmen.«

»Was erzählt man sich denn so darüber?« fragte Bob.

Lester ließ sich nicht zweimal bitten. »Wer Glück hat, kriegt 'nen absoulten Supertrip – besser als alles, was man sich vorstellen kann. Ich kenn' welche, die das Zeug ausprobiert haben. Die leben bloß noch für's nächste Mal.«

»Meinen Sie, es kommt bei den Leuten an?« fragte Virgil.

Lester starrte ihn an. »Was glauben Sie denn? Natürlich kommt das Zeug an! Es gibt Junkies, denen is' total egal, was sie nehmen, solange sie ihr High kriegen. Mit dem neuen Zeug hebt man richtig ab. Ich hab's selbs' noch nich' probiert, aber ich hab' gehört, es wär' wie beim allerersten Mal, bloß tausendmal besser.«

»Ich will ganz ehrlich sein«, sagte Tibbs. »Wir wissen, um welche Substanz es sich handelt. Wenn man einmal damit in Berührung gekommen ist, gibt es kein Zurück mehr. Und Gott steh den armen Teufeln bei, wenn der Nachschub ausbleibt.«

Lester senkte den Kopf. »Kann ich mir lebhaft vorstellen. Ich hab's selbst schon durchgemacht, die reine Hölle. Ich war zwar ab un' zu mal nah dran, aber die harten Drogen hab' ich nie mehr angerührt, das können Sie glauben.«

Virgil bezweifelte, ob dies wohl der Wahrheit entsprach, ließ es jedoch dabei bewenden. »Vielen Dank für Ihre Hilfe«, sagte er und schüttelte Lester die Hand. Dann nickte er Bob zu und sie gingen zurück zu ihrem Wagen.

»Wohin jetzt?« fragte Nakamura.

»Wir versuchen es mal am Central Market. Wenn wir da nichts bekommen, wissen wir ziemlich genau, was läuft.«

»Sollen wir was kaufen?«

»Nur wenn es nicht anders geht. Ich habe Geld dabei. Falls uns jemand den neuen Stoff anbietet, kaufen wir auch.«

Bob ließ den Motor an und fuhr in Richtung Norden. »Willst du mir nicht sagen, um was es geht?« fragte er.

»Das meiste weißt du schon. Es geht in der Hauptsache darum, daß eine neue Droge aufgetaucht ist. Sie scheint irgendwie mit dem Mordfall, an dem ich gerade arbeite, in Zusammenhang zu stehen.

Das Problem ist nur, daß der Tote von allen, mit denen ich bisher gesprochen habe, absolut positiv beurteilt wird.«

»Bei Wegen, die finster/ und Tricks, die gemein/ wird stets ein Chinese/ der Urheber sein«, zitierte Nakamura Bret Harte. »Irgendwas Wahres ist wohl dran, auch wenn es total rassistisch ist. Vielleicht hat dein Mordopfer sie alle hinters Licht geführt.«

»Nach langem Grübeln unter Aufbietung meiner gesamten Intelligenz bin auch ich zu dieser Schlußfolgerung gekommen«, sagte Tibbs. »Übrigens ist sein Diener wie vom Erdboden verschluckt.«

»Da also liegt der Hund begraben! … Tut mir leid, ich bin schon den ganzen Tag so komisch. Sucht denn jemand nach ihm?«

»Wir – unter anderem.«

»Also endlich Licht am Ende des Tunnels.« Nakamura schwieg. Inwischen hatten sie das Stadtzentrum erreicht und fuhren durch das überwiegend spanische Viertel, in dem der große Central Market lag, der einen ganzen Straßenblock einnahm. Nakamura parkte den Wagen, was um diese Zeit nicht sehr schwierig war, schloß ab und folgte Virgil auf den Bürgersteig. »Du bist der Boss«, sagte er. »Dein Wunsch sei mir Befehl.«

»Wie viele Leute können eigentlich einen Chinesen von einem Japaner unterscheiden?« erkundigte sich Tibbs.

»Verdammt wenige, und Weiße schon gar nicht.«

»Okay, dann ist der verschwundene Boy, er heißt übrigens Chin Soo, dein Cousin. Nicht dein Bruder, das wäre zu riskant, Cousin ist bedeutend praktischer. Das gibt uns einen guten Grund, nach ihm zu suchen.«

»Und warum sollte er deiner Meinung nach ausgerechnet hier sein?«

»Weil er möglicherweise etwas mit der Verteilung der Drogen zu tun hat, die anscheinend in Wangs Haus geschleust wurden. Vielleicht hatte der alte Mann selbst ja auch etwas damit zu tun, obwohl vieles dagegen spricht. Also bleiben nur noch zwei Möglichkeiten: entweder Yumeko oder Chin Soo. Und Chin hat sich immerhin vor drei Tagen aus dem Staub gemacht.«

»Langsam dämmert mir, warum du dich so brennend für meinen kleinen Cousin interessierst. Hast du schon einen Plan?«

»Ja, aber alles der Reihe nach. Zuerst möchte ich herausfinden, wie es in der Szene aussieht.«

Die beiden Männer begannen, ziellos umherzuschlendern, schauten sich die Stände mit Getränken und Doughnuts an und betrachteten ausgiebig alle möglichen Schaufenster, selbst wenn die Geschäfte geschlossen waren. Sie gingen in Richtung Osten weiter und näherten sich allmählich über die Main Street mit ihren Missionen, Pornokinos und Pfandhäusern von Süden her Little Tokyo. Dort angekommen, ließ Virgil die Schultern noch mehr hängen und nahm einen leicht schlurfenden Gang an. Bob Nakamura verhielt sich zurückhaltender und wirkte eher wie jemand, der sich erst seit kurzem in einem fremden Land aufhielt und mit der neuen Umgebung noch nicht zurechtkam. Sobald sie auf jemanden stießen, der wie sie ziellos umherschlenderte, erkundigte sich Tibbs nach einer Connection. Dabei griff er bewußt auf den schwarzen Südstaatenslang seiner Jugend zurück, ließ er bestimmte Buchstaben weg, zog die Worte in die Länge und sprach wieder mit dem starken Akzent, den er sich später mit so viel Mühe abgewöhnt hatte. Er wußte, daß der Südstaatendialekt einen Schwarzen noch mehr ausgrenzte als seine Hautfarbe. Wenn es einem gelang, diese Sprache abzulegen, ging es meist bergauf, schaffte man es nicht, wurde man zeitlebens von den meisten Weißen für dumm und unwissend gehalten – ob sie es zugaben oder nicht.

Seine Körperhaltung, sein Verhalten und sein Dialekt verwandelten ihn sofort in einen der unzähligen Schwarzen, die man in dieser Gegend so häufig antraf, und machten ihn in den Augen der anderen zu einem x-beliebigen, wahrscheinlich homosexuellen Neger in Begleitung eines leicht verwirrten japanischen Freundes. Und drogensüchtig waren die beiden höchstwahrscheinlich auch noch. Doch immer wenn sie jemanden fragten, der normalerweise bestimmt der richtige Ansprechpartner gewesen wäre, ernteten sie nur ein bedauerndes Kopfschütteln.

Während Virgil allein weiterschlenderte und sich in den Gassen und dunklen Hauseingängen umsah, ging Bob die wenigen Blocks zurück und holte den Wagen. Schließlich fuhren sie gemeinsam nach Süden, über die Central Avenue bis in das Schwarzenviertel mit seinen unzähligen kleinen Läden, Striptease Bars, verlassenen Kaufhäusern, deren Fassaden mit längst überholten Wahlplakaten beklebt waren, und riesigen Reklamewänden, von denen schwarze Schönheiten und berühmte Stars mit strahlendem Lächeln für die unterschiedlichsten Produkte und Dienstleistungen warben.

Sie stiegen wieder aus. Virgil ging voran und versuchte, Verbindung zu Dealern aufzunehmen, während ihm sein scheinbar fügsamer Partner wie ein Schatten folgte. Normalerweise gab es hier immer genügend Dealer, denn das Rauschgiftdezernat der Polizei von Los Angeles war chronisch unterbesetzt und gerade in diesem Viertel ohne die dringend notwendige Verstärkung hoffnungslos überfordert. Die meisten Beamten kümmerten sich vor allem um die Schulen, in denen das Drogenproblem besonders folgenschwer war, doch selbst diese Arbeit wurde durch fehlende Gelder stark beeinträchtigt. Doch die so gut wie nie vorhandenen Kontrollen konnten ja wohl kaum der Grund dafür sein, daß heute abend auf den Straßen auffällig wenig Betrieb herrschte. Tibbs versuchte sein Glück immer wieder, doch wen er auch ansprach, stets erntete er Schweigen oder verständnislose Blicke.

»Wie lange willst du es noch versuchen?« erkundigte sich Bob.

»Bis ich endlich einen Anhaltspunkt finde. Ich wußte, daß es schwierig sein würde.«

»War ja auch nur eine Frage«, sagte Bob. »Ich habe Zeit genug. Wir können weitermachen, solange du willst.«

Hinter einem geschlossenen Theater am Ende der Straße trafen sie auf ein Grüppchen schwarzer Jugendlicher, die genug mit sich selbst zu tun hatten und aussahen, als ließen sie sich nur ungern stören. Virgil packte die Gelegenheit sofort beim Schopfe. Während Bob sich in angemessener Entfernung hinter ihm hielt, schlenderte er langsam auf die jungen Schwarzen zu. Als er näherkam, hörten sie wie erwartet auf zu sprechen und empfingen ihn mit frostigem Schweigen.

Er schaute sich um, als würde er sich unbehaglich fühlen, und fragte dann: »Hey, wo krieg' ich hier Stoff? Ich muß unbedingt was haben.«

Selbst der beste Schauspieler hätte es kaum geschafft, die jungen Schwarzen zu täuschen, sie hätten ihn mit Sicherheit sofort durchschaut, doch Virgils Südstaatendialekt überzeugte sie mühelos. Vielleicht nicht alle, doch ein etwa zwanzigjähriger schlaksiger Junge antwortete ihm schließlich. »Lebst du auf'm Mond oder was?«

»War 'ne Zeitlang weg«, erwiderte Tibbs vage. »Bin eben ers' wieder angekommen. Ich brauch' dringend Stoff, Mann. Ihr müßt mir unbedingt helfen!«

Wieder wurde er mißtrauisch beäugt. Dann wies einer der Männer auf Bob. »Un' wer is' der da?« fragte er.

»Mein Freund«, sagte Virgil und flatterte vielsagend mit den Augenlidern, so daß allen klar war, was er meinte.

»Der hat hier nix zu suchen«, sagte jemand.

Tibbs reagierte sofort, versuchte, eine etwas geradere Haltung anzunehmen, und wiederholte: »Das is' mein Freund, hab' ich doch grad gesagt«.

Der schlaksige Junge fuhr fort. »Du haste Pech, Kumpel, echt Pech. Kein Stoff weit und breit. Hier gibt's nix mehr, rein gar nix.«

Virgils Blicke wanderten unstet umher, als könne er damit einen Ausweg aus seinem Dilemma finden. »Was soll der Scheiß«, protestierte er. »Irgendwo gibt's immer was.«

Mit einer flüchtigen Handbewegung forderte der Schlaksige ihn auf, ihm zu folgen. Virgil ließ sich nicht lange bitten, während Bob zuerst zu zögern schien und schließlich in einiger Entfernung hinter ihnen herzockelte. Der junge Schwarze bewegte sich wie in Zeitlupe und führte sie in eine Gasse hinter dem Theater. Tibbs verspürte keine Angst, er wußte, daß man ihn akzeptiert hatte, und falls es dennoch Schwierigkeiten geben sollte, würde er sich zu wehren wissen. Auch Bob war sehr viel wendiger, als seine etwas schwerfällige Erscheinung ahnen ließ. Sie waren allerdings beide unbewaffnet, denn ihre Kleidung war denkbar ungeeignet, um Waffen darin zu verstecken.

Ihr Führer war offenbar nicht im geringsten daran interessiert, wer sie waren, er führte sie einfach weiter in die Gasse hinein und blieb schließlich vor einer kleinen Garage stehen. Sie wirkte nicht sonderlich stabil, war eher ein Bretterschuppen und gehörte zu einem heruntergekommenen alten Haus. Der letzte Anstrich lag so lange zurück, daß die Farbe völlig verblichen und kaum noch zu erkennen war. Der großgewachsene junge Mann öffnete eine Seite der Doppeltür und wies nach innen.

Der Boden starrte vor Dreck, war teilweise mit altem Laub bedeckt, und in den Ecken hatte jemand wertloses Gerümpel wahllos aufeinander gestapelt. Mitten auf dem schmutzigen Boden lag ein Mann mit dem Gesicht nach unten. Er trug abgewetzte Jeans und ein Hemd, das er sich halb vom Körper gerissen hatte. Ihm war nicht anzumerken, ob er bemerkt hatte, daß jemand die Tür geöffnet hatte. Er wälzte sich unablässig von einer Seite auf die andere und unterbrach diese Bewegung nur ab und zu, um wild mit den Beinen um sich zu treten, als müsse er sich gegen ein unsichtbares Monster zur Wehr setzen, das drohte, sie zu packen und abzureißen. Er hatte die Hände vors Gesicht geschlagen, um es zumindest ein wenig vor dem Unrat zu schützen, in dem er lag. Die ganze Zeit über wimmerte er leise oder stieß qualvolle halberstickte Schreie aus. Als er sich schließlich auf den Rücken wälzte, sah Virgil sein schweißüberstömtes Gesicht. Die Augen des Mannes schienen ein Eigenleben zu führen, waren abwechselnd weit aufgerissen und fest zugekniffen, als hätten auch sie Teil an dem verzweifelten Kampf, der seinen Körper schüttelte. Er war ununterbrochen in Bewegung und schien fieberhaft nach einer Position zu suchen, die ihm endlich die ersehnte Erleichterung brachte, doch all seine Bemühungen schienen vergeblich zu sein.

»Du weißt, was das is'?«

»Klar«, antwortete Tibbs. »Cold Turkey. Der Junge braucht verdammt dringend Stoff.«

»Yeah«, sagte der Mann, der sie hergeführt hatte. »Ich weiß. Das is' mein Freund, un' ich hab' keinen Stoff für ihn. Du siehst ja selbs', wie beschissen er dran is'. Vielleicht geht's dir morgen genauso dreckig. Und wenn ich nich' mal Stoff für meinen Freund hab', wie soll ich dann dir was geben?« Er brach abrupt ab und starrte auf seinen Freund, der von ihrem Gespräch nicht das geringste mitzubekommen schien.

»Wie wär's mit 'nem Doktor?« schlug Virgil vor.

Ihr junger Führer schüttelte den Kopf. »Das hält der nich' noch mal durch. Da is' bloß das FBI dran schuld, die ham sich den ganzen Stoff unter'n Nagel gerissen.« Der Gedanke an diese himmelschreiende Ungerechtigkeit ließ ihn die dicken Lippen zusammenpressen, und für kurze Zeit ballten sich seine Hände zu Fäusten.

»Wenn ich was hätte, würd' ich's ihm geben«, sagte Tibbs.

Der Schlaksige zog die Tür hinter sich ins Schloß und überließ seinen Freund wieder seinem traurigen Schicksal. »Er is' nich' der einzige. Überall in der Stadt genau dasselbe. Weißte, was 'ne Panik is'?«

»Kein Stoff mehr.«

»Genau. Kein Stoff mehr. Wir sind total am Arsch. Keiner hat mehr was. Du has' echt verdammtes Pech, Junge. Du kanns' höchstens das neue Zeug ausprobieren. Vielleicht hilft dir das.«

Virgil machte ein verblüfftes Gesicht. »Was denn für'n neues Zeug?« fragte er.

Inzwischen hatten sie die Straße wieder erreicht. »Keine Ahnung, was es is', aber es haut dich total um, hab' ich gehört. Mit dem Zeug kannste dir leicht 'nen Goldenen Schuß verpassen, wennste nich' höllisch aufpaßt.«

Tibbs packte ihn mit dem Mut der Verzweiflung bei den Schultern. »Egal was es is', ich brauch' dringend 'ne Dröhnung. Wo krieg' ich das Zeug?«

Der junge Mann schüttelte den Kopf. »Da mußte zu den Chinesen gehen«, antwortete er. »Da kriegste deinen Stoff.«

»Un' wie heißt das Zeug? Nach irgendwas muß ich ja fragen!«

Der junge Mann befreite sich aus seinem Griff. »Frag einfach nach Jadestaub«, antwortete er.

Kapitel 11

Als sie zurück zum Wagen gingen, war Virgil ungewöhnlich schweigsam. Er hatte die Hände in den Taschen seiner unansehnlichen Jacke vergraben, hielt den Kopf gesenkt und war tief in Gedanken versunken. Nach einiger Zeit fragte Bob: »Können wir denn gar nichts für ihn tun?«

»Leider nicht«, antwortete Tibbs. »Es geht ihm zwar ziemlich dreckig, aber wenn er keine Herzprobleme oder ähnliches hat, schwebt er nicht in Lebensgefahr. Die Therapiezentren sind bestimmt längst überfüllt, außerdem sind uns die Hände gebunden.«

»Du meinst, wenn wir die Information weitergeben, können wir uns monatelang nicht mehr auf der Straße sehen lassen.«

»Höchstwahrscheinlich sogar jahrelang«, sagte Virgil. »Wir können es uns einfach nicht leisten. Das spricht wohl am meisten dagegen, würde ich sagen.« Er blieb stehen und schaute sich nach allen Seiten um. »Unter den Junkies ist Panik ausgebrochen, daran besteht kein Zweifel. Das bedeutet, daß es hunderte von Süchtigen gibt oder sehr bald geben wird, die sich irgendwo verkrochen haben und dasselbe durchmachen. Und noch mehr, die momentan noch laufen können und verzweifelt versuchen, irgendwie an Stoff zu kommen. Und bereit sind, dafür sogar das letzte zu opfern, das ihnen noch geblieben ist.«

»Ich weiß«, stimmte Bob zu. »Vor ein paar Wochen hatte ich selbst so einen Fall – Heroinsucht bei einem elfjährigen Mädchen. Ein Junge hatte es ihr gegeben – der Junge war fünfzehn.«

Virgil hatte den Wagen erreicht und schloß die Fahrertür auf. »Das Schlimmste an dieser verdammten Geschichte ist, daß die Öffentlichkeit keine Ahnung hat. Wahrscheinlich würden die Leute es einem nicht mal glauben, wenn man es ihnen erzählen würde. Komm, wir fahren nach Hause.«

Er stieg ein und setzte sich ans Steuer. Bob sah seine fest zusammengepreßten Lippen und verstand, was in ihm vorging – aus langjähriger Erfahrung kannte er seinen Partner genau. Er stieg kommentarlos ein und war froh, als sich das Fahrzeug endlich in Bewegung setzte. Das Viertel wirkte auf ihn äußerst beklemmend, und der Anblick des jungen Mannes, der sich mit schmerzverzerrtem Gesicht auf dem schmutzigen Garagenboden wälzte, würde er sicher so leicht nicht vergessen.

Zwei Straßen weiter blieb Virgil vor einer roten Ampel stehen. Während sie auf Grün warteten, beobachtete Bob zwei junge Männer, die sich in einem dunklen Türeingang unterhielten. Der Mann, dessen Gesicht man von der Staße aus sehen konnte, schüttelte vielsagend den Kopf und zeigte dem anderen demonstrativ seine leeren Hände. Die Ampel sprang um, und sie konnten endlich weiterfahren. Virgil hielt eine Zeitlang die vorgeschriebene Höchstgeschwindigkeit ein und begann dann plötzlich abzubremsen. Als Bob sich verwundert umschaute, sah er, daß ihnen ein Streifenwagen folgte. Das bedeutete, daß sie noch länger hier festsaßen. Normalerweise war er kein ungeduldiger Mensch, aber allmählich deprimierte ihn dieses Viertel so sehr, daß er es kaum erwarten konnte, endlich wegzukommen und die furchtbaren Szenen so weit wie möglich hinter sich zu lassen, wenn er sie schon nicht aus seinem Kopf vertreiben konnte.

Gehorsam lenkte Tibbs den Wagen an den Straßenrand und hielt an. Der Streifenwagen stellte sich hinter sie, und die beiden Polizisten, die darin gesessen hatten, stiegen aus und setzten ihre Uniformmützen auf. Bob wußte genau, was sie erwartete, und wurde nicht enttäuscht – einer der beiden ging zur Fahrerseite, um mit Tibbs zu reden, der andere kam auf Bobs Seite und öffnete die Beifahrertür. »Würden Sie bitte aussteigen, Sir«, sagte er und machte eine auffordernde Bewegung mit der Taschenlampe, die er in der Hand hielt.

Bob holte tief Luft, beschloß jedoch, sich möglichst ruhig zu verhalten. Es war Virgils Fall, daher wartete er lieber ab, daß sein Partner ihm signalisierte, was er zu tun hatte. Um das Ganze ein wenig interessanter zu machen, schwankte er leicht, nachdem er ausgestiegen war, und spielte den Verwirrten. Wieder sprach der Beamte ihn an. »Würden Sie bitte hierher zu mir kommen, Sir.« Bevor er außer Hörweite war, hörte er Virgil im tiefsten Südstaatenslang sagen: »Ich hab' echt nix getan, Mister, was woll'n Sie von mir?«

Als er sah, daß Virgil seine Rolle weiterspielte, tat Bob es ihm nach. Während er auf den Beamten zuging, täuschte er ein Stolpern vor und blieb dann abwartend stehen. Sofort zog der Polizist eine Karte aus der Tasche und machte Anstalten den Text zu lesen. »Wir werden jetzt einen Alkoholtest mit Ihnen durchführen, aber vorher möchte ich Sie noch mit Ihren Rechten vertraut machen. Verstehen Sie mich überhaupt?«

Wenn er wollte, konnte Bob mühelos einen japanischen Akzent in verschiedenen Abstufungen vortäuschen. Er nickte etwas unsicher und sagte dann: »Nicht verstehen. Sprechen bitte langsam.«

Daraufhin las ihm der uniformierte Beamte seine Rechte vor, wobei er jedes Wort so deutlich wie möglich aussprach. Es klang so übertrieben und gekünstelt, daß sich Bob hinter seinem Pokerface kaum das Lachen verkneifen konnte. Dann wurde er aufgefordert, die Füße fest nebeneinander zu stellen, die Arme nach beiden Seiten auszustrecken und anschließend mit dem rechten Zeigefinger seine Nasenspitze zu berühren. Er tat so, als habe er motorische Koordinationsprobleme, und benötigte daher einige Zeit, bis er endlich die gewünschte Position einnehmen konnte. Danach bewegte er im Zeitlupentempo den rechten Arm und berührte seine Nasenspitze.

Als nächstes mußte er in einer geraden Linie über den Bürgersteig gehen, wobei er sich schwerfällig in Position brachte und dann mit geradezu lächerlicher Präzision der Linie genau soweit folgte, wie man von ihm verlangte.

Der Beamte führte ihn zurück zum Wagen. Dort gab sich sein Kollege gerade alle Mühe, Tibbs zu verhören, nachdem man auch ihm seine Rechte vorgelesen hatte. »Ich möchte Sie bitten, uns bei unserer Arbeit behilflich zu sein«, erklärte er gerade. »Wir würden uns gern Ihren Wagen etwas genauer ansehen.«

»Unsre Karre is' völlig okay«, protestierte Virgil und wischte sich demonstrativ den nicht vorhandenen Schweiß von der Stirn.

»Das glaube ich Ihnen ja, aber darf ich ihn mir trotzdem anschauen?«

»Is' mir zu hoch,« sagte Virgil. »Sie ham grad gesagt, Sie glauben mir, warum sparen Sie sich den Quatsch dann nich'?«

»Sagen wir einfach, ich bin neugierig.«

Tibbs zuckte mit den Achseln. »Okay. Dann man los.«

Die Durchsuchung des Wagens dauerte fast zehn Minuten, bis der Polizist, der mit Tibbs gesprochen hatte, schließlich aufgab. »Vielen Dank für Ihre Kooperation«, sagte er und versuchte seine Enttäuschung zu verbergen.

»Keine Ursache«, teilte Virgil ihm mit. »Es hat uns nicht im geringsten gestört. Und mit der Durchsuchung haben Sie sich wirklich Mühe gemacht. Beim nächsten Mal sollten Sie allerdings auch unter dem Armaturenbrett nachsehen und vielleicht auch die Innenseite der Stoßstangen überprüfen. Die Stellen werden in letzter Zeit ziemlich häufig als Versteck benutzt.«

Der Beamte richtete sich auf und starrte ihn an. »Könnten Sie mir vielleicht nochmal Ihren Namen sagen?«

»Ich kann mich nicht erinnern, daß Sie mich schon danach gefragt haben.«

»Okay, dann frage ich Sie eben jetzt – wie heißen Sie?«

»Tibbs.«

»Und woher kommen Sie, Mr. Tibbs?«

»Pasadena.«

»Verstehe.« Der Beamte ließ sich bewußt mehrere Sekunden Zeit, bevor er weitersprach. »Sie sind also Mr. Virgil Tibbs, nehme ich an.«

»Alle Achtung!« sagte Tibbs. »Ich bin zutiefst beeindruckt.«

»Ich gehe eben ab und zu ins Kino. Soweit ich mich erinnere, stammen Sie allerdings aus Philadelphia.«

»Das wüßte ich aber.«

Der Beamte entspannte sich. »Okay, tut uns leid – jeder hat eben mal einen schlechten Tag.«

Virgil grinste. Dann warf er den Kopf in den Nacken und brach in ein befreiendes Lachen aus, das die Spannungen der letzten Stunden zumindest teilweise löste. »Wir spendieren Ihnen einen Kaffee«, schlug er vor. »Falls es hier irgendwo ein nettes unauffälliges Lokal gibt, in dem man Kaffee bekommt.«

»Gibt es, Virgil, ob Sie's glauben oder nicht. Allerdings ein paar Meilen von hier entfernt. Fahren Sie uns einfach hinterher.«

Das Diner war zwar nicht gerade luxuriös, doch der Kaffee war heiß und schmeckte hervorragend. Auch der Kuchen war frisch und besser als erwartet. Während der nächsten halben Stunde saßen die vier Männer zusammen und unterhielten sich angeregt. »Warum habt ihr uns überhaupt angehalten?« erkundigte sich Bob.

»Wir haben beobachtet, wie ihr an der Ampel gewartet habt. Angeblich ist momentan eine gefährliche neue Droge im Umlauf, die auf keinen Fall verkauft werden darf. Wir wissen nur, daß der betreffende Dealer Chinese sein soll. Wenn man die Uhrzeit und die Gegend in Betracht zieht, hättet ihr mit der Sache durchaus etwas zu tun haben können.«

Bob nickte. »Nicht schlecht. Als ich das mit den Chinesen gehört habe, dachte ich mir schon, daß ich früher oder später dran glauben würde. Nicht jeder sieht den Unterschied – nur sehr wenige, wenn ich ehrlich sein soll.«

Einer der Polizisten stand auf. »Wir müssen wieder an die Arbeit«, sagte er. »Es ist einiges los heute nacht, die Junkies sind schon in mehrere Apotheken eingebrochen, und vier oder fünf Arztpraxen hat es auch schon erwischt. Und das war bloß der Anfang.«

Kurz darauf verließen beide Wagen den Parkplatz des Allnight Diners, der Streifenwagen kehrte zur Central Avenue zurück, während der alte Chevrolet zum Freeway nach Pasadena rollte. »Virgil«, fragte Bob, nachdem sie schon ein ganzes Stück gefahren waren, »hast du eigentlich schon irgendeinen Anhaltspunkt?«

»Ich glaube schon«, erwiderte Tibbs. »Mir ist heute nacht etwas eingefallen, das vielleicht Klarheit in die Sache bringt. Wir haben unsere Zeit gut genutzt – übrigens vielen Dank für deine Hilfe.«

»Aber ich habe doch gar nichts getan.«

»Ganz im Gegenteil – ohne dich wäre der Abend sicher völlig anders verlaufen.« Virgil verfiel erneut in Schweigen und sprach erst wieder, als Bob ihn vor seiner Wohnung absetzte. Inzwischen war er hundemüde und viel zu erschöpft, um noch klar denken zu können. Er zog sich aus, stopfte seine alte Arbeitskleidung in eine Ecke seines Kleiderschranks und überlegte, ob er sich duschen sollte, um die Erinnerung an das trostlose Viertel abzuspülen. Doch selbst dazu war er zu erschöpft, daher kroch er einfach ins Bett und schlief sofort ein.

Als er aufwachte, fühlte er sich mehr als schlecht. Er war enttäuscht und frustriert, daß er bei der Aufklärung des Falles nur so langsam vorankam. Nach dem Frühstück machte er sich auf den Weg, um die Nachbarn des verstorbenen Mr. Wang zu verhören.

Die ersten sechs Besuche waren erfolglos. Aus Erfahrung wußte er, daß er sich bei dieser Arbeit am besten sofort als Ermittler zu erkennen gab, damit die Leute nicht feindselig reagierten. Es hatte nicht unbedingt etwas mit seiner Hautfarbe zu tun, eher mit den unzähligen Hausierern und Drückern, die den Hausbesitzern von Pasadena ständig das Leben schwer machten, so daß die Leute auf unerwartete Besucher von vorneherein mißtrauisch reagierten. Nachdem er seinen Dienstausweis vorgezeigt hatte, wurde er zwar in den ersten sechs Häusern ohne weiteres als Polizeibeamter akzeptiert, doch nur in zwei Fällen hereingebeten. Eine Hausfrau ließ ihn während der gesamten Befragung stehen, dafür forderte eine andere ihn nicht nur auf, sich zu setzen, sondern bot ihm sogar eine Tasse Tee an.

»Bei uns wurde vor etwa einem Jahr eingebrochen«, erklärte sie, »Ihre Leute waren damals sehr nett zu uns. Und Mr. Thistle, ich erinnere mich noch genau an den Namen, hat den Einbrecher erwischt und uns sogar unseren Farbfernseher wiederbeschafft. Wenn es also irgend etwas gibt, das ich für Sie tun kann, bin ich gerne bereit, Ihnen zu helfen.«

Trotz ihrer Bereitschaft konnte sie ihm jedoch leider nicht weiterhelfen. Sie schilderte, wie sich die Nachbarn aufgeregt hätten, als dieser »Chinese« eingezogen sei, und wie die anfängliche Ablehnung sich schließlich wieder gelegt hatte, als klar geworden war, daß trotz des neuen Nachbarn alles beim alten geblieben war. Sie selbst hatte den Mann angeblich nie persönlich kennengelernt, doch er galt als sehr ruhig und schien einen untadeligen Ruf zu haben. Sie wußte von Yumeko, hatte sie aber, wie anscheinend alle anderen auch, für Wangs Tochter gehalten. Die wenigen Besucher, die der alte Mann empfangen hatte, waren zur allgemeinen Beruhigung stets Weiße gewesen, was die Befürchtung, er könne in seinem Haus eine Opiumhöhle unterhalten, schnell zerstreut hatte. Virgil trank seinen Tee aus, dankte der Frau und versuchte sein Glück bei den anderen Nachbarn.

Gegen Mittag konnte er schließlich den ersten kleinen Erfolg verbuchen. Die Frau, die ihm öffnete, schien hocherfreut zu sein, endlich jemanden gefunden zu haben, der ihr zuhörte. Im Gegensatz zu allen anderen Personen, mit denen Tibbs bisher gesprochen hatte, hatte sie sich mitnichten damit abgefunden, einen Asiaten zum Nachbarn zu haben. »Ich kann zwar nichts Konkretes gegen ihn vorbringen«, erklärte sie, »aber Sie wissen ja, wie diese Leute so sind – eben anders als wir Weiße.« Sie zögerte. »Tut mir leid, ich wollte Sie damit nicht beleidigen, aber Sie wissen ja bestimmt selbst, wie das ist. Na ja, vor einiger Zeit ist dann auch noch dieses Mädchen bei ihm eingezogen. Eine merkwürdige Person, verläßt nie das Haus und läßt die Vorhänge immer zugezogen. Ich weiß zwar nicht, was sich in dem Haus abspielt, aber es wundert mich nicht, daß Sie sich dafür interessieren. Und dann die vielen Chinesen, die ständig ein und ausgehen.«

»Wie viele Asiaten haben Sie denn insgesamt gesehen?« fragte Tibbs.

»Na ja, den alten Mann, das Mädchen natürlich, und den jungen Burschen – wahrscheinlich ein Dienstbote, nehme ich an. Er hat ständig im Supermarkt eingekauft – ich habe selbst gesehen, wie er dort Lebensmittel gekauft hat. Aber da waren noch mehr. Vor ein paar Tagen habe ich gesehen, wie zwei andere Chinesen ins Haus gegangen sind.«

»Könnten Sie mir die beiden vielleicht beschreiben?«

»Für mich sehen die alle gleich aus! Zwei Männer eben, sie haben ausgesehen wie Geschäftsleute und sind zusammen reingegangen, mehr weiß ich auch nicht.«

»Haben Sie zufälltig den Wagen gesehen, mit dem sie gekommen sind?«

»Ich glaube schon. Es war ein neuer Wagen, ziemlich hell. Die Marke weiß ich allerdings nicht, man kann die Autos heutzutage ja ohnehin nicht mehr unterscheiden.«

»Noch eine Frage«, sagte Tibbs. »Da Sie eine so aufmerksame Beobachterin sind, ist Ihnen vielleicht noch mehr aufgefallen. Hat einer der Männer vielleicht etwas bei sich getragen, als sie ins Haus gingen – oder als sie wieder herauskamen? Etwa einen Karton oder eine Schachtel?«

Sie schüttelte den Kopf. »Ich bin mir ganz sicher, daß die beiden nichts bei sich hatten. Höchstens eine Aktentasche vielleicht, aber bestimmt nichts Größeres. Ich habe zufällig aus dem Fenster geschaut, weil ich nachsehen wollte, ob der Postbote kam, als ich die beiden Männer gesehen habe.«

Nachdem er sich vergewissert hatte, daß die Frau sonst wirklich nichts beobachtet hatte, bedankte sich Virgil und verabschiedete sich. Anschließend befragte er noch fünf weitere Personen und erfuhr, daß noch jemand die beiden mysteriösen Chinesen gesehen hatte, die Mr. Wang besucht hatten. Trotzdem war seine neueste Entdeckung alles andere als weltbewegend, denn schließlich war zu erwarten, daß Mr. Wang hin und wieder chinesische Besucher hatte. Tibbs fuhr zurück zum Revier und setzte sich wieder in sein Büro, wohl wissend, daß er immer noch nicht sonderlich viel herausgefunden hatte, doch zumindest hatte er eine Routineaufgabe erledigt, die einfach zum Standardprogramm einer Ermittlung gehörte.

Am frühen Nachmittag mußte er wieder einmal ins Gericht, um eine Aussage zu machen, wartete dort fast drei Stunden und wurde schließlich doch nicht in den Zeugenstand gerufen. Als er das Gebäude endlich verließ, war der Tag für ihn gelaufen. Seine Stimmung wurde nicht gerade besser, als er auf dem Schreibtisch einen neuen Papierstapel vorfand. Er saß bis lange nach Dienstschluß daran, schaffte es schließlich, sich loszueisen, stieg in seinen Wagen und fuhr nach Hause.

Auf dem Heimweg stattete er Donald Washburn noch einen kurzen Besuch ab, um sich dessen Jadesammlung anzusehen. Wie beim ersten Mal wurde er überaus höflich empfangen, danach schaute er sich die etwa zwanzig Schnitzereien an, deren Qualität von gut bis hochwertig variierte, und bekundete seine Bewunderung.

»Sie sind nicht alle so gut, wie sie eigentlich sein sollten«, gestand Washburn. »Als ich mit Sammeln anfing, wußte ich noch nicht viel über Jade und hatte daher leider ein paar Fehlkäufe. Wahrscheinlich hätte es noch schlimmer kommen können, aber ein paar Stücke sind Imitate, wie ich inzwischen weiß. Irgendwann werde ich mich davon trennen und nur noch echte Jade und erstklassige Schnitzereien kaufen. Francis Wang wollte mir dabei behilflich sein, aber das ist ja nun leider nicht mehr möglich.«

»Ist Ihr Sohn schon zurück?« erkundigte sich Tibbs.

»Ja, und wir sind überglücklich darüber. Er ist momentan nicht zu Hause, besucht ein paar Freunde – aber diesmal die richtigen, das können Sie mir glauben.«

Virgil machte sich bereit zu gehen. »Vielen Dank, daß sie mich empfangen haben. Ich möchte Ihre Zeit wirklich nicht mehr als unbedingt nötig in Anspruch nehmen.«

»Sie sind mir immer herzlich willkommen, egal ob dienstlich oder privat. Wenn Sie sich gern einmal mit Robin unterhalten möchten, kann ich das jederzeit für Sie arrangieren.«

»Das ist wirklich sehr freundlich von Ihnen. Momentan besteht dazu kein Anlaß, aber es könnte sein, daß ich mich noch einmal mit Ihnen unterhalten möchte.«

»Kein Problem. Sagen Sie mir einfach vorher kurz Bescheid.«

Tibbs fuhr zurück zu seiner Wohnung, zog die Schuhe aus, mixte sich einen Drink und machte es sich bequem. Während er mit dem Glas in der Hand auf dem Sofa lag, dachte er über Yumeko nach. Er bewunderte ihren Mut, auch wenn er den Eindruck hatte, daß sie dem Problem ihrer gemischtrassigen Herkunft zuviel Bedeutung beimaß. Im Grunde war sie eine Vorbotin der Zukunft, einer Zeit, in der Menschen einfach nur Menschen waren.

Er schenkte sich einen neuen Drink ein und machte sich wieder an die Arbeit. Er nahm Notts Werk über die Geschichte der chinesischen Jade und vertiefte sich wieder in das Kapitel über die Han-Dynastie.

Nachdem er mehr als eine Stunde lang konzentriert gelesen hatte, begann seine Aufmerksamkeit allmählich nachzulassen. Es war ein schwieriger Text, und Virgil hatte einen harten Tag hinter sich. Doch anstatt das Buch fortzulegen, begann er, ziellos darin zu blättern, sah sich die Farbabbildungen der weltweit kostbarsten Stücke an und verglich sie im Geiste mit den Schnitzereien, die er in Mr. Wangs Jadezimmer und in den verschiedenen Privatsammlungen gesehen hatte. Er erinnerte sich an die Vielfalt der Farben, an die unterschiedlichen Stilrichtungen und das unglaubliche Geschick der Künstler, das man einigen der besonders seltenen Stücke ansehen konnte.

Plötzlich stieß er auf etwas, das ihm förmlich den Atem verschlug. Jetzt war ihm alles klar, und die Puzzleteile, die er mit soviel Mühe zusammengetragen hatte, fügten sich mit einem Mal wie von selbst zusammen. Die ganze Zeit hatte er versucht, logisch an den Fall heranzugehen, dabei war die Lösung so einfach gewesen, daß er sie schlichtweg übersehen hatte. Wie dumm er doch gewesen war, dumm und blind wie eine Fledermaus! Er griff nach dem Telefon direkt neben sich, hob den Hörer ab und wählte die Nummer des Präsidiums.

»Hier ist Virgil«, sagte er. »Ich habe gerade etwas sehr Wichtiges herausgefunden. Ich kann noch nicht darüber sprechen, aber ich wünsche, daß Wangs Haus ab sofort lückenlos observiert wird – auch auf der Rückseite. Schicken Sie ein paar Beamte hin. Sie haben doch die Adresse?«

»Alles klar, Virg«, antwortete der diensthabende Beamte. »Wann rechnen Sie damit, daß sich was tut?«

»Jederzeit, vielleicht ist es sogar schon passiert. Wir müssen auf jeden Fall sofort handeln.«

»Ich sag' Bescheid. Worauf sollen die Männer achten?«

»Auf jeden, der das Haus verläßt oder betritt. Aber sie sollen dafür sorgen, daß die junge Frau, die dort lebt, sich frei bewegen kann. Es gibt außerdem einen chinesischen Diener, etwa fünfundzwanzig Jahre alt. Falls er dort auftaucht, sollen sie nichts unternehmen, mich jedoch sofort verständigen. Ich bin zu Hause erreichbar. Wenn sonst jemand kommt, ganz gleich wer es auch ist, will ich sofort informiert werden.«

»Sonst noch was, Virg?«

»Ja, die Männer sollen darauf achten, daß es weder auf der Straße noch im Haus zu Behinderungen kommt, allerdings sollen sie genau aufpassen, daß keiner etwas aus dem Haus mitnimmt, egal wie klein es ist. Falls es jemand versucht, sollen sie ihn unbedingt mit irgendeiner Ausrede bis zu meinem Eintreffen festhalten.«

»Worum geht es denn, Virg?«

»Um den Mörder«, antwortete Tibbs. »Jetzt brauche ich nur noch den Beweis, dann habe ich ihn.«

Kapitel 12

Tibbs verbrachte eine unruhige Nacht. Er wußte zwar, daß er sich auf die Männer, die das Wang-Haus observierten, verlassen konnte, sie würden sicher sofort einschreiten, wenn sich etwas Unerwartetes ereignete, doch die quälenden Bilder in seinem Kopf ließen ihn nicht zur Ruhe kommen. Er dachte daran, ein Schlafmittel zu nehmen, verwarf den Gedanken jedoch wieder. Schließlich konnte er jeden Moment gerufen werden, brauchte im Notfall unbedingt einen klaren Kopf und durfte daher kein Risiko eingehen. Er erinnerte sich daran, was man ihm im Aikido *dojo* beigebracht hatte, und versuchte, sich bewußt zu entspannen und seine Gedanken zur Ruhe kommen zu lassen, doch als er das Gefühl hatte, endlich einen kleinen Fortschritt gemacht zu haben, störte ihn sein heißes Kopfkissen und seine Beine verhedderten sich in den Falten des Bettlakens.

Er stand noch früher auf als sonst und machte sich einen starken schwarzen Kaffee. Anschließend trank er ein Glas Orangensaft. Als er spürte, wie die Säure seinen Magen zusammenzog, gab er etwas Natron in ein Glas, füllte es mit Wasser und leerte es in einem Zug. Schließlich hielt er es nicht länger aus, griff nach dem Telefon, rief im Präsidium an und fragte, ob sich während der Nacht irgend etwas getan hatte.

Im Wang-Haus war alles ruhig geblieben. Trotz der lückenlosen Observierung war der Bericht absolut negativ. Es war nicht das geringste passiert.

Er schaute auf die Uhr und fragte sich, ob es noch zu früh war, um Yumeko anzurufen. Er hatte keine Ahnung, wann sie aufstand und zur Arbeit ging, doch da sie in Little Tokyo arbeitete, benötigte sie mindestens fünfundvierzig Minuten, um das Zentrum von Los

Angeles zu erreichen. Wenn sie um neun anfing, mußte sie eigentlich spätestens um halb acht aufstehen. Er verbrachte noch weitere zwanzig Minuten in qualvoller Ungeduld, bis er sich endlich durchringen konnte, ihre Nummer zu wählen.

Er atmete erleichtert auf, als er ihre Stimme hörte. Sie klang ein wenig verschlafen, aber kein bißchen verärgert. »Ich wußte nicht genau, wann Sie anfangen zu arbeiten«, meinte er.

»Ich brauche heute nicht zur Arbeit, Virgil. Es ist doch Samstag.«

Das war ihm völlig entgangen.

»Sind Sie heute zu Hause?«

»Wenn Sie wünschen, dann bin ich hier. Aber ich möchte gern kurze Zeit einkaufen gehen. Wann möchten Sie kommen?«

Tibbs bezwang seine Ungeduld. »Würde Ihnen halb zehn passen?«

»Dann mache ich uns Tee«, schlug Yumeko vor.

Schon wieder Tee! Er trank nicht sonderlich gern Tee, doch anscheinend ließ es sich nicht vermeiden. Zumindest nicht, wenn man es mit Asiaten zu tun hatte.

»Das wäre schön«, sagte er und versuchte, möglichst überzeugend zu klingen. Plötzlich kam ihm ein Gedanke. »Yumeko, erinnern Sie sich noch an die beiden Männer, die Sie neulich besucht haben? Die beiden Polizeibeamten, die Sie so aus der Fassung gebracht haben?«

Er konnte ihre Anspannung förmlich spüren. »Ja, ich erinnere mich«, antwortete sie zögernd.

»Nach unserem Gespräch werde ich sie vielleicht bitten, noch einmal bei Ihnen vorbeizukommen – aber diesmal werden sie Ihnen keine Probleme machen. Ich werde dasein und auf Sie aufpassen.«

»Wenn Sie sagen, es ist gut, dann bin ich einverstanden. Ich habe ein wenig Angst vor den Männern.«

»Ich glaube, das können wir ändern.«

»Dann sagen Sie ihnen bitte, sie sollen kommen. Trinken sie auch Tee?«

Virgil konnte sich ein schadenfrohes Grinsen nicht verkneifen. »Sie würden sich sicher sehr über eine Tasse Tee freuen«, log er aufgekratzt. »Haben Sie vielleicht zufällig einen guten japanischen Grüntee?«

»*Ocha*? Ja, ich habe nicht gewußt, daß Sie grünen Tee mögen. Die meisten Amerikaner können es nicht trinken.«

»Also dann bis halb zehn«, sagte Tibbs und legte auf, bevor sie weiterreden konnten. Er wußte zwar selbst nicht wieso, doch er fühlte sich plötzlich sehr viel besser, schüttete Cornflakes in eine Schale, goß großzügig fettreduzierte Milch darauf und streute ein wenig Zucker darüber. Während er aß, dachte er konzentriert nach und überlegte, wie er den FBI-Beamten am besten von seiner »Entdeckung« berichten sollte, und fragte sich, wie sie wohl reagieren würden, falls sich seine Theorie als völlig falsch herausstellen sollte. Er legte sich sorgfältig zurecht, was er sagen würde, und fuhr dann in sein Büro.

Erstaunlicherweise war der Papierberg auf seinem Schreibtisch nicht so hoch wie sonst. Nachdem er einen Teil davon abgetragen hatte, sprach er mit Jerry Garner, dem Beamten, der während der zweiten Nachtschicht das Haus observiert hatte. Es war tatsächlich nicht das geringste passiert. Im Grunde war dies eine gute Nachricht, denn wenn er mit seiner Vermutung richtig lag, hatten sie noch nichts verpaßt.

Als Garner gegangen war, rief er bei der Abteilung für Rauschgiftbekämpfung an und sprach mit Duffy. »Diesmal möchte ich Sie und Frank einweihen«, sagte er. »Gestern abend hatte ich eine Idee, die uns vielleicht weiterbringt, aber das muß sich noch zeigen. Wenn alles klappt, kann ich Ihnen wahrscheinlich bald sagen, wie das Keto-Bedmidon ins Land gekommen ist, was Wang damit zu tun hatte und welche Rolle Yumeko Nagashima dabei spielt.«

»Wenn Sie das schaffen, können Sie auf der Stelle bei uns anfangen«, sagte Duffy.

»Vielen Dank für das Angebot, aber eigentlich gefällt mir meine Arbeit hier ganz gut. Es handelt sich lediglich um eine Vermutung, aber falls sie sich tatsächlich als richtig erweisen sollte, hätten Sie und Frank dann wohl Zeit, mich kurz nach zehn in Mr. Wangs Haus zu treffen?«

»Sicher. Frank ist zwar im Moment nicht hier, aber ich kann ihm Bescheid geben.«

»Gut. Ich werde zuerst alles überprüfen und mich dann auf jeden Fall wieder bei Ihnen melden.«

»In Ordnung. Aber mal Spaß beiseite, Virgil, wir sind Ihnen für

Ihre Mitarbeit wirklich sehr dankbar. Schließlich handelt es sich bei dem Fall ja nicht um eine Teeparty.«

»Wenn Sie sich da mal nicht irren. Aber ich weiß, was Sie meinen. Sie hören dann von mir.« Er legte auf.

Während der Fahrt zu Mr. Wangs Haus ging er das bevorstehende Gespräch mit Yumeko in Gedanken genau durch und überlegte, wieviel er ihr sagen und was er ihr vorenthalten sollte. Es war eine schwierige Entscheidung, und als er seinen Wagen vor dem Haus parkte, war er immer noch nicht sicher, wie er sich verhalten sollte. Während er aus dem Auto stieg, beschloß er, einfach seiner Intuition zu vertrauen und das Problem möglichst locker anzugehen. Normalerweise machte es ihm nichts aus, spontan zu reagieren, doch Yumeko war eine höchst ungewöhnliche Frau, was die Sache erschwerte.

Er ging die Stufen zur Eingangstür hoch, drückte auf den Klingelknopf und wartete. Als die Haustür etwa eine halbe Minute später geöffnet wurde, war er wie vom Donner gerührt, denn Yumeko trug einen eleganten geblümten Seidenkimono und hatte ihr Haar auf typisch japanische Art hochgesteckt. Als sie sich vor ihm verbeugte, schoß ihm der Gedanke durch den Kopf, daß sie wahrscheinlich die ganze Zeit seit seinem Anruf damit verbracht hatte, sich auf seinen Besuch vorzubereiten. Während er noch verwundert dastand und nicht genau wußte, was er sagen sollte, brach sie das Schweigen. »Gefällt es Ihnen?« fragte sie.

»Natürlich gefällt es mir, es ist wirklich wunderschön«, antwortete er. »Ich war nur nicht darauf gefaßt, Sie haben mich damit total überrascht.«

Mit einer Handbewegung forderte sie ihn auf einzutreten. »Es ist vielleicht nicht richtig, daß ich Kimono trage, weil ich eigentlich keine richtige Japanerin bin. Zur Hälfte bin ich ja schwarz.«

»Deswegen brauchen Sie sich wirklich nicht zu schämen«, sagte Tibbs. »Sie sollten stolz darauf sein, zwei Kulturen anzugehören. Außerdem«, er legte bewußt eine kleine Pause ein, »sind Sie eine wirklich schöne Frau.«

Sie senkte den Kopf. »Das sagen Sie nur, weil Sie sind selbst schwarz und außerdem *shodan*. Andere haben nicht Ihre Meinung.«

»Zum Teufel mit den anderen.« Sekundenlang verspürte er das Bedürfnis, sie zu küssen, unterdrückte es jedoch, weil es falsch gewesen wäre.

»Ihre Freunde – kommen sie auch?«

»Wahrscheinlich, ich bin mir noch nicht ganz sicher. Vorher möchte ich Ihnen noch ein paar Fragen stellen.«

»Bevor wir Tee trinken?«

»Ja, noch vor dem Tee.«

Yumeko führte ihn in das Zimmer, in dem sie einander zum ersten Mal begegnet waren. Da sie einen Kimono trug, konnte sie nur zierliche kleine Schritte machen. Sie setzte sich vorsichtig in einen der Sessel, konnte es sich allerdings wegen des kunstvoll gebundenen Obi auf ihrem Rücken nicht richtig bequem machen. Sie schaute Tibbs an, als warte sie nur darauf, daß er ein Urteil über sie fällte.

»Yumeko«, begann er, nachdem er ebenfalls Platz genommen hatte, »ich habe mich in der Zwischenzeit ein bißchen mit Jade beschäftigt und schon eine Menge gelernt. Stimmt es, daß jedes Stück einzigartig ist und alle Figuren individuell geschnitzt werden, je nach Beschaffenheit des Steins?«

»Ja«, antwortete sie. »Das stimmt. Es gibt ein paar Gegenstände, zum Beispiel Räuchergefäße, die oft gemacht werden und sehr ähnlich aussehen, aber sie sind sehr gewöhnlich – manchmal sogar keine echte Jade.«

»Aber die Stücke hier in diesem Haus sind doch sicher alle Einzelstücke?«

»Das ist richtig. Mr. Wang hätte sie sonst nie gekauft.«

»Gut. Aber ich habe noch eine andere Bitte. Ich verlange nicht, daß Sie mir irgendwelche Geheimnisse verraten, aber wissen Sie vielleicht zufällig, wo Mr. Wang die meisten seiner Jaden gekauft hat? Ich meine damit nicht von welchem Händler, ich wüßte nur gern, aus welcher Stadt oder aus welchem Land sie stammen.«

Yumeko faltete die Hände und betrachtete ihre Finger. »Die Pakete sind gekommen aus Übersee. Aus dem Fernen Osten. Sehr wenige aus Japan. Die meisten aus Singapur, Bangkok, Penang, ein paar aus Hongkong. Es gibt sehr viel Jade in Hongkong, aber Mr. Wang wollte nichts von kommunistischem Festland kaufen.«

»Verstehe. Sind auch Stücke aus Taiwan gekommen – aus der Republik China?«

»Nur ein paar, nicht viele.«

»Und aus welchen Ländern sonst noch?«

»Ich weiß nicht genau – viele waren schon hier, bevor ich gekommen bin. Aber es gibt nicht viele andere Orte, wo Jade verschickt wird, beste Qualität von Jade.«

»Man könnte also sagen, daß mehr als neunzig Prozent der Jaden, die sich hier in diesem Haus befinden, aus Singapur, Bangkok, Penang und vielleicht noch aus Hongkong stammen?«

»Das ist richtig.«

»Als nächstes wüßte ich gern, ob die Stücke einzeln oder zu mehreren in einem großen Karton oder einer Kiste hier eingetroffen sind.«

»Sie sind immer nur einzeln gekommen, seit ich hier bin.«

»Bekam Mr. Wang oft Sendungen?«

»Ganz verschieden, Virgil. Manchmal ist zwei oder drei Wochen nichts gekommen, manchmal sind mehrere in einer Woche gekommen. Aber immer einzeln. Vielleicht sollte ich sagen, daß wir bekommen haben … warten Sie – ich weiß das Wort – durchschnittlich zwei jede Woche. Zwei oder drei.«

Tibbs veränderte seine Sitzhaltung und schlug die Beine übereinander. »Als ich Ihnen angeboten habe, die Figur zu Mr. Harvey zu bringen, haben Sie gesagt, Sie würden sie in die richtige Schatulle legen, Yumeko. Dann haben Sie sich verschiedene Schatullen angesehen und eine herausgesucht.«

Sie nickte. »Ja, das stimmt.«

»Die blauen Kästchen sehen von außen alle gleich aus. Hat man sie trotzdem speziell für die jeweilige Figur angefertigt? Das heißt, hat jede Jade ihre eigene individuelle Schatulle?«

»Ja, das ist richtig. Die Schatullen sind speziell gemacht für die Figuren.«

»Und die Kästchen sind normalerweise immer viel größer als die Figur, die sich darin befindet.«

»Ja, man braucht viel Platz für Polster. Jade ist sehr hart, aber kann trotzdem kaputtgehen. Darum müssen die Schatullen auch genau passen.«

Tibbs stand auf. »Yumeko, könnten wir zusammen ins Jadezimmer gehen und uns ein paar Schatullen ansehen?«

Sie schaute ihn verständnislos an. »Sie wollen Schatullen haben?«

»Ich würde sie mir nur gern einmal ansehen.«

Ihre *Geta* glitten fast geräuschlos über den Boden, während sie ihn in den hinteren Teil des Hauses und in das Zimmer führte, in dem sich die Jadevitrinen mit ihren Schätzen befanden. Sie schloß die Tür auf und schaltete das Licht an, das die vielfarbigen kleinen Kunstwerke in ein atemberaubendes Stilleben verwandelte. Yumeko ging wieder vorsichtig um die Stelle herum, an der Mr. Wang gelegen hatte, öffnete eine Tür im unteren Teil einer Vitrine und begann, diverse mit blauem Stoff bezogene Kästchen hervorzuholen. Auf den ersten Blick sahen sie alle sehr ähnlich aus, doch sie waren unterschiedlich geformt und verschieden groß. Yumeko reichte sie Virgil, und er stellte mehrere davon auf den Tisch in der Mitte des Zimmers.

Sie schaute interessiert zu, wie er eine Schatulle nach der anderen sorgfältig untersuchte. Zuerst nahm er sie einzeln in die Hand und versuchte, ihr Gewicht zu schätzen. Dann öffnete er drei oder vier und betastete mit den Fingerspitzen das Polstermaterial. Yumeko stand neben ihm und schaute zu, stellte jedoch keine Fragen. Tibbs beobachtete sie genau, konnte jedoch in ihrem Gesicht nichts anderes lesen als eine Mischung aus Unsicherheit, Neugier und Interesse an dem, was er tat.

Er nahm jede Schatulle noch einmal einzeln in die Hand und sah sich genau an, wie das Satinfutter im Inneren befestigt war. Nachdem er sechs Schatullen auf diese Weise untersucht hatte, griff er nach der fünften. »Yumeko«, sagte er. »Würden Sie mir erlauben, diese hier ein wenig näher zu untersuchen? Ich werde dafür sorgen, daß sie anschließend wieder repariert wird.«

»*Dozo*«, antwortete sie.

Tibbs nahm daraufhin sein Taschenmesser, klappte die kleinere der beiden Klingen heraus und begann, vorsichtig und mit größter Konzentration den Rand des Futters zu lockern. Nach wenigen Minuten hatte er mehrere Zentimeter des Satinfutters abgelöst und darunter eine Lage Musselinstoff freigelegt. Er arbeitete sich mit der Klinge noch tiefer vor, achtete aber sorgsam darauf, möglichst nichts zu beschädigen. Er brauchte gut zehn Minuten, bis er endlich das Material erreicht hatte, das den Kern der Polsterung ausmachte. Er ließ sich nichts anmerken, als er sah, was er vor sich hatte, doch sein Herz begann, schneller zu klopfen, denn jetzt wußte er, daß er mit seiner Vermutung richtig gelegen hatte. »Darf ich Ihr Telefon benutzen?« fragte er.

Yumeko nickte stumm. Er wählte in aller Ruhe eine Nummer und wartete. Als sich Duffy meldete, faßte er sich kurz. »Ich bin in Mr. Wangs Haus. Ich glaube, es wäre gut, wenn Sie und Lonigan herkämen.« Dann legte er auf.

»Ich verstehe gar nichts mehr«, sagte Yumeko.

Obwohl es noch relativ früh war, verspürte Tibbs einen Anflug von Müdigkeit, doch dann wurde ihm klar, daß er nicht erschöpft, sondern erleichtert war. »Mr. Duffy und Mr. Lonigan sind in ein paar Minuten hier«, sagte er. »Wenn Sie Tee machen möchten, wäre jetzt wahrscheinlich genau der richtige Zeitpunkt dafür.«

Obwohl Yumeko den Verdacht hatte, daß er versuchte, sie loszuwerden, reagierte sie sofort. Tibbs betrachtete ihren kunstvoll gebundenen Obi, während sie zurück zur Küche ging.

Als er allein im Zimmer war, setzte er sich hin und faltete die Hände. Er preßte seine Finger so fest gegeneinander, daß sie beinahe weiß aussahen, während er versuchte, seine Entdeckung mit dem, was er bereits wußte, und mit den wenigen Punkten, die er noch klären mußte, in Einklang zu bringen. Es gab immer noch eine Frage, die ihm Kopfzerbrechen bereitete, weil es einfach keine logische Antwort darauf gab. Soviel er auch darüber nachdachte, er konnte sich keinen Reim darauf machen. Dieses Detail schien einfach nicht ins Bild zu passen.

Er lehnte sich zurück, schloß die Augen und ging alles noch einmal von Anfang an durch. Wieder ordnete er systematisch die einzelnen Teile seines Puzzles, wie er es mit den Zetteln auf seinem Schreibtisch getan hatte, und füllte die Lücken mit den Informationen, die er inzwischen gefunden hatte. Doch das verdammte Problem blieb trotzdem bestehen. Er konnte es sich einfach nicht erklären.

Als er Yumeko in der Küche hantieren hörte, fragte er sich, ob die Situation für sie wohl genauso schwierig war wie für ihn. Zusätzlich zu all ihren anderen Problemen war sie jetzt auch noch ganz allein in einem fremden Land. Er hatte keine Ahnung, was für ein Visum sie hatte, doch angesichts der völlig antiquierten und gänzlich unfairen Regelungen, die für Asiaten galten, war die Tatsache, daß man sie überhaupt ins Land gelassen hatte, bereits ungewöhnlich. Ausgerechnet den Menschen, die als Bürger dieses Landes das vorbildlichste Verhalten an den Tag legten, verweigerte man als Ausländern die Einreise, und zwar nur aufgrund eines völlig veralteten, längst überholten rassistischen Gesetzes aus dem Jahre 1910. Doch Yumeko hatte es geschafft, sie *war* in Amerika und hatte sogar eine Arbeitsstelle. Vielleicht würde auch sie sich wie die meisten anderen Menschen allmählich an das Leben hier gewöhnen.

Als es an der Tür klingelte, öffnete er selbst. Es waren Lonigan und Duffy, und er sah sofort, daß sie sich diesmal Yumeko gegenüber wie vollendete Kavaliere verhalten würden. Das vereinfachte die Sache ein wenig, denn er hätte nicht zugelassen, daß sie Yumeko in seiner Gegenwart in irgendeiner Form zugesetzt hätten. Ob sie nun FBI-Männer waren oder nicht, dies war sein Fall, und Pasadena war seine Stadt.

Als Yumeko hereinkam, wurde sie von beiden Männern höflich begrüßt. Diesmal wirkten sie beinahe entspannt, und ihr Verhalten verfehlte seine Wirkung auf Yumeko nicht. Sie ging zurück in die Küche, um die letzten Vorbereitungen für das Servieren des Tees zu treffen und legte dabei eine Gelöstheit an den Tag, die in krassem Gegensatz zu ihrer früheren Verkrampfung stand. »Zuerst trinken wir eine Tasse Tee«, sagte er recht förmlich. »Danach werde ich Ihnen einige Informationen mitteilen, die Sie sicher interessieren werden.«

»Wir interessieren uns jetzt schon brennend dafür«, sagte Lonigan. »Allmählich fangen Sie an, Ihrem Ruf alle Ehre zu machen.«

»Sehr richtig«, pflichtete ihm Duffy bei. »Ich hoffe, das Katz-und-Maus-Spiel mit den beiden Streifenpolizisten hat Ihnen Spaß gemacht.«

»Wir haben anschließend zusammen Kaffee getrunken«, sagte Virgil.

»Ich weiß. Als die beiden Ihren Partner gesehen haben, waren sie ziemlich sicher, einen dicken Fisch an der Angel zu haben. Der Erfolg wäre ihnen wirklich zu gönnen gewesen.«

Tibbs wurde schlagartig ernst. »Wir wollten die beiden keineswegs lächerlich machen, außerdem hatte ich verdammt gute Gründe, mich in dem Viertel herumzutreiben. Wie sieht es denn inzwischen in der Szene aus?«

Lonigan schüttelte den Kopf. »Alles andere als gut, Virgil. Die Junkies wissen sich nicht mehr zu helfen. Die Polizei von Los Angeles observiert schon die Hälfte aller Apotheken an den Hauptbrennpunkten, sämtliche Therapiezentren sind total überfüllt, und es kommen immer noch mehr Hilfesuchende dazu.«

»Noch etwas«, fügte Duffy hinzu. »Wir haben den Tip bekommen, daß eine neue Lieferung aus Mexiko auf dem Weg ist. Keine sonderlich große, aber verdammt gut getarnt. Normalerweise hätten wir nichts dagegen unternehmen können, egal wie viel Mühe wir uns gemacht hätten. Wir haben es dem Zoll gemeldet, und die haben das Zeug tatsächlich gefunden.«

»Gibt es überhaupt noch Heroin in der Stadt?«

»Kann ich mir kaum vorstellen, Virgil. Auf jeden Fall nicht genug. Vielleicht haben ein paar Dealer noch Vorräte für den eigenen Bedarf gehortet, aber zu kaufen gibt es absolut nichts mehr.«

»Und Keto?«

»Gott sei Dank bislang nur wenig. Wir haben gestern zwei Drogentote gefunden, die sich das Zeug injiziert hatten. Das eine Opfer war ein sechzehnjähriges Mädchen, bildhübsches Ding, aus guter Familie. Hat sich mit einem Hippie angefreundet, den Rest können Sie sich vorstellen.«

Yumeko kam mit einem Tablett ins Zimmer. Lonigan bot an, es ihr abzunehmen, doch sie lehnte dankend ab, stellte es auf den Tisch und begann, die Tassen zu verteilen. Als sie damit fertig war, setzte sie sich und verwandelte sich in eine perfekte Gastgeberin. »Ich muß vorher etwas erklären«, sagte sie mit demütig niedergeschlagenem Blick. »Mr. Tibbs hat vorgeschlagen, Ihnen grünen Tee aus Japan anzubieten. Aber ich weiß, daß die meisten Amerikaner das nicht mögen. Also habe ich nur für ihn gemacht, weil er grünen Tee kennt. Für Sie ich habe normalen schwarzen Tee vorbereitet. Ist Ihnen das recht?« erkundigte sie sich mit Unschuldsmiene.

In diesem Augenblick fragte Tibbs sich ernsthaft, ob Yumeko nicht vielleicht doch fähig war, einen Mord zu begehen. Vielleicht war sie ganz und gar nicht so harmlos wie er bisher gedacht hatte.

»Hervorragend«, sagte Lonigan. »Ich trinke viel lieber schwarzen Tee, und George, Mr. Duffy, auch.«

»Das ist gut«, sagte Yumeko. Zuerst bediente sie die beiden FBI-Agenten, dann goß sie den bitteren Grüntee für Virgil und sich selbst ein. Nachdem sie einen Teller mit Plätzchen herumgereicht hatte, setzte sie sich ruhig neben Virgil auf das Sofa. »Ich setze mich neben Sie«, sagte sie. »Damit Sie mich besser beschützen können.«

»*Touché*«, sagte Tibbs.

»Ich verstehe nicht.«

»Mr. Tibbs will damit sagen, daß er Sie für eine intelligente Frau hält«, sagte Duffy. »Erlauben Sie mir, mich seinem Urteil anzuschließen.«

»Genießen Sie Ihren Tee, Gentlemen«, sagte Virgil. »Danach werde ich meinen Vorgesetzten im Präsidium anrufen. Und anschließend hoffe ich, Ihnen demonstrieren zu können, wie die Substanz, nach der Sie suchen, ins Land geschmuggelt wurde.« Er zog ein kleines Plastiktütchen aus der Tasche und reichte es Duffy. »Sehen Sie sich das Zeug mal an«, schlug er vor. »Wenn es das ist, was ich glaube, haben wir Ihr Problem gelöst.«

Duffy fiel aus allen Wolken. »Virgil, wenn das stimmt, können wir Ihnen gar nicht genug danken. Dafür ist Ihnen eine Anerkennung sicher.«

Tibbs schüttelte den Kopf. »Vergessen Sie die Anerkennung«, sagte er. »Ich interessiere mich nur für den Mörder.«

»Können wir Ihnen irgendwie helfen?« erkundigte sich Lonigan.

»Ich glaube schon. Wenn sich meine Spur als richtig erweist, würde ich Sie bitten, vorerst nichts weiter zu unternehmen und die Sache uns zu überlassen. Es wird nicht lange dauern, dann können Sie zuschlagen.«

»Einverstanden, aber wir müssen unbedingt die Drahtzieher zu packen bekommen.«

Tibbs trank einen Schluck Tee, er schmeckte bitter, doch er ließ sich nichts anmerken. »Selbstverständlich«, sagte er. »Aber zuerst will ich meinen Mörder.«

Es klingelte. Yumeko stand auf, um zu öffnen, gefolgt von Tibbs, der allerdings hinter der Flurtür wartete. »Kommen Sie rein«, hörte er Yumeko sagen.

Sekunden später sah er den Besucher. Der junge Mann war wahrscheinlich Chinese oder Japaner und betrat das Haus nur zögernd. Tibbs hatte dieses Verhalten schon oft bei Menschen beobachtet, die versuchten, ihre Angst oder Furcht zu überwinden. Als er in den Flur trat, beeilte sich Yumeko, ihn vorzustellen. »Darf ich Sie mit Mr. Tibbs bekanntmachen«, sagte sie. »Er ist Freund von mir. Und das ist Chin Soo, Diener von Mr. Wang.«

Tibbs reagierte sofort. »Wir haben uns große Sorgen um Sie

gemacht«, sagte er. »Vor allem Miss Nagashima. Geht es Ihnen gut?«

»Ja«, sagte der junge Mann und zeigte allein mit diesem Wort, daß er die Sprache gut genug beherrschte, um einige Fragen beantworten zu können.

»Ich wollte schon eine Vermißtenanzeige aufgeben. Wo haben Sie denn bloß die ganze Zeit gesteckt?«

Chin Soo sah sich verstohlen um, als spiele er mit dem Gedanken, die Beine in die Hand zu nehmen und um sein Leben zu rennen. Doch dann schien er sich damit abzufinden, daß es für ihn kein Zurück gab. »Ich nicht gekommen«, sagte er. »Angst gehabt. Mann sagt, ich soll gehen, also gehe ich.«

»Verstehe. Und wer war der Mann, der Ihnen diesen Rat gegeben hat?«

Chin Soo musterte ihn. Anscheinend versuchte er zu entscheiden, ob er die Frage tatsächlich beantworten mußte. Doch auch diesmal schien es kein Zurück für ihn zu geben. »Mr. Johnny Wu«, sagte er.

Kapitel 13

Als Virgil zum zweiten Mal an diesem Morgen in sein Büro kam, fand er eine Notiz auf seinem Schreibtisch vor: *Sofort Mr. Wu anrufen.* Die Nachricht kam wie gerufen, denn er wollte ohnehin so schnell wie möglich mit Johnny Wu sprechen. Noch im Stehen griff er nach dem Telefon und wählte seine Nummer.

Eine Frauenstimme meldete sich und teilte ihm in leicht singendem Tonfall höflich mit, daß Mr. Wu momentan nicht im Hause sei, er könne jedoch gern Namen und Telefonnummer hinterlassen. Virgil kam der Aufforderung nach und legte wieder auf, in Gedanken bereits bei den vielen anderen Dingen, die er noch zu erledigen hatte. Er nahm seinen gelben linierten Block und begann, die Punkte aufzulisten, die immer noch ungeklärt waren. Anschließend zog er sein Jackett aus, legte seine Dienstwaffe auf den Schreibtisch und machte sich an die Arbeit.

Zuerst rief er im Leichenschauhaus an und fragte nach dem Pathologen, der Mr. Wang obduziert hatte. Der Arzt war im Haus und kam kurze Zeit später ans Telefon. Tibbs stellte ihm verschiedene Fragen über die genaue Art der Verletzungen, die das Mordopfer durch die versuchte Strangulierung davongetragen hatte. Allmählich sah er etwas klarer. Er dankte dem Assistenten des Coroners für die Informationen und machte sich einige Notizen.

Er schrieb immer noch, als das Telefon klingelte. Er nahm den Hörer ab, in der Erwartung, es sei Johnny Wu, doch am anderen Ende der Leitung meldete sich Frank Lonigan. »Es ist zwar noch nicht endgültig erwiesen, Virgil«, sagte der FBI-Agent, »aber höchstwahrscheinlich handelt es sich bei der Probe, die Sie uns gegeben haben, tatsächlich um den Stoff, hinter dem wir her sind. Wir müssen nur noch den Laborbericht abwarten, und der müßte in ein bis zwei Tagen vorliegen. Sie haben uns wirklich einen Riesendienst erwiesen. Können wir Ihnen vielleicht auch irgendwie helfen?«

»Das tun Sie gerade«, antwortete Tibbs. »Noch läuft alles wie geplant. Ich habe heute abend etwas vor, das uns wahrscheinlich noch ein ganzes Stück weiterbringen wird. Sind Sie morgen erreichbar?«

»Selbstverständlich. Sie brauchen nur hier anzurufen, dann wird man uns benachrichtigen – ganz egal, wann.«

»Sehr gut. Wenn sich etwas tun sollte, melde ich mich bei Ihnen.« Damit legte er auf.

Nachdem er sich ein paar weitere Notizen gemacht hatte, rief er im Los Angeles Police Department an und sprach mit dem Lieutenant, der für Chinatown zuständig war. Von diesem hervorragend informierten Beamten erhielt er diverse weitere Informationen, die ihm bisher gefehlt hatten. Unter anderem fragte er ihn, ob es kürzlich neue Aktivitäten gegeben habe, die für die Polizei interessant gewesen waren. Als der Mann dies bejahte, kam er sich vor wie ein altes Feuerwehrpferd, das plötzlich Rauch wittert und genau weiß, daß es bald etwas zu tun gibt.

Als nächstes rief er in Lieutenant Olsens Büro an, um herauszufinden, ob sich im Wang-Haus etwas getan hatte. Es war so gut wie nichts passiert. Der Diener hatte zwar das Haus verlassen, war im Supermarkt einkaufen gewesen und mit Lebensmitteln zurückgekehrt, doch dem Beamten, der ihn beschattet hatte, war nichts Ungewöhnliches aufgefallen.

Anschließend rief er einen guten Freund bei der Materialbeschaffung für die Air Force an und bat um einen inoffiziellen Bericht über Donald Washburns Firma. Man versprach ihm einen Rückruf und so viele vertrauliche Informationen wie per Telefon überhaupt weitergegeben werden konnten. Das war alles, was er wissen wollte, und er machte sich eine weitere Notiz.

Als nächstes rief er in der Kanzlei des Staatsanwalts an und erkundigte sich nach Aaron Finegold. Er hatte Glück, der Mann, mit dem er sprach, kannte Finegold persönlich und konnte ihm alle Fragen, die ihm besonders wichtig waren, ausführlich beantworten.

Nachdem er auch diesen Punkt auf seiner Liste abgehakt hatte, führte er ein Ferngespräch mit dem Therapiezentrum für Drogenabhängige in Kentucky und bat um Auskunft über Robin Washburn. Nachdem er sich vorgestellt und den Grund seines Anrufes genau erläutert hatte, wurde er mit dem Arzt verbunden, der den Jungen behandelt hatte und ihm die wenigen Fragen, die er noch hatte, beantworten konnte. Außerdem erfuhr er, daß der Patient vor zwei Tagen entlassen worden war und inzwischen wieder zu Hause sein müßte.

Plötzlich fiel ihm etwas sehr Wichtiges ein, das er beinahe vergessen hätte. Er wählte eine weitere Nummer und wartete darauf, daß Yumeko sich meldete. »Ich möchte Sie bitten, mir einen Gefallen zu tun«, sagte er. »Sobald jemand bei Ihnen anruft, ganz egal, wer es ist, verständigen Sie mich bitte sofort, und zwar hier im Büro. Die Nummer steht auf meiner Visitenkarte. Haben Sie die Karte noch?«

»Ja.«

»Gut. Sie dürfen es auf keinen Fall vergessen – falls ich nicht hier sein sollte, hinterlassen Sie bitte eine Nachricht für mich, ich werde dann verständigt.«

»Haben Sie sonst noch einen Wunsch?«

»Ja, es könnte sein, daß ich heute abend ein paar Leute zu Ihnen nach Hause einlade. Ich hoffe, Sie haben nichts dagegen. Ich würde Sie bitten, Tee und Gebäck zu reichen, die Kosten gehen selbstverständlich auf meine Rechnung.«

»Sie brauchen nichts zu bezahlen, ich mache es gern.«

»Das ist sehr nett von Ihnen. Machen Sie sich keine Sorgen, Yumeko – es kann Ihnen nichts passieren. Wir passen gut auf Sie auf.«

»Ich habe keine Sorge.«

»Wahrscheinlich komme ich schon am Nachmittag bei Ihnen vorbei«, schloß er und legte auf. Er blieb bewußt sachlich, denn inzwischen wußte er etwas, das ihn veranlaßte, auch bei ihr vorsichtig zu sein. Wie so viele andere in diesem merkwürdigen Fall war sie nicht ganz offen zu ihm gewesen. Aber wer war das schon, wenn es sich um Mord handelte.

Sein Telefon klingelte. Er hob ab und war erleichtert, endlich Johnny Wus Stimme zu hören. »Ich muß unbedingt mit Ihnen sprechen«, sagte Tibbs. »Und zwar so schnell wie möglich.«

»Kein Problem, Virgil«, antwortete Wu. »Ich komme ohnehin

nach Pasadena – ich möchte Yumeko Nagashima einen kleinen Besuch abstatten. Sie haben doch nichts dagegen?«

Eine schwierige Frage. »Selbstverständlich nicht, Sie können Sie ruhig besuchen, wenn Sie möchten. Weiß sie schon, daß Sie kommen?«

»Ich habe sie vor ein paar Minuten angerufen.«

Tibbs war wütend auf sich selbst. Er hatte Yumeko zwar ausdrücklich gebeten, ihn über alle Telefonate auf dem laufenden zu halten, dabei aber völlig vergessen, sie zu fragen, ob sie schon einen Anruf bekommen hatte. »Für wann sind Sie mit ihr verabredet, Johnny?« fragte er.

»Wir haben keine feste Uhrzeit ausgemacht, aber wenn sie einverstanden ist, würde ich sie gern zum Lunch einladen.«

Virgil schaute auf seine Armbanduhr. »Dann haben Sie ja noch etwas Zeit. Hätten Sie Lust, vorher hier im Präsidium vorbeizuschauen? Es ist leicht zu finden.«

»Gern. In etwa einer halben Stunde?«

»Gut. Dann bis gleich.«

Er hatte gerade aufgelegt, als Bob Nakamura hereinkam. Er wirkte völlig erschöpft, von seiner üblichen Munterkeit war nichts zu spüren. Er ließ sich auf seinen Stuhl fallen und rieb sich vorsichtig das Gesicht. »Was ist passiert?« fragte Tibbs.

»Wir haben die Kerle endlich geschnappt. Das FBI hat sie hochgenommen, als sie gerade in Hollywood-Burbank in ein Flugzeug steigen wollten. Einer hat noch versucht abzuhauen, aber er ist ihnen genau in die Arme gelaufen.«

»Beweise?«

»Was wir inzwischen ausgegraben haben, reicht vollkommen, um die Typen sechsmal einzubuchten. Außerdem hat sich herausgestellt, daß wir nicht die einzigen waren, die nach ihnen gesucht haben. Jetzt ist das FBI dafür zuständig, daher werden sie todsicher erstmal eine ganze Weile aus dem Verkehr gezogen.«

»Herzlichen Glückwunsch«, sagte Tibbs. »Hinter den Kerlen warst du doch bestimmt schon zwei Monate her.«

»Noch länger.«

»Warum nimmst du dir nicht einfach den Nachmittag frei? Dann bist du heute abend wieder frisch und munter.«

Bob warf seinem Kollegen einen Blick zu, der sogar einen Stein erweicht hätte. »Was steht denn jetzt schon wieder an, Virg? Müssen wir etwa schon wieder die ganze Nacht raus auf die Straße?«

Tibbs schüttelte den Kopf. »Ganz im Gegenteil. Ich möchte dich lediglich zu einer gemütlichen kleinen Party einladen. Du hast doch bisher noch keinen meiner Hauptverdächtigen kennengelernt, oder?«

»Ich glaube nicht. Aber schreib mir die Namen am besten mal auf.«

»Mach ich. Wenn alles klappt, hast du heute abend deinen großen Auftritt als Mr. Nakamura, Vertreter einer Interessengemeinschaft reicher asiatischer Kunsthändler.«

Bob hob warnend die Hand. »Hör bloß auf, Virg. Ich kann zwar Japanisch, aber wenn das Mädchen, von dem du mir erzählt hast, dabei ist, hört sie sofort meinen amerikanischen Akzent. Wahrscheinlich brauche ich bloß den Mund aufzumachen. Damit komme ich nie im Leben durch.«

»Das ist auch gar nicht nötig. Ich werde einfach sagen, daß du aus Hawaii kommst. Du bist nur anwesend, weil du dich für die Jadesammlung interessierst, die ein verstorbener, äußerst bekannter Händler hinterlassen hat, den du leider nie persönlich kennengelernt hast.«

»Verstehe. Wie interessiert soll ich sein – gierig?«

»Du bist ein erfolgreicher, fähiger, höflicher Geschäftsmann. Und du verfügst über beträchtliche finanzielle Ressourcen.«

»Schön wär's.«

»Du bekommst wirklich den Hals nicht voll – immerhin hast du einen wunderbaren Freund und Kollegen, was willst du mehr? Also heute abend im Haus von Mr. Wang. Sagen wir, so gegen neun? Und zieh deinen guten Anzug an.«

»Eine Frage noch«, unterbrach Bob. »Vertrete ich amerikanische oder japanische Interessen?«

Tibbs überlegte. »Gute Frage. Laß durchscheinen, daß es japanische Interessen sind, ansonsten bleib möglichst vage.«

»Und wenn ich auffliege?«

»Dann überläßt du einfach alles mir. Von den Anwesenden kannst du keinem trauen – nur mir, ist das klar?«

»Das scheint ja ein reizender kleiner Kreis zu sein. Aber wenigstens mal was anderes. Ich komme dann kurz nach neun. Wer hat mich eingeladen?«

»Ich – du bist ein Bekannter von mir. Mehr brauchen die anderen nicht zu wissen.«

Nachdem er dieses Problem geklärt hatte, widmete sich Tibbs wieder geduldig dem unvermeidlichen Papierberg auf seinem Schreibtisch. Er war immer noch damit beschäftigt, als man ihm meldete, ein Mr. Johnny Wu wünsche ihn zu sprechen. »Schicken Sie ihn in zwei Minuten hoch«, sagte er, um Bob Nakamura genügend Zeit zu geben, sich ungesehen aus dem Staub zu machen. Als Johnny Wus rundliche Gestalt schließlich im Türrahmen erschien, war Tibbs allein im Zimmer.

Er forderte seinen Besucher auf, Platz zu nehmen, und kam sofort zur Sache. »Johnny«, begann er. »Ich glaube nicht, daß Sie offen zu mir waren. Chin Soo ist heute morgen in Wangs Haus aufgetaucht. Ich war zufällig da, als er kam. Er hat mir mitgeteilt, Sie hätten ihm geraten unterzutauchen, dabei wußten Sie genau, daß ich dringend mit ihm hätte reden müssen.«

»Sie haben vollkommen recht«, gab Johnny zu. »Ich sehe ein, daß ich einen Riesenfehler gemacht habe. Ich kann mich dafür nur im nachhinein bei Ihnen entschuldigen – und Ihnen mein Verhalten erklären.«

»Die Entschuldigung können Sie sich sparen, aber die Erklärung würde ich gern hören.«

Johnny legte einen Arm auf Virgils Schreibtisch. »In unserer chinesisch-amerikanischen Gemeinde ziehen wir es vor, unsere Probleme selbst zu lösen. Wir wenden uns nur in Ausnahmefällen an die Polizei, nehmen aber normalerweise auch keine staatliche oder sonstige Sozialhilfe in Anspruch. Wir kümmern uns lieber selbst um unsere Leute.«

»Das ist mir bekannt.«

»Gut. Wie Sie wissen, ist Chin Soo ebenfalls Chinese. Virgil, können Sie das, was ich Ihnen jetzt sagen werde, vertraulich behandeln?«

»Nur unter Vorbehalt.«

»Nein, ohne jeden Vorbehalt, ich habe dafür gute Gründe. Ich gebe Ihnen mein Wort.«

»Einverstanden.«

»Gut. Also, Chin Soo ist zwar legal in dieses Land gekommen, aber sein Fall ist ein wenig kompliziert. Wenn alle Fakten auf dem Tisch lägen, würde man ihn wahrscheinlich ausweisen. Das wollen wir natürlich auf jeden Fall verhindern, denn er ist ein grundehrlicher, begabter junger Mann.«

Virgil nickte, sagte aber nichts.

»Als Wang Fu-sen umgebracht wurde, ist Chin in Panik geraten, was ich ihm kaum verdenken kann, wenn ich ehrlich sein soll. Er kennt Miss Nagashima nicht sonderlich gut und mißtraut aus persönlichen Gründen allen Japanern. Sie wissen ja, daß ich mit Fu-sen eng befreundet war, in seinem Haus habe ich Chin kennengelernt – Fu-sen hat ihn mir vorgestellt. Als er herausfand, was seinem Arbeitgeber zugestoßen war, hatte Chin natürlich Angst, die Polizei würde ihn verhören, alles über ihn herausfinden und ihn auf dem schnellsten Weg zurück nach Hongkong schicken. Diese Aussicht behagte ihm aus diversen verständlichen und keineswegs unehrenhaften Gründen überhaupt nicht. Daher hat er sich aus dem Staub gemacht und ist zu mir gekommen.«

Johnny beugte sich vor, um seinen nächsten Sätzen Nachdruck zu verleihen. »Ich gebe Ihnen mein Wort, daß ich Ihnen sofort gesagt hätte, was ich wußte, wenn Sie mich nach dem Jungen gefragt oder sich für ihn interessiert hätten. Aber da Sie ihn nicht erwähnt haben, hielt ich natürlich wohlweislich den Mund, und ich finde, daraus kann man mir keinen Vorwurf machen.«

»Reden Sie weiter«, sagte Tibbs.

»Eins kann ich Ihnen versichern: Chin weiß keinen Deut mehr über Fu-sens Tod als Sie, wie ich zu meiner großen Befriedigung festgestellt habe. Ich hätte ihn sofort zu Ihnen geschickt, falls er Kenntnis von irgendwelchen wichtigen Informationen oder Beweisen gehabt hätte. Aber genug davon. Als die Dinge dann eine andere Wendung nahmen, hielt ich es für besser, ihn zurückzuschicken. Zum einen, weil es seine Pflicht ist, denn Fu-sens Tod entbindet ihn keineswegs seiner Verpflichtungen. Er hat Wang sehr viel zu verdanken und war dabei, sich dafür erkenntlich zu zeigen. Er hat immer noch zwei Aufgaben zu erfüllen: weiterhin auf das Haus achtzugeben und das Mädchen zu beschützen, weil Fu-sen sehr viel an ihr lag – auf rein platonischer Ebene.«

Tibbs nahm einen Stift und rieb ihn zwischen seinen Händen.

»Und wieviel ›Schutz‹ kann Chin ihr Ihrer Meinung nach bieten? Außerdem würde mich interessieren, warum Yumeko überhaupt Schutz braucht.«

Johnny Wu lächelte. »Virgil, sagt Ihnen *Kung Fu* etwas?«

»Natürlich – ein Kampfsport, eine Art chinesisches Karate.«

»Mehr oder weniger richtig, obwohl ich persönlich der Meinung bin, daß Sie diese Kampfkunst ein wenig unterschätzen. Jedenfalls ist Chin Kung Fu-Experte. Und er ist verdammt gut, das können Sie mir glauben.«

»Okay, ich glaube Ihnen«, sagte Tibbs, »aber warum braucht Yumeko plötzlich einen Beschützer?«

Diesmal zog Johnny ein Taschentuch hervor und wischte sich damit die Hände. »Dieser Teil der Geschichte wird Sie bestimmt sehr interessieren«, sagte er. »Ich muß zugeben, ich hätte eher mit Ihnen darüber sprechen sollen, aber ich habe mich an unsere Tradition gehalten, statt mich auf meinen gesunden Menschenverstand zu verlassen. Dafür möchte ich mich ebenfalls bei Ihnen entschuldigen. Chin Soos Anwesenheit in Wang Fu-sens Haus war kein Zufall. Vor einiger Zeit erfuhren wir, daß jemand Druck auf Wang ausübte. Wir wußten nichts Genaues, und keiner von uns wollte ihn direkt fragen, das wäre ein Verstoß gegen unsere Regeln gewesen, doch wir konnten uns denken, um was es ging. Die *Chicoms* versuchen immer wieder, uns für ihre Zwecke einzuspannen, wenn sie der Meinung sind, wir könnten ihnen nützlich sein. Wenn Sie beim FBI nachfragen, wird man Ihnen bestätigen, daß ich meine Bürgerpflichten als US-Amerikaner ernst nehme und schon einiges getan habe, um dies unter Beweis zu stellen.«

»Mit *Chicoms* meinen Sie die Rotchinesen?«

»Genau. Für die sind wir einfach nur Chinesen, die im Ausland leben und die man jederzeit für sich einspannen kann. Als wir Wind davon bekamen, daß Fu-sen in Schwierigkeiten steckte, haben wir nach einem geeigneten Mann gesucht, der ihm helfen könnte. Chin Soo wurde uns empfohlen, außerdem wollte er unbedingt nach Amerika – wie fast alle unsere fähigen jungen Landsleute, die, warum auch immer, ihre Heimat verloren haben. Also haben wir ihn ins Land geholt und nach seiner Ankunft von einem Kung Fu-Meister ausbilden lassen, der ihn übrigens für äußerst talentiert hält. Anschließend haben wir ihn als Diener in Wangs Haus einquartiert

– mit dem nötigen Takt selbstverständlich. Fu-sen verstand unsere Sorge um sein Wohlergehen und akzeptierte. Wir wollten natürlich, daß sein Bodyguard auch eine Waffe trug, doch das lehnte Wang kategorisch ab. Er haßte jede Art von Gewalt. Etwa drei Monate später brachte er Miss Nagashima aus Japan mit. Ich kann mir vorstellen, was Sie jetzt denken, aber das können Sie getrost vergessen. Chin hat eine harte Ausbildung hinter sich und ist äußerst diszipliniert – er hätte im Haus seines Arbeitgebers niemals und unter gar keinen Umständen seine Befugnisse überschritten, außerdem mag er keine Japaner, wie ich bereits sagte.«

»Ein blinder Fleck sozusagen«, meinte Virgil.

»So ungefähr. Sie wollten wissen, warum wir es für notwendig halten, jetzt das Mädchen zu beschützen. Ich wollte ohnehin mit Ihnen darüber sprechen, aber lassen Sie mich zu meiner Entschuldigung vorwegschicken, daß auch ich gerade erst davon erfahren habe. Es sind ein paar höchst gefährliche Typen in der Stadt aufgetaucht.«

Tibbs beugte sich vor. »Chinesen?« erkundigte er sich.

Wu nickte. »Wahrscheinlich – vielleicht aber auch Koreaner, ich kann es nicht mit Sicherheit sagen, weil ich sie noch nicht gesehen habe. Soweit wir wissen, sind es zwei Männer, und sie sind äußerst gefährlich und absolut unberechenbar.«

»Wie sind sie ins Land gekommen?«

»Virgil, bitte verzeihen Sie meine Direktheit, aber diese Frage ist wirklich reichlich naiv. Was meinen Sie wohl, wie viele Mexikaner hier momentan leben, die illegal ins Land geschmuggelt wurden? Wir haben an vielen Stellen offene Grenzen, und wenn jemand ins Land will und genug Geld hat, dann schafft er es auch. Asiaten versuchen es weniger häufig, weil wir mehr auffallen und verdächtiger erscheinen, aber es kommen trotzdem jeden Tag genügend Leute ins Land. Es wird nicht an die große Glocke gehängt, sonst würden es wohl noch mehr versuchen. Es ist ganz schön hart, einem ehrlichen, fleißigen Chinesen, der in die USA auswandern möchte, ins Gesicht sagen zu müssen, daß die Gesetze es ihm verbieten, nur weil er kein Weißer ist. Das sind Methoden wie im Mittelalter, Virgil, und manchmal sehen sich selbst ansonsten grundehrliche Leute gezwungen, das Gesetz zu umgehen. In Chin Soos Fall haben wir ein wenig nachgeholfen, wie ich zugeben muß.«

»Wissen Sie sonst noch etwas über die beiden importierten Killer?«

»Ja, auch wenn man vor Gericht nichts damit anfangen kann. Die beiden Killer sind entweder *Chicoms* oder Nordkoreaner, die sich als etwas anderes ausgeben. Das ist ziemlich leicht hier, weil nur sehr wenige Menschen den Unterschied erkennen können. Und wir haben Grund zu der Annahme, daß sie in Rauschgiftgeschäfte verwickelt sind.«

Virgil schüttelte den Kopf. »Johnny, diese Information kann ich unmöglich für mich behalten. Sie ist einfach viel zu wichtig. Ich werde versuchen, alles andere, was Sie mir mitgeteilt haben, so vertraulich wie möglich zu behandeln, aber diese Information muß ich einfach weitergeben.«

»In Ordnung, wenn es denn sein muß. Aber vergessen Sie bitte sofort, wer es Ihnen gesagt hat. Ich bin ein friedliebender Mensch.«

»Noch etwas«, fuhr Tibbs fort. »Ich habe gehört, heute abend soll ein Treffen in Wangs Haus stattfinden, bei dem es um den möglichen Verkauf von Fu-sens Jadesammlung geht.«

Wu richtete sich kerzengerade auf seinem Stuhl auf. »Kann ich auch daran teilnehmen?« fragte er.

Tibbs klang gelassen. »Selbstverständlich. Es fängt erst um neun an. Ich habe gehört, daß einige der Gäste auf keinen Fall früher kommen können.«

»In Ordnung, also neun Uhr. Sonst noch etwas?«

»Ja, da wäre noch eine Sache. Ich möchte Sie bitten, dafür zu sorgen, daß die beiden mysteriösen Besucher, von denen Sie mir eben erzählt haben, von dem Treffen Wind bekommen. Ist das möglich?«

»Wollen Sie die beiden etwa auch einladen?«

»Nein, sie sollen lediglich davon erfahren.«

»Kann ich kurz Ihr Telefon benutzen?«

Tibbs schob ihm den Apparat hin. Johnny nahm den Hörer ab und wählte. Als sich jemand meldete, begann er wie ein Maschinengewehr auf Chinesisch loszureden. Das Gespräch dauerte ziemlich lange. Virgil fragte sich schon, was zum Teufel die beiden wohl sonst noch miteinander zu besprechen hatten, wartete aber trotzdem geduldig, bis Johnny fertig war, und schaute ihn dann fragend an.

»Eins muß man unseren Leuten lassen«, sagte Johnny. »Unsere Nachrichtenübermittlung klappt immer hervorragend. Sie werden todsicher davon erfahren.«

»Wissen Sie denn, wo sie sich momentan aufhalten?« erkundigte sich Virgil.

»Nein, aber im Laufe des Nachmittags werden sie es trotzdem erfahren, da bin ich ganz sicher. Ganz egal, wo sie auch stecken. Sonst noch etwas?«

»Nein, das war alles. Wir sehen uns dann heute abend.«

Johnny Wu verabschiedete sich und ging.

Sobald er allein war, hängte sich Tibbs wieder ans Telefon, diesmal führte er ein Ferngespräch mit Gumps, dem berühmten Jadegeschäft in San Francisco. Seine Fragen wurden präzise und höflich beantwortet, sein Gesprächspartner war offensichtlich ein Experte auf dem Gebiet der Jadekunst. Die wichtigsten Grundkenntnisse hatte Virgil sich zwar bereits angelesen, doch die zusätzlichen Informationen bestätigten seine neueste Theorie, die im Lichte der neuesten Entwicklungen immer vielversprechender aussah. Mit einem Gefühl der Befriedigung ging er essen.

Als er zurückkam, fand er auf seinem Schreibtisch eine Nachricht vom Los Angeles Police Department vor, die eine weitere Vermutung bestätigte. Er tätigte mehrere Anrufe, zuerst sprach er mit Aaron Finegold. Er bat ihn, zu dem abendlichen Treffen zu kommen, um die Interessen von Miss Yumeko Nagashima zu vertreten. Unter dieser Voraussetzung sagte Finegold sofort zu. Außerdem erklärte er sich bereit, sich vorher kurz mit Tibbs zu treffen.

Auch Don Washburn nahm Virgils Einladung zu dem Treffen in Mr. Wangs Haus an, obwohl er dafür einen anderen Termin verschieben mußte.

Elliot Harvey klang kühl, als er sich am Telefon meldete, wurde jedoch etwas verbindlicher, als er den Namen des Anrufers erfuhr. »Ich bin froh, daß Sie anrufen, Mr. Tibbs«, sagte er. »Ich möchte mich dafür entschuldigen, daß ich bei Ihrem Besuch so kurz angebunden war. Inzwischen ist es offiziell – meine Frau und ich haben beschlossen, uns zu trennen. Kurz bevor Sie kamen, hatten wir eine besonders unangenehme Auseinandersetzung. Ich fürchte, ich habe mich Ihnen gegenüber nicht sehr höflich verhalten.«

Virgil nutzte die Gunst der Stunde. Als er kurze Zeit später auflegte, hatte auch Harvey zugesagt, an dem Treffen teilzunehmen.

Jetzt bereitete ihm nur noch die Tatsache Kopfzerbrechen, daß er für viele Punkte immer noch keine schlüssigen Beweise hatte. Keine seiner Schlußfolgerungen und Theorien hatte auch nur den geringsten Wert, solange er sie nicht vor Gericht hieb- und stichfest beweisen konnte. Doch das stellte sich als äußerst schwierig heraus, denn es war wohl kaum zu erwarten, daß der oder die Täter in Gegenwart glaubwürdiger Zeugen freiwillig ein volles Geständnis ablegten, nur weil er versuchte, sie festzunageln. Wie in den meisten Fällen war es auch diesmal eine Heidenarbeit, den Täter zu überführen.

Als nächstes suchte er Aaron Finegold auf. Er hätte sich den Weg zwar mit einem kurzen Telefonat sparen können, zog jedoch aus bestimmten Gründen ein persönliches Gespräch vor. Er brauchte nicht lange zu warten. Finegold begrüßte ihn freundlich und forderte ihn auf, Platz zu nehmen. Dann setzte er sich ebenfalls und wartete darauf, was Tibbs ihm zu sagen hatte.

Virgil kam sofort zur Sache. »Wenn nichts dagegen spricht, möchte ich Sie bitten, heute abend zu erklären, daß Mr. Wang seine Jadesammlung Miss Nagashima vermacht hat.«

Finegold überlegte. »Ist es dazu nicht noch ein wenig zu früh?« meinte er.

»Möglicherweise, aber ich habe einen triftigen Grund für meine Bitte.«

»Hat es mit der Aufklärung des Falles zu tun?«

»Richtig.«

»Dann werde ich Ihrer Bitte wohl nachkommen müssen. Sie haben meine Frau übrigens zutiefst beeindruckt.«

»Danke für das Kompliment, als Polizist bekommt man so etwas nicht oft zu hören«, erwiderte Tibbs. »Sagen Sie ihr, daß der Eindruck auf Gegenseitigkeit beruht.«

»Da wird sich meine Frau aber freuen.«

Virgil verließ die Anwaltskanzelei und fuhr auf direktem Wege zu Wangs Haus. Chin Soo öffnete die Tür und lächelte, als er Tibbs' dunkles Gesicht sah. »Wir sehr froh, Sie gekommen.«

Irgend etwas in seiner Stimme machte Tibbs stutzig. Nachdem er das Haus betreten hatte und die Eingangstür geschlossen war, schaute er den Boy forschend an. »Wie gut ist Ihr Englisch wirklich?« fragte er.

Soo zögerte einen Moment und antwortete dann: »Besser als es den Anschein hat.«

»Das habe ich mir doch gedacht. Und wo haben Sie es gelernt?«

»In Hongkong. Wie Sie wissen, ist Hongkong eine britische Kolonie.«

»In der allerdings mehr als achtundneunzig Prozent Chinesen leben.«

»Stimmt, aber ich bin ziemlich viel rumgekommen.«

»Beruflich?«

Chin schüttelte den Kopf. »Nein. Ich habe viele gute Freunde.«

»Hat einer Ihrer Freunde Sie in der letzten Zeit hier besucht?«

Soo schaute ihn prüfend an. »Wie ich sehe, haben Sie schon davon gehört. Nein, das waren ganz bestimmt keine Freunde von mir.«

»Ich würde gern noch einiges klarstellen«, sagte Tibbs. »Erstens, falls heute abend etwas schieflaufen sollte, überlassen Sie bitte alles mir. Versuchen Sie auf keinen Fall einzugreifen.«

Soo verbeugte sich leicht. »Entschuldigen Sie bitte, aber Sie sind kein Chinese. Falls die beiden hier auftauchen, ist das allein mein Problem.«

»Tragen Sie irgendeine versteckte Waffe bei sich?«

»Mein Körper ist meine Waffe, Mr. Tibbs.«

»Damit können Sie wohl kaum zwei bewaffnete Männer außer Gefecht setzen.«

»Wer schießen will, muß zuerst seine Waffe ziehen. Und das kostet Zeit.«

Virgil ging nicht weiter darauf ein. »Haben Sie Zugang zum Jadezimmer?« fragte er.

»Mr. Wang hat mir die volle Verantwortung für den Raum übertragen.«

»Gut. Ich weiß es zu schätzen, daß Sie ihn schützen wollten, auch wenn Sie den Mord nicht verhindern konnten.«

»Er hat mich an dem Tag bewußt für längere Zeit weggeschickt, Mr. Tibbs. Mich und das Mädchen. Ich habe nur sehr widerwillig gehorcht. Ich habe nicht gern, wenn das Haus unbewacht ist.«

»Sind Sie auch jetzt noch dieser Meinung?«

»Ja. Aus diesem Grund bin ich schließlich zurückgekommen.«

»Können Sie das beweisen?«

»Sie können sich gern bei Mr. Wu erkundigen.«

»Wegen der Jadesammlung?«

Chin Soo schüttelte den Kopf. »Nein, aus einem anderen Grund.«

»Wegen des ›Jadestaubs‹?«

Chin verbeugte sich. »Ihnen bleibt anscheinend nichts verborgen. Eigentlich sollten Sie Chinese sein. Dann wissen Sie sicher auch, daß Mr. Wu ein sehr ehrenwerter Mann war.«

»Ja, das weiß ich.«

»Das Böse wurde in dieses Haus gebracht. Es wird bald entfernt und von verantwortungsbewußten Menschen vernichtet werden. Doch solange es hier ist, werde ich bleiben und dafür sorgen, daß nichts passiert.«

»Ich stehe voll und ganz auf Ihrer Seite«, sagte Virgil. »Und aus diesem Grund möchte ich Sie bitten, etwas für mich zu tun. In wievielen Schatullen befindet sich die gefährliche Substanz?«

»In etwa der Hälfte, würde ich sagen.«

»Wieviel genau?«

»Fast vierhundert Pfund.«

»Dann könnte es als Heroinersatz auf den Straßen gut sechs Millionen Dollar wert sein.«

»Mehr, sehr viel mehr. Aber es ist kein Ersatz, Mr. Tibbs, sondern das verbesserte Nachfolgeprodukt. Das einzige, das es gibt, und momentan wird es nur von einer einzigen Stelle kontrolliert und verteilt.«

»Ich möchte Sie bitten«, sagte Tibbs, »mehrere unterschiedlich große Schatullen für mich herauszusuchen, die diese Substanz nicht enthalten – ist das möglich?«

»Natürlich.«

»Da sie von außen alle gleich aussehen, kann man sie also nur anhand der Figur identifizieren, für die sie entworfen wurden, nehme ich an?«

»Stimmt.«

»Sollte eine Figur das Haus verlassen, dann legen Sie sie bitte diesmal in eine dieser speziellen Schatullen.«

Chin Soo verbeugte sich erneut. »Verstehe. Kein Problem. Ein kleine Verwechslung, die leicht passieren kann.«

»Ich sehe, wir haben uns verstanden. Wo ist Yumeko?«

»Sie ruht sich ein bißchen aus, bereitet sich auf den Abend vor.«

»Noch eine letzte Frage: Wie gut kennen Sie sich mit dem Wert von Mr. Wangs Kunstwerken aus?«

»Ich kenne den Wert und auch den Preis, den Mr. Wang für jedes Stück verlangt hätte.«

»Hervorragend. Ich bin vor sieben Uhr heute abend wieder hier. Ich würde vorschlagen, Sie essen so früh wie möglich.«

»Entschuldigen Sie, Mr. Tibbs, aber wir hatten gehofft, Sie würden mit uns zusammen essen.«

Virgil schüttelte bedauernd den Kopf. »Das geht leider nicht. Ich habe noch eine Menge zu erledigen. Passen Sie in der Zwischenzeit gut auf sich auf.«

Chin Soo brachte ihn wieder zur Tür. »Keine Sorge«, sagte er, während Tibbs das Haus verließ.

Während der kurzen Fahrt zum Präsidium hörte Virgil im Polizeifunk die unterschiedlichsten Meldungen, die meist alles andere als spektakulär waren. Jemand hatte einen abgestellten Wagen gefunden, jetzt wurde der Fahrzeughalter gesucht. Ein Mann hatte sich hilfesuchend an die Polizei gewandt, weil er jemanden brauchte, der ihm beim Verrücken eines besonders schweren Kühlschranks helfen sollte. Ein verdächtiges Individuum, das ein besorgter Bürger in der Nähe eines Apartmenthauses gesichtet hatte, entpuppte sich als harmloser Blumenkurier. So ging es unablässig weiter, eine endlose Kette aus Ereignissen, die den Alltag und Pulsschlag einer modernen Großstadt ausmachten. Die Leute ließen die Polizei für alles und jedes kommen, in einem Fall sollte ein Beamter sogar die Zimmergenossin einer Anruferin zu einer Party begleiten. Es war unglaublich. Als Floyd Sanderson einmal nachts Streife gefahren war, hatte man ihn gerufen, weil angeblich »ein Mann asiatischer Abstammung Gras aß«. Er fuhr sofort hin und stellte fest, daß der Anrufer die Wahrheit gesagt hatte. Ein Mann asiatischer Abstammung hockte auf einem Rasen und aß tatsächlich Gras. Wie in allen anderen Bevölkerungsgruppen gab es natürlich auch unter den asiatischen Bürgern der Stadt Menschen mit psychischen Störungen, und der arme Kerl war einer davon gewesen. Sanderson hatte ihn kurzerhand ins Auto gepackt und ihn in eine einschlägige Klinik gebracht und dann seine Streife fortgesetzt. Hundert oder mehr Meilen pro Nacht über endlose Straßen, unermüdlich im Einsatz, um bei allen möglichen und unmöglichen Problemen für Ordnung zu sorgen – vom Betrunkenen, der auf dem Bürgersteig eingeschlafen war, bis hin zu schwer bewaffneten flüchtigen Mördern, die wie tickende Zeitbomben herumliefen und die Gegend unsicher machten.

Als Tibbs zum hoffentlich letzten Mal an diesem Tag in seinem Büro erschien, stieß er auf Bob Nakamura. »Na, alles startklar für heute abend?« fragte er.

Virgil setzte sich einen Moment auf den Rand seines Schreibtisches. »Bisher läuft alles wie geplant. Bevor ich es vergesse, du mußt nachher unbedingt fragen, ob du morgen abend wiederkommen kannst, um dir die Sammlung in aller Ruhe anzusehen. Aber frag nicht zu früh, warte damit am besten bis zum Schluß. Vergiß nicht, daß du die Sammlung noch nie gesehen hast. Du kennst sie nur vom Hörensagen. Ein flüchtiger Blick darauf reicht dir nicht, du willst dir die Jaden unbedingt ganz genau ansehen.«

»Klingt überzeugend.«

»Das will ich schwer hoffen. Aber trag nicht zu dick auf, es sind ein paar sehr helle Köpfe dabei.«

»Ich mach das schon. Lieutenant Olsen möchte wissen, ob du willst, daß Wangs Haus heute nacht wieder observiert wird.«

»Natürlich will ich das, verdammt nochmal. Davon hängt schließlich alles ab.«

»Okay, ich werd's ihm ausrichten. Eine Frage noch: Ist damit zu rechnen, daß wir heute abend jemanden festnehmen?«

»Wohl kaum.«

»Ich dachte, wenn du schon alle Hauptakteure versammelst, bringst du den Fall auch gleich zu Ende.«

»Noch nicht. Ich weiß zwar inzwischen, hinter wem ich her bin, aber leider fehlen mir immer noch die Beweise.«

»Was hast du vor?«

Wieder zog Tibbs seine Jacke aus, bevor er sich setzte. »Ich versuche es zunächst auf die einfache Tour«, sagte er. »Die ganze Vorstellung dient nur einem einzigen Zweck: den Täter ein bißchen in Panik zu versetzen. Wenn ich das schaffe und ihn damit zum Handeln zwinge, geht er mir todsicher in die Falle.«

»Und wie stellst du dir das vor?«
»Das wirst du schon sehen«, versprach Virgil.

Kapitel 14

Kurz vor sieben parkte Virgil Tibbs seinen Wagen etwa einen Block entfernt von Mr. Wangs Haus, schloß ihn sorgfältig ab und legte den restlichen Weg zu Fuß zurück. Als er durch die ruhige Straße ging, war nichts davon zu bemerken, daß die Polizei das Haus immer noch überwachte, zumindest nichts, das einem nichtsahnenden Laien aufgefallen wäre. Er hatte Detective Agent Jerry Garner, der die Operation leitete, bereits diverse Instruktionen gegeben, und konnte sicher sein, daß sie genauestens befolgt wurden. Mit dem beruhigenden Gefühl, alle nötigen Vorkehrungen getroffen zu haben, ging er die Auffahrt hoch, stieg die Stufen zur Eingangstür hinauf und klingelte.

Die Tür wurde fast sofort von Chin Soo geöffnet. Der junge Chinese trug eine dunkle Hose und einen leichten schwarzen Pullover, der die sehnige Geschmeidigkeit seines Körpers noch mehr betonte. Tibbs warf einen Blick auf seine Füße und sah, daß er leichte Slipper trug, die er im Notfall in Sekundenschnelle abschütteln konnte. Er kannte sich nicht sonderlich gut mit Kung Fu aus, aber das jahrelange harte Training, das er selbst hinter sich hatte, hatte ihn eine Menge gelehrt, vor allem die Tatsache, daß die nackten Füße eines Karatekämpfers zu seinen tödlichsten Waffen gehörten. Chin Soo hatte seine Kleidung offensichtlich aus gutem Grund gewählt, er war auf alles vorbereitet, auch wenn es auf den ersten Blick niemandem auffallen würde.

»Guten Abend, Sir«, sagte Chin. »Ich freue mich sehr, daß Sie gekommen sind.«

»Vielen Dank.«

»Die Schatullen habe ich wie vereinbart vorbereitet«, fuhr er fort. »Ich hatte allerdings noch keine Zeit nachzusehen, welche der anderen …«

Er verstummte, als Yumeko in einem einfachen Rock mit Bluse erschien. »Guten Abend, Virgil«, sagte sie. »Ich habe mich noch nicht umgezogen, weil ich wollte erst fragen, was Sie gern haben.«

»Das überlasse ich ganz Ihnen«, antwortete Tibbs. »Es wird jedenfalls keine richtige Party, wenn Sie das meinen.« Ihre Blicke trafen sich. »Ich möchte Sie um einen Gefallen bitten: Bleiben Sie bitte diesem Teil des Hauses fern. Hier darf Sie keiner sehen. Wenn es an der Tür klingelt, kümmern wir uns schon darum.«

Sie blickte ihm fest ins Auge. »Sie erwarten, daß Leute kommen, die Probleme machen.«

»Möglicherweise«, gab er zu. »Aber keine Sorge, wir werden damit fertig.« Er betrachtete sie, wie er es schon mehrere Male zuvor getan hatte, und versuchte, sich an die ungewohnte Kombination ihrer asiatischen Züge mit der dunklen Hautfarbe zu gewöhnen. Nicht daß es ihn störte, er stellte nur immer wieder fest, daß sie für ihn abwechselnd eine Japanerin und dann wieder eine Schwarze war, die im Ausland aufgewachsen war. Die Feinheit ihrer Züge und der Schnitt ihrer Augen waren eindeutig orientalisch, aber ihr Teint war so dunkel, daß man sie fast überall auf der Welt für eine Schwarze gehalten hätte, wenn ihr Gesicht nicht ihre asiatische Abstammung verraten hätte.

Wenn er sie vorwiegend als Japanerin ansah, dann nur wegen ihres Namens und weil Englisch nicht ihre Muttersprache war. Hätte sie Nancy geheißen und ebenso fließend Amerikanisch gesprochen wie er, hätte er sicher genau das Gegenteil empfunden.

»Sie müssen damit rechnen«, sagte er, »daß einer der Gäste Sie fragt, ob er morgen abend wiederkommen darf. Das wäre ganz in meinem Sinn, Yumeko. Antworten Sie bitte, daß es Ihnen sehr leid tut, aber daß Sie auf keinen Fall zu Hause sein werden. Und zwar weil Sie mit Chin Soo nach Los Angeles fahren, um dort in einem buddhistischen Tempel für Mr. Wang zu beten.«

»Hier gibt es auch buddhistische Tempel«, sagte Soo.

»Egal. Ich weiß, daß es verschiedene Arten von Tempeln gibt, man wird annehmen, daß Sie einen ganz bestimmten Tempel im Sinn haben. Es tut auch gar nichts zur Sache, ob Sie Buddhist sind oder nicht, man wird Ihnen ganz sicher glauben.«

»Mr. Wang war Buddhist«, sagte Chin. »Es würde also durchaus Sinn machen, wenn wir in seinem Tempel für ihn beten würden.«

»Gut. Lassen Sie durchblicken, daß Sie sich längere Zeit dort aufhalten werden. Und bitte lassen Sie keinen Zweifel daran, daß Sie *beide* dorthin gehen werden – das ist sehr wichtig.«

»Wie Sie möchten«, sagte Yumeko.

»Ich kenne solche Versammlungen aus Büchern«, warf Chin ein. »Haben Sie die Leute für heute abend eingeladen, um zu verkünden, wer Mr. Wangs Mörder ist?«

»Ganz so einfach ist das nicht.«

»Nicht wie bei Nero Wolfe?«

»Leider nicht. Da ich kein Genie bin, dauert bei mir alles ein bißchen länger.«

»Sie haben bestimmt Erfolg.«

»Danke. Aber jetzt müssen wir uns vorbereiten. Yumeko, ziehen Sie an, was Sie mögen. Am besten etwas, das nicht zu elegant ist – keinen Kimono diesmal. Und dann überlassen Sie Chin und mir alles weitere, bis wir Sie rufen.«

»Ich möchte Vorbereitungen in der Küche machen.«

»In Ordnung, aber lassen Sie die Türe geschlossen und kommen Sie nicht heraus.«

Sie schaute ihn mit ihren dunklen Augen an. »Sie wollen mir nicht erlauben, weil ich eine Frau bin«, sagte sie.

»Ich möchte nicht, daß Ihnen etwas passiert – das ist der Grund«, antwortete Tibbs. Dann legte er die Hände auf ihre Schultern und schob sie in Richtung Küche. »Seien Sie bitte vernünftig«, ermahnte er sie.

Als sie gegangen war, sagte Chin: »Es ist gut, daß Sie sie weggeschickt haben. Jetzt können wir auf die Ankunft der beiden Chinesen warten, die schon mal hier waren.«

»Erwarten Sie die beiden denn?« fragte Virgil.

»Nein, aber ich dachte, Sie würden sie erwarten.«

»Vielleicht – ich weiß es selbst nicht genau.« Tibbs ging ins Wohnzimmer, suchte sich einen Platz, von dem aus er die Tür gut im Blick hatte, und setzte sich. Dann zog er Kawabatas *Snow Country* aus der Jackentasche und vertiefte sich darin.

Wenige Minuten später brachte ihm Chin Soo eine Tasse mit heißem Kaffee. Im Haus war es ganz still, Chins Schuhe hatten weiche Sohlen und waren auf dem Teppich nicht zu hören, und durch die dicken Vorhänge, die immer noch die Fenster verdeckten, drangen nur wenige Straßengeräusche. Yumeko hatte sich unsichtbar gemacht. Mit der ruhigen Gelassenheit, die er sich während der Polizeiarbeit vieler Jahre angewöhnt hatte, las Tibbs in seinem Buch und konzentrierte sich völlig auf den Text.

Nach einer Weile begann er müde zu werden, die Strapazen der letzten Tage machten sich allmählich bemerkbar. Am liebsten hätte er die Augen geschlossen, doch er zwang sich, bewußt aufrecht zu sitzen und griff nach der Tasse, obwohl diese längst leer war. Ein Blick auf die Armbanduhr verriet ihm, daß es zehn nach acht war.

Er stand auf, rekelte sich und setzte sich wieder mit seinem Buch hin. Danach las er konzentriert weiter, bis es um acht Minuten vor neun endlich an der Tür klingelte.

Chin Soo war sofort zur Stelle und bat Johnny Wu ins Haus. Mit einem gewinnenden Lächeln kam der chinesische Geschäftsmann mit ausgestreckter Hand auf Tibbs zu, um ihn zu begrüßen. »Ich freue mich, Sie zu sehen«, sagte er. »Ich hatte schon befürchtet, der erste zu sein.«

Chin, der sich im Hintergrund hielt, schaute Tibbs fragend an, woraufhin dieser unmerklich nickte. Als Johnny sich gesetzt hatte und nach seinen Zigaretten suchte, betrat Yumeko das Zimmer. Sie war Tibbs' Vorschlag gefolgt und hatte sich für ein einfaches, aber sehr geschmackvolles Kleid entschieden, das ihre Schönheit hervorragend zur Geltung brachte. Als wolle sie ihre japanische Herkunft unterstreichen, hatte sie ihr langes Haar zu einer kunstvollen orientalischen Hochfrisur arrangiert, die an die Frauen auf den Holzdrucken von Utamara erinnerte. Sie sah bezaubernd aus, und Virgil war sich dessen voll und ganz bewußt.

Es klingelte wieder, diesmal war es Elliot Harvey, der Börsenmakler. Als er ins Zimmer kam, konnte Virgil eine deutliche Veränderung in seinem Verhalten feststellen. Er wirkte zwar immer noch äußerst ernst, bemühte sich jedoch sichtlich um Verbindlichkeit. Er schüttelte Tibbs und Johnny Wu die Hand und begrüßte dann, als habe er es ganz vergessen, auch Yumeko. Anscheinend schaute er sie sich dabei zum ersten Mal bewußt an, denn seine Reaktion war so auffällig, daß sie Virgil nicht entging. Er schien ihre Schönheit sehr wohl zu würdigen, und falls er Probleme mit ihrer Herkunft hatte, ließ er sie sich nicht anmerken.

Innerhalb der nächsten fünf Minuten traf auch Aaron Finegold mit seiner Frau ein, unmittelbar gefolgt von Donald Washburn, der überraschend in Begleitung seines Sohnes gekommen war. Als Tibbs die Hand des Jungen schüttelte, bemerkte er seinen mageren Körper und andere Hinweise auf eine verzögerte körperliche Entwicklung. Da sein Vater äußerst männlich wirkte, war der Kontrast zwischen den beiden besonders auffällig, doch Washburn schien ausgesprochen stolz auf seinen Sohn zu sein.

Obwohl das Wohnzimmer nicht sonderlich groß war, sorgte Yumeko dafür, daß es ihre Gäste so bequem wie möglich hatten, und verhielt sich dabei so natürlich, daß man ihre sonstige Menschenscheu nicht im geringsten bemerkte. Chin Soo brachte noch mehr Sitzgelegenheiten, die er an anscheinend vorher sorgsam ausgesuchten Stellen plazierte.

Bob Nakamura traf als letzter ein. Seine Mimikry war perfekt; sein liebenswürdiges rundes Gesicht und der tadellos sitzende Anzug ließen ihn so vollkommen harmlos wirken, daß niemand einen Polizeibeamten in ihm vermutet hätte. Er sah genauso aus, wie man sich einen asiatisch-amerikanischen Geschäftsmann vorstellte, und durch sein Verhalten bestärkte er diesen Eindruck nur noch.

Als sich alle gesetzt hatten, eröffnete Virgil zwanglos das Treffen. »Vielen Dank, daß Sie heute abend gekommen sind«, begann er, »ich weiß Ihr Entgegenkommen sehr zu schätzen.« Er wartete einen Moment und schaute sich im Zimmer um. »Sie wissen ja, in wessen Haus wir uns befinden und wie der ehemalige Besitzer ums Leben gekommen ist. Die Ermittlungen sind noch nicht abgeschlossen, und diese Tatsache erklärt auch, warum ich heute abend ebenfalls anwesend bin.«

Er hielt erneut inne und schaute in die Runde, doch alle schienen ihm aufmerksam zuzuhören. In einer Ecke des Zimmers in der Nähe der Eingangstür stand Chin Soo so reglos, daß man ihn kaum bemerkte. Yumeko wirkte nach außen hin ruhig, doch Tibbs wußte, wie angespannt sie war. Er kannte sie inzwischen gut genug, um genau zu spüren, was in ihr vorging. In gewisser Hinsicht war ihre Unruhe durchaus gerechtfertigt.

»Im Zusammenhang mit Mr. Wangs Tod möchte ich gern noch mindestens zwei Personen vernehmen, die heute abend leider nicht anwesend sind«, fuhr Tibbs fort. »Doch es steht noch nicht fest, wann dies möglich sein wird. In der Zwischenzeit müssen einige wichtige Dinge geklärt werden. Mr. Finegold, wären Sie bitte so freundlich und würden uns mitteilen, was aus Mr. Wangs wunderschöner und äußerst wertvoller Jadesammlung wird?«

Der Anwalt nahm das Wort, ohne sich von seinem Stuhl zu erheben. Während er sprach, beobachtete Virgil aufmerksam die Reaktion der Anwesenden. Er saß völlig ruhig und schien Finegold genau zuzuhören, doch in Wirklichkeit registrierte er sehr genau alle Einzelheiten um sich herum und versuchte, sie mit seinen Schlußfolgerungen in Einklang zu bringen. Finegold benötigte für seine Einleitung mehr als vier Minuten und verkündete dann ohne Umschweife, Mr. Wang habe in seinem Testament bestimmt, daß die gesamte Jadesammlung Miss Yumeko Nagashima gehören solle. Es dauerte einige Sekunden, bis die junge Frau reagierte. Zuerst schien sie wie vom Donner gerührt, dann schlug sie die Hände vor ihr fassungsloses Gesicht und begann kurz darauf, lautlos zu schluchzen und am ganzen Körper zu zittern.

Alle Anwesenden starrten sie an. Ihnen war klar, daß sie nicht die geringste Ahnung von der Großzügigkeit ihres ehemaligen Gönners gehabt hatte. Sie hatte nicht einmal im Traum damit gerechnet, etwas von ihm zu erben – und schon gar nicht etwas so Kostbares. Auch Tibbs beobachtete zuerst die junge Frau und dann die Reaktion der anderen, Chin Soo eingeschlossen. Chins Augen waren ebenfalls auf Yumeko gerichtet, doch sein Gesicht verriet noch weniger als das der anderen Anwesenden.

Inzwischen hatte sich die junge Frau wieder etwas gefangen und griff nach ihrem Taschentuch. Die anderen warteten, bis sie sich beruhigt hatte. Sie tupfte sich mehrfach die Augen ab und schaute dann Finegold ungläubig an. »Sind Sie sicher?« fragte sie.

Der Anwalt nickte. »Ich habe das Testament selbst mit ihm aufgesetzt. Es war Mr. Wangs ausdrücklicher Wunsch, daran besteht nicht der geringste Zweifel. Die Sammlung gehört jetzt Ihnen. Allerdings müssen zuerst noch einige Formalitäten erledigt werden, außerdem wird Erbschaftssteuer erhoben. Ich werde mich gern darum kümmern, wenn es Ihnen recht ist.«

An dieser Stelle schaltete sich Tibbs ein. »Mr. Finegold, es handelt sich um eine außerordentlich wertvolle Sammlung, und die Neuigkeit, daß sie die Alleinerbin ist, kommt für Miss Nagashima völlig unerwartet. Halten Sie es unter diesen Umständen für möglich, daß Sie vom Gericht die Erlaubnis erwirken können, daß sie vorab einige Stücke verkaufen kann, um die zwischenzeitlich auflaufenden Kosten aufbringen zu können?«

»Selbstverständlich wäre dies möglich, vorausgesetzt, wir finden einen Fachmann, der den Wert der Stücke schätzt, die sie verkaufen möchte.«

»Dann würde ich Mr. Wu vorschlagen«, sagte Virgil. »Er ist selbst Jadehändler und zweifellos ein vertrauenswürdiger Experte.«

Jetzt schaltete sich auch Bob Nakamura ein. »Mr. Finegold, ich vertrete mehrere angesehene Personen, die über beträchtliche finanzielle Ressourcen verfügen – zwar nicht unbegrenzt, aber wie gesagt, beträchtlich. Aufgrund von Mr. Tibbs' Empfehlung bin ich gern bereit, Mr. Wus Urteil zu akzeptieren, was die Qualität und den Wert der Jadesammlung angeht, sowohl den Gesamtpreis als auch den einzelner Stücke. Zudem kenne ich mich selbst ein wenig auf diesem Gebiet aus. Mit Miss Nagashimas Erlaubnis würde ich mir gern die Stücke ansehen, um ihr dann ein Angebot für die gesamte Sammlung zu unterbreiten. Falls ihr mein Angebot zusagt, sind wir bereit, einen entsprechenden Vorschuß zu zahlen, mit dem alle anfallenden Kosten geregelt werden können.«

Unmittelbar nach ihm ergriff Harvey das Wort. »Mr. Finegold, wenn ich Sie richtig verstanden habe, vertreten Sie heute abend die Interessen von Miss Nagashima?«

»Sehr richtig. Mr. Wang hat mich ausdrücklich darum gebeten.«

»Gut. Ich lebe von meinen Investitionen, und ich verstehe auch etwas von Jade.« Er wandte sich an Bob. »Entschuldigen Sie bitte, aber ich habe eben Ihren Namen nicht richtig verstanden.«

»Nakamura.«

»Mr. Nakamura, seit ich von Mr. Wangs Tod erfahren habe, trage ich mich mit dem Gedanken, zu gegebener Zeit ein entsprechendes Angebot für die Sammlung zu machen. Als Investition, wie Sie sicher auch.«

»Ich habe Ihr Angebot zur Kenntnis genommen«, antwortete Finegold, »und je nachdem wie sich Miss Nagashima entscheidet, werde ich gern darauf zurückkommen.«

»Ich würde mir deshalb auch gerne die Sammlung ansehen.«

»Ich wüßte nichts, was dagegen sprechen würde.«

»Vielen Dank.« Harvey schaute in die Runde. »Sonst noch jemand?«

Jetzt äußerte sich auch Don Washburn. »Ehrlich gesagt bin ich nicht in der Lage, ein Angebot für die gesamte Sammlung zu machen, hauptsächlich, weil ich geschäftlich nichts mit Jade zu tun habe und deshalb nicht über die Möglichkeiten verfüge, einzelne Stücke anschließend weiterzuverkaufen. Ich bin nur ein einfacher Sammler. Doch wenn es irgendwie möglich ist, würde ich gern drei oder vier Stücke erstehen, auf die ich schon lange ein Auge geworfen habe. Falls Miss Nagashima tatsächlich wünscht, einige Einzelstücke vorweg zu verkaufen, um die entstehenden Unkosten zu decken, wäre ich gern bereit, ihr etwas abzukaufen. Und ich würde selbstverständlich Mr. Wus Urteil, was den Verkaufswert der Kunstwerke betrifft, anstandslos akzeptieren.«

»Mir geht es ganz ähnlich«, sagte Finegold und warf seiner Frau einen Blick zu. »Wir haben ebenfalls schon lange ein Auge auf einige der Stücke geworfen. Wir haben sie bisher nur nicht kaufen können, weil ich während der letzten Wochen beruflich äußerst eingespannt war. Ich habe Mr. Wang sogar gebeten, uns ein Vorkaufsrecht einzuräumen, für den Fall, daß sich ein anderer Kunde für die Stücke interessiert.«

»Ich bin sicher, daß meine Auftraggeber diese Vereinbarung respektieren werden«, sagte Bob Nakamura. Er hatte inzwischen die Brille abgenommen und putzte sie so überzeugend, daß sogar Virgil ihm den ehrenhaften Geschäftsmann fast abgekauft hätte.

»Ich habe mit dieser ganzen Sache im Grunde nichts zu tun«, erklärte Tibbs ruhig, »aber wenn Sie nichts dagegen haben, möchte ich einen Vorschlag machen. Falls es Miss Nagashima recht ist, könnten wir vielleicht das Jadezimmer öffnen, damit Mr. und Mrs. Finegold ihr die Stücke zeigen können, für die sie sich interessieren. Das gleiche gilt für Mr. Washburn. Solange es nicht zufällig dieselben Jaden sind, gibt es wohl kaum Probleme. Und selbst dann läßt sich die Sache sicher im gegenseitigen Einvernehmen klären.«

Harvey schien nachgedacht zu haben. »Falls niemand etwas dagegen hat«, erklärte er, »möchte auch ich dieses Privileg gern in Anspruch nehmen. Ich bin ebenfalls Sammler, und falls ich schon nicht die ganze Sammlung erstehen kann, möchte ich wenigstens einige Einzelstücke kaufen.«

Finegold ergriff wieder das Wort. »Ich finde den Vorschlag von Mr. Tibbs nicht nur vernünftig, sondern auch äußerst fair.« Er wandte sich an Yumeko. »Miss Nagashima, wie denken Sie darüber?«

Die junge Frau schluckte, bevor sie antwortete. »Ich glaube, es ist alles richtig so, aber ich muß bitten, daß Sie mich entschuldigen. Ich möchte Tee vorbereiten. Bitte erlauben Sie, daß Mr. Chin Soo Ihnen die Jadesammlung zeigt.« Sie drehte sich um und schaute den jungen Chinesen an, der sich höflich verbeugte.

»Ich mache gern«, sagte er.

»Es ist im Grunde egal, wer zuerst geht«, sagte Washburn. »Ich würde vorschlagen, Mr. und Mrs. Finegold machen den Anfang, dann Mr. Harvey, und ich bin gerne bereit, das Schlußlicht zu bilden.«

Harvey war einverstanden und nickte zustimmend. Als die Finegolds aufstanden, verließ Yumeko diskret den Raum. Sie hatte sich von ihrem Schock über die plötzliche Erbschaft noch nicht erholt und wirkte immer noch recht verstört.

Virgil wandte sich an Finegold. »Darf ich Sie begleiten?« fragte er.

»Aber selbstverständlich.«

Tibbs schaute auf seine Armbanduhr und stellte fest, daß die Finegolds sich genau acht Minuten im Jadezimmer aufhielten und Chin Soo dort die vier Stücke zeigten, für die sie sich interessierten. Chin Soo notierte sich alles genau.

Harvey benötigte neun Minuten und zweiundzwanzig Sekunden, um drei Figuren auszuwählen.

Don Washburn brauchte zuerst etwa dreieinhalb Minuten, um seinen Sohn auf die besonderen Kostbarkeiten des Jadezimmers hinzuweisen, und dann genau drei Minuten und vierundfünfzig Sekunden, um Chin Soo drei Gegenstände zu zeigen. »Ich habe mir die Stücke schon mehrfach angesehen«, erklärte er.

Als er gemeinsam mit seinem Sohn wieder ins Wohnzimmer zurückgegangen war, warf Tibbs Chin Soo einen fragenden Blick zu, woraufhin dieser den Kopf schüttelte. Von den zehn ausgewählten Kunstwerken war keines zweimal genannt worden. »Sie wissen, was Sie jetzt zu tun haben, nicht?« erkundigte sich Virgil.

»Das war mir sofort klar, als Sie den Vorschlag gemacht haben,

Mr. Tibbs. Sind Sie sicher, daß nicht doch ein klein wenig chinesisches Blut in Ihren Adern fließt?«

»Tut mir leid, Sie enttäuschen zu müssen. Soweit ich weiß, waren meine Vorfahren alle schwarz, und anscheinend hatten die Frauen in unserer Familie sogar das Glück, nicht von weißen Sklavenhaltern vergewaltigt zu werden.«

»Dann sind Sie wohl eine Ausnahme«, sagte Chin. »Aber wenn es einen Brunnen der Weisheit gibt, müssen Ihre Ahnen davon getrunken haben. Ich habe meinen Arbeitgeber nicht umgebracht, aber falls ich es getan hätte, müßte ich mit Ihnen als Gegner wirklich Angst haben.«

Virgil drehte sich um. »Lassen Sie uns zurückgehen«, schlug er vor. »Yumeko braucht vielleicht moralische Unterstützung.« Er wartete noch, bis Chin das Jadezimmer abgeschlossen hatte, und folgte ihm dann zurück ins Wohnzimmer, wo Yumeko gerade den Tee servierte. Als Tibbs sich setzte, reichte sie ihm eine Tasse. Als er hineinschaute, sah er, daß es diesmal schwarzer Tee war. »Vielen Dank«, sagte er.

Sie senkte den Blick. »Ich tue mein Bestes, auch wenn es nicht viel ist. Bitte verzeihen Sie mir.«

Bob Nakamura sprach sie an, als sie in seine Nähe kam, doch man konnte seine Worte überall im Zimmer gut hören. »Ich möchte Ihnen heute abend nicht noch mehr Unannehmlichkeiten machen, aber wenn es irgendwie möglich ist, würde ich gern morgen abend wiederkommen, um mir Ihre Jadesammlung anzusehen. Ich habe zwar schon viel davon gehört, sie aber leider noch nie gesehen.«

Yumeko schaute ihn an. »Es würde mir größte Freude machen, Nakamura san, aber morgen abend gehe ich mit Chin Soo nach Los Angeles in Mr. Wangs Tempel. Wir wollen die ganze Nacht für ihn beten. Es ist der Wunsch meines Herzens.«

Tibbs war beeindruckt von ihrer Schauspielkunst. Sie hatte so ruhig und aufrichtig geklungen, daß sie absolut überzeugend wirkte. Beinahe hätte er ihr selbst geglaubt. Wieder einmal mußte er sich eingestehen, daß es Seiten an Yumeko gab, die man ihr auf den ersten Blick nie zugetraut hätte.

Aaron Finegold schaute ihn an, und Tibbs nickte ihm unmerklich zu. Der Anwalt verstand sofort und ergriff kurze Zeit später wieder das Wort. »Da Mr. Wang mich zum Testamentsvollstrecker bestimmt hat, möchte ich Ihnen hiermit im Namen meiner Mandantin herzlich für Ihr Kommen danken. Ich bin froh, daß wir uns in der Sache einig sind. Hat sonst noch jemand irgendeine Frage, die ich Ihnen beantworten könnte?«

Don Washburn meldete sich zu Wort. »Ich würde gern Mr. Tibbs fragen, ob er schon etwas Näheres zu dem Fall sagen kann.«

Virgil schüttelte den Kopf. »Dazu ist es noch zu früh.«

»Das verstehe ich zwar, aber ich bin trotzdem gespannt, und ich nehme an, den anderen geht es genauso.«

Kurz darauf begannen die Anwesenden aufzubrechen. Harvey ging als erster, gefolgt von den Washburns, nur Johnny Wu wartete noch. Nachdem sich auch Bob Nakamura verabschiedet hatte, sprach er mit Finegold. »Ich hatte bisher keine Gelegenheit, es zur Sprache zu bringen«, sagte er, »aber ich interessiere mich ebenfalls sehr für die Sammlung. Mr. Tibbs kann Ihnen bestätigen, daß ich ein erfahrener Händler bin, und Sie können meine Bonität gern überprüfen.« Er schaute sich um, als wolle er sich vergewissern, wer sich sonst noch im Raum befand. »Ich glaube nicht, daß es den anderen bewußt ist, aber falls der Bestand ungefähr so ist, wie ich ihn beim letzten Mal gesehen habe, müßte die Sammlung ungefähr eine halbe Million Dollar wert sein.«

Yumeko schnappte nach Luft.

»Das ist eine beträchtliche Summe«, fuhr Johnny fort. »Ich bin bereit, Ihnen und Miss Nagashima zwei Angebote zu machen. Erstens erkläre ich mich bereit, alle Stücke der Sammlung gegen eine angemessene Provision zu verkaufen. Einige sind ganz außergewöhnlich, es gibt beispielsweise mehrere lavendelfarbene Jaden, die sehr viel wert sind. Ich verpflichte mich ausdrücklich, die Interessen Ihrer Mandantin zu vertreten und dafür Sorge zu tragen, daß nichts unter dem momentanen Marktwert verkauft wird. Falls es Ihnen lieber wäre, könnte ich aber auch nur einzelne Jaden direkt für meine Sammlung kaufen – Sie können sich in jedem Fall auf mich verlassen.«

Finegold nickte. »Beide Angebote klingen fair, Mr. Wu. Aber wir wollen es heute nacht erst einmal dabei bewenden lassen. Ich werde Ihr Angebot überdenken und Ihnen dieselben Chancen einräumen wie allen anderen Interessenten auch. Natürlich haben Sie den Vorteil auf Ihrer Seite, ein bekannter Jadehändler zu sein.«

»Vielen Dank. Darf ich Sie außerdem daran erinnern, daß ich ein enger Freund von Wang Fu-sen war; nach unseren Gepflogenheiten legt mir das unter den gegenwärtigen Umständen klar umrissene Verpflichtungen auf.«

»Ich weiß das zu würdigen. Vielen Dank, Mr. Wu.«

Als der letzte Gast sich verabschiedet hatte, wandte sich Virgil an Yumeko und Chin. »Sie waren beide ganz hervorragend heute abend«, sagte er. »Tut mir leid, daß ich Ihnen soviel Umstände machen mußte, aber ich hatte meine Gründe.«

»Das ist mir klar«, sagte Chin Soo. »Und was sollen wir morgen machen?«

»Ich melde mich bei Ihnen. Ich schlage vor, Sie bleiben hier, bis Sie von mir hören.« Er war zu erschöpft, um ihnen die Einzelheiten jetzt schon zu erklären. Er war den ganzen Abend angespannt gewesen und spürte allmählich die Folgen.

»Möchten Sie vielleicht noch eine Tasse Kaffee, bevor Sie gehen?« erkundigte sich Chin.

»Nein danke. Ich möchte nur so schnell wie möglich nach Hause und ins Bett. Nochmals vielen Dank für Ihre Mitarbeit.« Danach verabschiedete er sich und ging zurück zu seinem Wagen.

Diesmal brauchte er für die Heimfahrt und das Parken des Autos weniger als fünfzehn Minuten. Als er in seiner Wohnung angekommen war, rief er Lieutenant Olsen an, der in dieser Nacht die Überwachung des Wang-Hauses leitete. »Ich habe heute abend den Stein ins Rollen gebracht«, berichtete er. »Wenn alles nach Plan verläuft, müßte sich bald etwas tun – vielleicht schon heute nacht, aber ich würde eher auf morgen abend tippen. Danach ist endlich alles vorbei. Können wir die Observierung bis dahin fortsetzen?«

»Natürlich, Virgil. Falls Sie sonst noch Hilfe brauchen, lassen Sie es mich wissen.«

»Im Moment sieht es gut aus. Falls sich wider Erwarten doch noch etwas tut, rufen Sie mich bitte sofort an. Ansonsten wünsche ich Ihnen eine gute Nacht.«

Er mixte sich einen Drink, machte es sich bequem und versuchte, seine Gedanken von dem Fall und den zahlreichen Problemen, die damit verknüpft waren, zu lösen. Der Fall war zweifellos ungewöhnlich, aber wahrscheinlich war außer ihm niemandem bewußt, wie extrem ungewöhnlich er wirklich war.

Neben ihm auf dem Tisch lag das Buch über Jade. Er nahm es, öffnete es an der Stelle, wo er zu lesen aufgehört hatte, und vertiefte sich darin. Er wußte, daß er sich nur noch kurze Zeit mit diesem Thema befassen würde, doch es war ein faszinierendes Gebiet und man konnte schließlich nie wissen, ob ein zunächst unwichtig scheinendes Detail nicht am Ende den Schlüssel zur Lösung des Problems bringen würde.

Er las noch eineinhalb Stunden, bevor er sich schließlich ins Bett legte. Hätte er keine Geheimnummer gehabt, wäre er möglicherweise mehrfach gestört worden, doch so konnte er tief und fest schlafen.

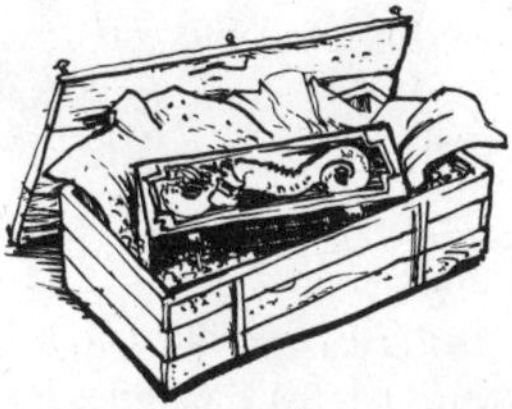

Kapitel 15

Der nächste Tag war ein Sonntag, und bereits um halb zehn Uhr morgens war es angenehm warm. Das südkalifornische Wetter zeigte sich von seiner besten Seite, überraschte mit strahlendem Sonnenschein und versprach, auch die kühnsten Erwartungen zu erfüllen. Wie viele Millionen andere Menschen genoß auch Virgil Tibbs die morgendliche Idylle, er hatte es sich in seinem bequemen alten Morgenmantel, den er in seiner Freizeit besonders gern trug, mit der Zeitung auf dem Sofa gemütlich gemacht und das Fenster hinter sich weit geöffnet, um die wunderbare Luft ins Zimmer zu lassen. Die Frische und Ruhe des neuen Tages erfüllten den Raum und weckten in ihm ein Gefühl der Heiterkeit, denn sie schienen zu verkünden, daß alle Menschen Brüder waren und das Böse in dieser Welt keinen Platz hatte. Der Tag war noch rein und unschuldig, und wenn er sein Versprechen nicht hielt, lag dies nur an der Schwäche der Menschen, die wie stets alle Hoffnung zunichte machten.

Leider konnte man mit fast mathematischer Sicherheit davon ausgehen, daß bereits alles verdorben war. Irgendwo war ein schwelender Streit in Gewalt umgeschlagen, in den ersten Stunden des anbrechenden Tages waren sicher schon unzählige Fahrzeuge gestohlen worden, vielleicht war sogar bereits ein grausamer Mord geschehen. Und in geheimen Laboratorien stellten profitgierige Personen lebensgefährliche illegale Drogen her, die den bedauernswerten Opfern die Hölle auf Erden brachten. Jeden Morgen wappnete sich die Menschheit für einen Neuanfang und machte unweigerlich alles zunichte, noch bevor die ersten Sonnenstrahlen auch nur die Erde berührt hatten.

Genau aus diesem Grunde gab es Polizisten.

Virgil schaute sich auf der Comicstripseite der Zeitung die *Peanuts* an und amüsierte sich sich über den sympathischen Unglücksraben Charlie Brown, der immer neue Katastrophen heraufbeschwor und sie dennoch samt und sonders heil überstand. Im Sportteil las er, daß die California Angels sich einen vielversprechenden neuen Pitcher zugelegt hatten. Der Dow Jones war geringfügig gestiegen. Und ein Bericht über einen kleinen Jungen, der in Vietnam von einer Landmine der Vietcong halb zerfetzt worden war, beide Beine verloren hatte und jetzt in einem amerikanischen Krankenhaus behandelt wurde, erfüllte ihn gleichzeitig mit Mitleid und Wut.

Im Lokalteil gab es einen umfangreichen Artikel über die unglaubliche Flut von Drogensüchtigen, die urplötzlich über sämtliche Krankenhäuser und Therapiezentren der Stadt hereingebrochen war. Man hatte zwar bereits Methadon einfliegen lassen, doch es fehlte an Betten und notwendigen Medikamenten. Einem Bericht zufolge waren drei Drogensüchtige an einer Überdosis einer noch nicht identifizierten Substanz gestorben. Für Tibbs waren es drei Morde.

Er stand auf und machte sich frischen Kaffee. Es war nur Pulverkaffee, doch das störte ihn nicht.

Das Telefon klingelte. Wahrscheinlich wie üblich schlechte Nachrichten, dachte er. Wie erwartet meldete sich der diensthabende Beamte im Präsidium. »Ich wollte nur kurz Bericht erstatten, Virg«, begann der Beamte, »was unsere gemeinsame Aktion betrifft, hat sich leider immer noch nichts getan.«

»Das macht nichts, bitte sagen Sie den Männern, sie sollen auf keinen Fall abbrechen, vielleicht passiert später noch etwas.«

»Sie machen auf jeden Fall weiter, Lieutenant Olsen hat schon entsprechende Anweisungen gegeben. Außerdem hat eine Miss Yumechi Nagashima oder so ähnlich für Sie angerufen. Wollen Sie mit ihr sprechen?«

»Ich rufe sie an, ich habe ihre Nummer.«

»Okay, das war's auch schon. Schönen Tag noch.«

Mit dem Anruf bei Yumeko hatte er es nicht eilig, denn noch genoß er es, endlich ein wenig ausspannen zu können. Er spielte mit dem Gedanken, zur Kirche zu gehen, doch seine Vernunft sagte ihm, daß er sich in der Nähe des Telefons aufhalten mußte, immerhin konnte es jeden Moment losgehen.

Schließlich griff er doch zum Telefon und wählte – vielleicht gab es ja Neuigkeiten. Chin Soo meldete sich und stellte ihn sofort zum Nebenanschluß durch. »Bitte sagen Sie uns, was wir tun sollen«, bat die junge Frau. »Wir sind allein und wissen nicht.«

Genau in diesem Moment traf Tibbs wie ein Blitzschlag aus heiterem Himmel die Erleuchtung, auf die er seit Tagen gewartet hatte. Am liebsten hätte er einen lauten Freudenschrei ausgestoßen, doch er beherrschte sich. »Ich komme zu Ihnen«, sagte er stattdessen. »Ich bin in etwa vierzig Minuten da.« Er legte wieder auf, rasierte sich und zog sich an. Bevor er die Wohnung verließ, schloß er noch schnell das Fenster, da er nicht wußte, wie lange er fortbleiben würde, und zumindest das Ölgemälde an seiner Wand wertvoll war und Diebe anlocken konnte.

Draußen empfing ihn der Tag genauso freundlich wie Tibbs erwartet hatte. Während er seinen Wagen aufschloß, gingen ihm mindestens ein Dutzend Dinge gleichzeitig durch den Kopf, die er bei diesem herrlichen Wetter an seinem kostbaren freien Tag gern getan hätte, beispielsweise hatte er sich schon seit langem vorgenommen, dem neuen Kunstmuseum einen Besuch abzustatten. Auch ein paar Trainingsstunden im Karate *dojo* würden seinen Muskeln guttun, in der Beziehung kannte Nishiyama keine Gnade, schlaffe Muskeln wurden von ihm hart bestraft. Außerdem war er seit Monaten nicht am Strand gewesen – der letzte Ausflug lag möglicherweise sogar schon mehr als ein Jahr zurück. Mit der Straßenbahn in Palm Springs war er auch noch nie gefahren. Er stieg in seinen Wagen, setzte sich hinter das Lenkrad, schnallte sich gewissenhaft an – er hatte zu viele Unfälle gesehen, bei denen jemand mit katastrophalen Folgen durch die Windschutzscheibe geflogen war – und fuhr zum Haus von Mr. Wang, wo man schon auf ihn wartete.

Yumeko begrüßte ihn in einem blauweißen Kleid, in dem sie fast wie ein kleines Mädchen wirkte – ein Mädchen, das herangewachsen und dabei immer weiblicher geworden war. Auch Chin Soo war augenblicklich zur Stelle, er trug ein kurzärmeliges Hemd und dieselbe Hose wie am Vorabend. Und dieselben Schuhe. »Ich habe mich um das Jadezimmer gekümmert«, sagte er.

Im Haus war es ziemlich warm. »Darf ich meine Jacke ausziehen?« fragte Tibbs.

»Sie dürfen ausziehen, soviel Sie wollen«, antwortete Yumeko.

Das erinnerte ihn an etwas. »Sie klingen wie Linda«, sagte er. »Die Frau, deren Bild Sie in meiner Wohnung gesehen haben. Einmal wollte sie sogar, daß ich mich ganz ausziehe.«

»Daß Sie so etwas tun, kann ich glauben, daß Sie darüber sprechen, hätte ich nicht gedacht.« Sie verzog schmollend den Mund.

Tibbs schaute sie sekundenlang an. »Wissen Sie, was ein Nudistencamp ist?« fragte er.

»Ja, ich weiß.«

»Gut. Genau dort lebt sie nämlich. Ich bin einmal dort gewesen, um in einem Mordfall zu ermitteln – es war an einem heißen Tag, und wir standen direkt neben einem Swimmingpool.«

»Ich hoffe, das Wasser war angenehm kühl«, warf Chin ein.

Virgil zuckte mit den Achseln. »Ich war im Dienst. Also bin ich nicht ins Wasser gegangen.«

Soo bewies seine Intelligenz, indem er das Thema wechselte. »Ich habe wie besprochen einige Kästchen vorbereitet. Ich habe die Polster sehr weich gemacht, so daß so gut wie jede Figur hineinpaßt, ohne daß es auffällt.«

»Hervorragend«, sagte Tibbs. »Haben Sie sich die Füllung genau angesehen?«

Chin warf ihm einen leicht unterkühlten Blick zu. »Natürlich.«

Für kurze Zeit gewann der Lehrer in Tibbs die Überhand. »Ich wollte Ihnen nicht zu nahe treten, aber ich überprüfe grundsätzlich immer lieber alles zweimal. Nur so kann man wirklich sicher sein.«

Der junge Mann verneigte sich. »Ich habe mein Gesicht verloren«, sagte er. »Sie haben natürlich völlig recht. Was sollen wir als nächstes tun?«

»Es gibt noch einiges im Jadezimmer zu erledigen, bei dem Sie mir helfen könnten. Yumeko, erlauben Sie mir, daß ich einige der Jadefiguren aus den Vitrinen nehme?«

»Bitte sehr«, sagte sie.

»Vielen Dank. Ich werde sehr vorsichtig damit umgehen.« Er zog die Jacke aus und ließ sie auf einen Stuhl fallen. Chin war sofort zur Stelle und brachte sie in den Flur, wo er sie sorgsam auf einen Kleiderbügel hängte. »Damit man nicht sofort sieht, daß Sie hier sind«, erklärte er.

Tibbs schaute ihn eine Weile nachdenklich an, bevor er wieder sprach. »Damit wären wir quitt – jetzt haben *Sie* völlig recht. Haben Sie Zeit, mir im Jadezimmer zu helfen?«

»Am besten machen wir uns sofort an die Arbeit«, sagte Chin und ging voraus in den hinteren Teil des Hauses. Vor der Tür zum Jadezimmer blieb er stehen, zog einen dicken Schlüsselbund hervor und steckte den richtigen Schlüssel ins Schloß. »Das sind Mr. Wangs Schlüssel«, sagte er. »Ich hoffe, es ist in seinem Sinne, daß ich sie benutze.«

»Sie wissen doch, daß er Ihnen vertraut hat«, meinte Virgil. Sobald das Licht angeschaltet war, betrat er das Jadezimmer und schaute sich um. Alles sah genau so aus wie sonst auch, nichts deutete darauf hin, daß etwas verändert worden war. Er drehte sich um. »Als erstes möchte ich, daß wir alle Kästchen herausnehmen, dann zeige ich Ihnen, was wir als nächstes tun.«

»In Ordnung.« Der junge Chinese ging in die Hocke und öffnete den unteren Teil einer der Vitrinen. »Ich habe schon viele davon untersucht, ich war noch dabei, als Sie kamen. Ich kann Ihnen zeigen, was ich gefunden habe.«

»Gut.«

»Es ist viel weniger Rauschgift da, als ich erwartet hatte. Die Schatullen, die zu den älteren Stücken gehören, ich meine, zu den Figuren, die am längsten hier sind, sind alle leer. Das Zeug war nur in den letzten Sendungen, und auch da nicht in allen.«

»In wie vielen?«

»Das kann ich noch nicht genau sagen, ich bin noch nicht fertig mit der Überprüfung.«

»Haben Sie die Kästchen mit dem Rauschgift gekennzeichnet?«

»Nein, aber ich weiß genau, welche es sind.«

»Woran können Sie das sehen?«

»Als ich sie zurückgestellt habe, habe ich die leeren mit den Elfenbeinstiften nach rechts in den Schrank gestellt. Bei den anderen zeigen sie nach links. Dann habe ich sie genauso aufeinandergestapelt. Ich glaube nicht, daß es jemandem auffallen würde.«

Wieder schaute Tibbs den jungen Mann forschend an. »Ich habe eben gesagt, daß ich am liebsten alles zweimal überprüfe«, sagte er. »Ich habe Sie schon einmal gefragt, ob Sie eine besondere Ausbildung hatten. Damals haben Sie verneint. Vielleicht möchten Sie Ihre Antwort noch einmal überdenken.«

»Momentan möchte ich nur das tun, was Sie mir auftragen«, erwiderte Chin.

In diesem Augenblick erschien Yumeko an der Tür. Sie sah Tibbs fragend an, sagte aber nichts. »Kommen Sie ruhig herein«, forderte er sie auf. »Ich würde mich gern mit Ihnen beiden über einige Dinge unterhalten.«

Er stützte sich mit beiden Händen auf den Rand des kleinen Tisches in der Mitte des Zimmers und gab ihnen genaue Instruktionen. »Erstens, wenn irgend jemand sich nach der Jadesammlung erkundigt, tun Sie beide so, als wüßten Sie nicht allzu viel darüber – ist das klar?«

Beide nickten.

»Außerdem möchte ich Sie bitten zu sagen, daß ich Ihnen die Anweisung gegeben hätte, vorläufig alle Stücke wegzupacken und an einem sicheren Ort unterzubringen. Das heißt, sobald Mr. Wu Gelegenheit hatte, die Sammlung zu schätzen. Und nachdem Mr. Nakamura sich alles angesehen hat.«

»Können wir Mr. Nakamura vertrauen?« fragte Chin.

»Ich glaube schon. Jedenfalls sind seine Auftraggeber dieser Meinung.«

»Dann dürfen wir ihn also empfangen?«

»Falls er wirklich kommen sollte – ja. Und nun zum nächsten Punkt. Da Sie offiziell nicht viel über die Sammlung wissen, brauchen Sie natürlich sehr viel Zeit, um die richtige Schatulle für jedes Stück zu finden.«

»Allmählich geht mir ein Licht auf«, sagte Chin. »Aber reden Sie weiter.«

»Das hatte ich auch vor. Ich möchte, daß Sie sämtliche Schatullen herausholen – ich werde Ihnen dabei helfen – und sie so vor den Vitrinen aufstellen, daß sie genauso angeordnet sind wie die entsprechenden Kunstwerke. Es muß aussehen, als ob Sie alles vorbereiten, um die Sammlung aus Sicherheitsgründen zu verpacken.«

»So würde jeder Besucher sofort wissen, welches Kästchen zu welchem Stück gehört«, bemerkte Chin. »Eine brillante Idee.«

»Nur ein einziges Mal will ich es mir gönnen –«, meinte Tibbs grinsend, »elementar, mein lieber Chin«

»So brillant ist Ihre Idee nicht«, sagte Yumeko.

Tibbs war leicht verärgert. »Und warum nicht?«

»Wenn jemand kommt und will nur die Schatullen, dann ist es viel zu einfach für ihn, er kann einfach alle mitnehmen. Das hilft Ihnen gar nicht.«

Chin äußerte sich als erster zu Yumekos Einwand. »In China hat man früher immer alle überzähligen weiblichen Babys sofort nach der Geburt ertränkt. Damit hat man sich viele Unannehmlichkeiten erspart.«

Yumeko preßte die Hände zusammen und senkte den Kopf. »Entschuldigung wegen Einwand«, sagte sie.

»Jetzt spielt sie die Beleidigte«, erklärte Chin Soo.

»Mag sein, aber Yumeko hat tatsächlich recht. Also gut, dann untersuchen wir die Kästchen nur und stellen sie wieder zurück – aber genau geordnet.« Virgil hockte sich hin und spähte in die unteren Teile der Vitrinen. »Auf die Weise ist es unmöglich, sie alle mitzunehmen.«

»Wir müssen jetzt an die Arbeit«, sagte Chin. »Yumeko kann uns etwas zu essen machen.«

»Das ist wirklich nicht nötig.«

»Aber es wird sie ablenken. Wir haben genug Vorräte im Haus.«

»Vielleicht später.«

Es war eine eintönige Arbeit, die nur sehr langsam von der Hand ging. Es schien unendlich viele Schatullen zu geben, und jede einzelne mußte sorgfältig untersucht werden. Die leeren mußten in der richtigen Reihenfolge zurückgestellt werden, eine Aufgabe, die Chin Soo übernahm, während Virgil geduldig alle blauen Kästchen und die wenigen, die mit einem hellen brokatartigen Stoff überzogen waren, überprüfte. Yumeko bot zwar ebenfalls ihre Hilfe an, doch aus wohlüberlegten Gründen, die er für sich behielt, lehnte Tibbs dankend ab. Nachdem auch das letzte Kästchen überprüft worden war, konnte er endlich genau einschätzen, wie viele von ihnen Rauschgift enthielten. Er hatte achtundzwanzig Säckchen mit der gefährlichen Substanz gefunden – insgesamt mehr als hundert Pfund.

Eigentlich hatte er für heute schon genug gearbeitet, doch leider war längst noch nicht alles getan. Tibbs lehnte die Einladung zum Essen dankend ab und verließ das Haus mit dem Versprechen, vor sieben wieder zurück zu sein.

Als erstes fuhr er nach Hause und duschte sich ausgiebig, um sich von der unangenehmen Vorstellung zu befreien, auch nur die geringsten Spuren der Substanz irgendwo an seinem Körper zu haben. Danach fühlte er sich bedeutend besser, schlüpfte in einen diskreten dunklen Anzug, steckte seine Dienstwaffe ins Halfter und freute sich auf ein leckeres Abendessen.

Er fuhr zu einem der besten Restaurants in Pasadena und ließ sich dort zu einem ruhigen Ecktisch führen, der seinen Vorstellungen genau entsprach. Dann ließ er die friedliche Atmosphäre auf sich wirken und entspannte sich allmählich, während er sich ein Steak schmecken ließ und über die kleinen Annehmlichkeiten des Lebens nachdachte, die sich jeder Mensch ab und zu gönnen sollte. Nachdem er seinen Kaffee ausgetrunken hatte und sich rundum wohl fühlte, bezahlte er die Rechnung, ließ sich seinen Wagen bringen und fuhr dahin zurück, wohin ihn die Pflicht rief. Er wußte, daß ein äußerst unangenehmer Abend vor ihm lag.

Nachdem er ungefähr die Hälfte des Weges zurückgelegt hatte, hielt er an einer Telefonzelle und rief den diensthabenden Sergeanten an. »Wenn alles so läuft, wie ich es mir vorstelle, geht es heute nacht in Wangs Haus etwas lebhafter zu als bisher«, berichtete er. »Sagen Sie bitte den Männern draußen Bescheid.«

»Mach' ich. Sonst noch irgendwelche Anweisungen?«

»Bestellen Sie den Männern, daß ich ihre Hilfe brauche, sobald die Lampe an der Eingangstür angeht. Kurz nachdem ich das Haus betreten habe, werde ich testen, ob sie auch funktioniert, nur damit sie Bescheid wissen. Falls ich es aus irgendeinem Grund nicht bis zur Tür schaffen sollte, werde ich versuchen, etwas aus dem Fenster zu werfen. Möglicherweise klappt das aber auch nicht, da die Vorhänge sehr dick und meistens zugezogen sind. Wer ist für heute abend eingeteilt?«

»Vor dem Haus Sanderson und Garner. Hinter dem Haus Thistle und Harnois.«

»Hervorragend. Sagen Sie ihnen, wenn ihnen etwas verdächtig vorkommt, sollen sie tun, was sie für richtig halten, aber auf keinen Fall die Nerven verlieren. Ich brauche unbedingt Beweise.«

»Verstanden. Ich sag' es ihnen. Nakamura will wissen, ob Sie ihn heute abend noch brauchen. Er ist zu Hause und hält sich bereit.«

»Ich rufe ihn später selbst an, falls ich ihn brauchen sollte. Ich habe seine Nummer.«

»Gut. Viel Glück, Virg.«

»Danke. Ich kann's brauchen.«

Auch diesmal parkte er sein Fahrzeug in beträchtlicher Entfernung von Wangs Haus und ging zu Fuß weiter. Die Falle war vorbereitet, jetzt konnte er nichts weiter tun, als warten und hoffen, daß sie im richtigen Moment zuschnappen würde. Es handelte sich schließlich nicht um einen einfachen Mordfall, falls es so etwas überhaupt gab, aber die diversen Komplikationen, mit denen er es hier zu tun gehabt hatte, machten die Aufklärung noch schwieriger als sonst. Er tröstete sich mit dem Gedanken, daß niemand mehr als sein Bestes geben konnte, und klingelte.

Yumeko öffnete ihm die Tür. Sobald er im Flur stand, schaute sie zu ihm auf, als wolle sie etwas sagen, schwieg jedoch. Ihm kam eine Idee, und er dachte einen Moment lang darüber nach. »Möchten Sie gern die Nacht irgendwo anders verbringen?« fragte er sie dann. »Es wäre vielleicht besser, wenn Sie sich nicht hier aufhalten würden. Wenn Sie möchten, finden wir ein gemütliches Zimmer für Sie.«

Sie schüttelte den Kopf. »Ich will hierbleiben. Ich bin nur eine Frau, ich weiß, aber ich will auf jeden Fall bleiben.«

»In Ordnung. Aber dann muß ich Sie bitten, nach oben zu gehen und unter gar keinen Umständen Ihr Zimmer zu verlassen. Sie dürfen kein Licht anmachen und auch keinen Ton von sich geben – egal was passiert. Versprechen Sie mir das?«

»Ich verspreche.«

»Gut.« Er schaute sie streng an. »Falls Sie sich nicht an unsere Abmachung halten sollten, Yumeko, werde ich sehr böse sein – verstehen Sie mich?«

»Ich verstehe.«

»Das will ich hoffen. Und jetzt gehen Sie bitte nach oben, ziehen sich Ihre Schuhe aus und legen sich hin. Das ist das Beste. Und falls Sie hier unten Geräusche hören, kommen Sie bloß nicht auf die Idee herunterzukommen, und gehen Sie bitte auch nicht ins Badezimmer.«

»Ich werde ganz still sein.«

»Gut.« Er wandte sich an Chin Soo, der in der Nähe stand und wartete. »Sie können das Haus ruhig verlassen – alles Weitere ist Sache der Polizei.«

Die Stimme des jungen Mannes klang ruhig, aber bestimmt. »Vielen Dank, Sir. Aber ich bin für das Haus verantwortlich und möchte hierbleiben.«

»Wie Sie wünschen, aber auch Sie müssen sich unbedingt ruhig verhalten.«

»Ich werde leiser sein als mein Schatten.«

»Na hoffentlich. Und jetzt hören Sie mir bitte genau zu: Tun Sie nichts, absolut gar nichts. Warten Sie unbedingt, bis ich die Initiative ergreife. Ist das klar?«

»Sonnenklar, Mr. Tibbs.«

»Ich gehe davon aus, daß wir im Laufe der Nacht Gesellschaft bekommen. Aber ich möchte auf jeden Fall zuerst sehen, was die betreffenden Personen vorhaben, bevor wir eingreifen. Schließlich sollen sie glauben, das Haus sei leer.«

»Eine Frage noch: Wenn ich sehe, daß Sie eingreifen, darf ich dann mitmachen?«

Virgil wollte sich mit seiner Antwort auf keinen Fall festlegen. »Das müssen Sie selbst entscheiden, wenn es soweit ist«, sagte er. »Manchmal ist zuviel Hilfe genauso gefährlich wie zuwenig.«

»Verstehe. Darf ich vorschlagen, daß Sie sich die Schuhe ausziehen?«

»Das hatte ich ohnehin vor.«

»Dann entschuldigen Sie bitte meine Voreiligkeit.«

»Ach was, hören Sie mir lieber zu.« Er gab dem jungen Mann weitere Instruktionen, und als er ausgeredet hatte, bat er ihn, alles noch einmal zu wiederholen. Während er ihm zuhörte, verglich er seinen eigenen durchtrainierten Körper mit dem des geschmeidigen jungen Mannes. Er konnte sich sehr gut vorstellen, daß Chin Soo ein hervorragend ausgebildeter *Kung Fu*-Experte und wahrscheinlich extrem schnell war. Er erwartete zwar nicht, daß er sich mit ihm würde anlegen müssen, doch er durfte nichts dem Zufall überlassen. Im Notfall hatte er immer noch seine Waffe, auch wenn er nur ungern von ihr Gebrauch machte. In Extremsituationen war es immer schwierig, genau und effizient zu zielen, stets bestand die Gefahr, daß Unschuldige verletzt oder sogar getötet wurden. Und es war nicht an ihm, Gerechtigkeit mit der Pistole zu verwirklichen, es sei denn, er hatte wirklich keine andere Wahl. Natürlich lag die Sache anders, wenn der Gegner zuerst schoß oder nach seiner Waffe griff, dann hatte er das Recht, sich selbst oder seine Mitmenschen zu schützen.

Nachdem Chin Soo alles rekapituliert hatte, überprüfte Tibbs die Lampe über der Eingangstür und vergewisserte sich, daß sie einwandfrei funktionierte. Falls Chin Soo den Zweck dieser Übung erriet, gab er dies durch nichts zu erkennen, er stand nur da und beobachtete Tibbs schweigend. Yumeko war verschwunden, und von oben war kein Laut zu hören.

Im Wohnzimmer, das in der rechten Hälfte des Hauses lag, stand ein chinesischer Wandschirm mit Perlmuttinlays. Tibbs stellte vorsichtig einen kleinen Stuhl dahinter und schob ihn so zurecht, daß er bequem durch den schmalen Spalt zwischen zwei Flügeln sehen konnte. Der Platz war äußerst günstig, da Tibbs von hier aus einen kleinen Teil der Eingangshalle sehen konnte und gleichzeitig auf der anderen Seite die Tür zum Jadezimmer im Blick hatte.

Als er alles vorbereitet hatte, berührte ihn Chin am Arm. »Ich habe auch ein gutes Versteck gefunden«, sagte er. Er führte ihn zur Tür des Arbeitszimmers, die offen stand. »Ich warte hinter der Tür. Ich glaube nicht, daß jemand auf die Idee kommt, dort hineinzugehen.«

Tibbs überlegte und entschied, daß Chin mit seiner Vermutung wahrscheinlich recht hatte. »Glaube ich auch nicht. Und falls doch, bin ich in der Nähe.«

»Um mich mache ich mir keine Sorgen. Glücklicherweise kann ich Sie von hier aus hervorragend sehen.«

Virgil trat hinter die Tür und spähte durch die Ritze an den Angeln. Das Sichtfeld erstreckte sich tatsächlich auch auf die Ecke im Eßzimmer, in der er sich befinden würde. Er hätte zwar bedeutend lieber einen Polizeibeamten zur Verstärkung bei sich gehabt, doch andererseits sprach auch einiges für den jungen Chinesen. Er war froh, daß Chin Soo keine Gedanken lesen konnte, und hatte auch nicht vor, den jungen Mann über seine Beweggründe aufzuklären.

Tibbs hatte schon viele Observierungen geleitet, meist mit etwas mehr Bewegungsfreiheit, doch es war durchaus nicht das erste Mal, daß er wie jetzt gezwungen gewesen war, sich absolut ruhig zu verhalten. Bevor er in sein Versteck ging, zog er sich die Schuhe aus und stellte sie an eine Stelle, wo man sie nicht sehen konnte. Er schickte ein kurzes Stoßgebet zum Himmel, daß Yumeko sich weiterhin so mucksmäuschenstill verhalten würde wie bisher und Chin

Soo nicht am Ende alles vermasseln würde, setzte sich hinter den Wandschirm und wappnete sich für das, was noch kommen würde. Chin Soo glitt lautlos wie ein Geist ins Arbeitszimmer und verschwand hinter der Tür. Virgil hatte ihm nicht vorgeschlagen, sich einen Stuhl hinzustellen, er konnte sich einen holen, wenn er wollte. Er probierte vorsichtshalber aus, ob sein eigener Stuhl nicht knackte, wenn er aufstand, zupfte seine Hose zurecht, um bequemer sitzen zu können, und begann zu warten. Hoffentlich dauerte es nicht zu lange, aber falls wirklich jemand kommen sollte, müßte er eigentlich bald auf der Bildfläche erscheinen.

Während der folgenden Stunde mußte er zweimal seine Sitzhaltung ein wenig verändern, weil er einen Muskelkrampf bekam, doch nichts deutete darauf hin, daß Chin Soo ähnliche Probleme hatte. Eines zumindest schien wirklich gut zu klappen: Die junge Frau oben im Haus rührte sich nicht, und es war zu erwarten, daß auch weiterhin Verlaß auf sie war.

Um elf nach neun hörte er, wie sich jemand dem Haus näherte. Kurz darauf schrillte die Klingel durch die Stille. Für den Bruchteil einer Sekunde befürchtete Tibbs, der Diener könne dumm genug sein, die Tür zu öffnen, doch dann erinnerte er sich an die Intelligenz, die Chin Soo bisher an den Tag gelegt hatte, und an die sorgfältigen Instruktionen, die er ihm gegeben hatte. Als es erneut klingelte, wartete er und lauschte. Es konnte schließlich genausogut ein harmloser Besucher sein, der einfach sein Glück noch einmal versuchen wollte, wenn er schon vor der Eingangstür stand, selbst wenn das Haus in Dunkel gehüllt war.

Eine gute Minute nach dem zweiten Klingeln waren leise kratzende Geräusche an der Eingangstür zu hören. Sekunden später konnte man trotz der Dunkelheit sehen, wie die Tür von außen geöffnet wurde. Virgil verspürte eine tiefe Befriedigung, immerhin war jetzt ein Problem endgültig gelöst. Wer immer es war, hatte hiermit der Tatbestand des Einbruchs erfüllt. Dafür gab es mehrere zuverlässige Zeugen, da die beiden Polizisten, die das Haus auf der Vorderseite überwachten, zweifellos alles mitangesehen hatten.

Nach den Geräuschen zu urteilen, schienen zwei Personen ins Haus gekommen zu sein, höchstwahrscheinlich zwei Männer. Er hoffte inständig, daß es sich nicht etwa um gewöhnliche Einbrecher handelte, doch dann wußte er schlagartig, daß dies nicht der

Fall war. Die meisten Einbrecher drangen auf der Hinterseite eines Hauses ein, meist durch ein Fenster oder eine Hintertür. Nein, diese Männer wußten sehr wohl, was sie wollten, und gingen nach einem genauen Plan vor.

Wenige Sekunden später wurde die Tür von innen leise ins Schloß gezogen, und im Haus herrschte wieder dieselbe fast undurchdringliche Dunkelheit wie zuvor. Eine Zeitlang war kein Laut zu hören, dann flüsterte jemand. Plötzlich zerschnitt der dünne Strahl einer Taschenlampe die Finsternis. Zunächst zuckte er hin und her, anscheinend vergewisserten sich die Männer, ob die Vorhänge auch zugezogen waren, dann wanderte er zum hinteren Teil des Hauses. Eine zweite Stimme wurde hörbar, diesmal etwas klarer, und zum zweiten Mal innerhalb von zwei Minuten empfand Virgil ein Gefühl der Befriedigung. Die Männer sprachen nicht englisch, höchstwahrscheinlich war es chinesisch, in diesem Fall verstand zumindest Chin Soo, was sie sagten. Genau aus diesem Grunde hatte Virgil den jungen Mann einem gut ausgebildeten, absolut zuverlässigen Polizisten vorgezogen.

Der dünne Lichtstrahl bewegte sich weiter auf den hinteren Teil des Hauses zu, die Schritte der Männer waren trotz des Teppichbodens deutlich hörbar. Sekundenlang befürchtete Tibbs, die Eindringlinge könnten das Arbeitszimmer überprüfen und Chin entdecken, für alle Fälle stand er lautlos auf und griff vorsichtshalber auch nach seiner Waffe. Er hatte zwar nicht vor zu schießen, doch unter Umständen mußte er die Männer damit einschüchtern, und zwar sehr schnell. Er beschloß, kein Risiko einzugehen, denn noch konnte er den Überraschungseffekt nutzen.

Er atmete erleichtert auf, als der winzige Lichtstrahl zielstrebig zur Tür des Jadezimmers wanderte und dann immer kürzer wurde, während der Mann mit der Taschenlampe sich dem Zimmer näherte. Die Tür war verschlossen, doch Tibbs hatte sich bereits am Nachmittag vergewissert, daß dies für jemanden, der seine Arbeit verstand, kein Problem sein würde. Seine Theorie stellte sich als zutreffend heraus. Während der eine Mann die Lampe auf die Tür richtete, machte sich der zweite, der sich immer noch unsichtbar im Schatten aufhielt, mit einem dünnen Plastikstreifen am Schloß zu schaffen. Er brauchte weniger als zehn Sekunden, um sich Zugang zum Jadezimmer zu verschaffen.

Jetzt mußte eine rasche Entscheidung getroffen werden. Von seinem Versteck aus konnte Virgil nicht in den Raum hineinsehen, daher erwog er, aufzustehen und sich irgendwo hinzustellen, wo dies möglich war. Doch das Risiko war beträchtlich, schon das kleinste Geräusch konnte ihn verraten, und wenn er an einer Stelle stand, von wo aus er einen guten Überblick hatte, konnte man ihn höchstwahrscheinlich mit dem Lichtstrahl jederzeit schnell ausfindig machen. Er hielt es daher für die vernünftigste Lösung, noch eine Weile in seinem Versteck zu bleiben und sich auf sein Gehör zu verlassen.

Er hörte, wie die unteren Teile der Vitrinen geöffnet wurden, und als er ganz sicher war, daß er sich nicht getäuscht hatte, rief er sich noch einmal den Winkel der Tür zum Jadezimmer und die genaue Lage des Schalters neben dem Eingang ins Gedächtnis zurück. Er balancierte auf den Fußballen, machte sich bereit, doch zuerst wollte er abwarten, was die beiden als nächstes taten.

Die Sprache, in der sich die beiden Männer im Jadezimmer leise miteinander unterhielten, klang wirklich sehr wie chinesisch, doch die Übersetzung mußte er wohl oder übel hinterher von Chin Soo erfragen.

Schließlich hörte er ein Geräusch, das ihm nach seiner nachmittäglichen Arbeit mehr als vertraut war – die Männer zogen die Jadeschatullen aus ihren Verstecken. Das genügte. Lautlos wie ein Schatten glitt er hinter dem Schirm hervor und hielt sich ganz nah an der Wand, die man vom Jadezimmer aus nicht sehen konnte, und arbeitete sich bis zur Eingangstür vor. Mit den Fingerspitzen tastete er nach dem Lichtschalter. Sobald er ihn gefunden hatte, griff er in seine Jacke und zog seine Dienstwaffe hervor. Die beiden Einbrecher saßen zwar in der Falle und würden auf frischer Tat ertappt werden, doch das genügte ihm nicht. Er wollte mehr, und auch wenn er damit ein zusätzliches Risiko einging, war er sich seiner Sache absolut sicher.

Aus den Geräuschen, die jetzt sehr viel näher klangen, schloß er, daß die Männer konzentriert und systematisch vorgingen. Da sie höchstwahrscheinlich Profis waren, wußten sie, daß die Zeit drängte. Ein neugieriger Nachbar konnte sie beim Betreten des Hauses beobachtet haben, vielleicht hatte er sogar bereits die Polizei benachrichtigt. Dies war zwar ziemlich unwahrscheinlich, es sei denn, der Betreffende wußte, daß das Haus momentan leer war, doch das Risiko war nicht von der Hand zu weisen, und nur ein unerfahrener Amateur würde mehr riskieren als absolut notwendig.

Plötzlich hörte Virgil ein neues Geräusch und wußte sofort, um was es sich handelte. Einer der beiden packte die Schatullen zusammen und war im Begriff, das Zimmer zu verlassen. Er schien kurz zu warten, während sein Komplize, der Mann mit der Taschenlampe, sich anscheinend ebenfalls ein paar Schatullen schnappte. Das war der Moment, auf den er gewartet hatte, jetzt mußte er eingreifen.

Mit der Waffe in seiner Hand tastete Tibbs erneut nach dem Lichtschalter und wartete, die Hand unmittelbar darüber an der Wand. Als er einen letzten Blick in Richtung Jadezimmer warf, stellte er zu seiner Verwunderung fest, daß Chin Soo ebenfalls sein Versteck verlassen hatte und flach gegen die Wand gedrückt auf der gegenüberliegenden Seite der Tür wartete. Tibbs hatte ihn weder gehört noch gesehen.

Endlich trat der erste Mann aus dem Zimmer, man konnte seine Umrisse und die Schatullen in seiner Hand im schwachen Schein der Taschenlampe deutlich erkennen. Tibbs atmete tief ein, hielt die Luft an und wartete sekundenlang, bis auch der zweite Mann das Jadezimmer verließ. Dann drückte er mit dem kleinen Finger rasch nach unten auf den Lichtschalter und tauchte die Eingangshalle in grelles Licht.

»Keine Bewegung!« schrie er und richtete seine Waffe direkt auf den ersten der beiden Männer.

Fast im selben Moment holte der zweite Mann blitzschnell aus und schleuderte die Schatulle, die er bisher in der rechten Hand gehalten hatte, direkt in Tibbs' Gesicht. Virgil duckte sich zwar sofort, konnte aber nicht verhindern, daß eine der scharfen Kanten ihn hart an der Wange traf und seine Haut ritzte. Sekundenlang verlor er die Balance und war wehrlos.

In diesem Moment sah er, wie Chin Soos Körper durch die Luft schnellte. Er war hochgesprungen und warf sich seitwärts mit den Füßen zuerst gegen den Angreifer, der immer noch in Bewegung war. Aus einer horizontalen Position ungefähr fünf Fuß in der Luft trat Chin mit unglaublicher Kraft zu und traf das Kinn des Mannes mit seinen nackten Füßen mit solcher Wucht, daß sein Kopf um fast neunzig Grad herumgerissen wurde, woraufhin seine Knie einknickten und sein Körper hilflos in sich zusammensackte.

Der erste Mann reagierte beinahe genauso schnell. Er ließ die Schatullen fallen und griff mit einer Hand in seine Jacke. Aus der Hocke sprang Virgil ihn an und grub seine Schulter in die Achselhöhle seines Gegners. Als er sah, daß der Mann die Waffe bereits in der Hand hielt, packte er ihn am Handgelenk, riß den Arm über seine Schulter und ließ dann seinen eigenen Körper mit aller Kraft nach vorn schnellen. Sein Gegner wurde wie eine riesige Schaukel so heftig durch die Luft geschleudert, daß seine Füße gegen die Decke prallten. Dann krachte sein Körper mit solcher Wucht auf den Boden, daß der ganze Raum erbebte. Unmittelbar danach winkelte Virgil sein rechtes Bein an und rammte dem Mann seinen Fuß so fest in den Unterleib, daß ihm die Luft wegblieb. Es war kein tödlicher Tritt, doch der Mann war völlig hilflos, bis er sich genug erholt hatte, um wieder Luft in seine Lungen pumpen zu können. In der Zwischenzeit beugte sich Tibbs zu ihm herab und nahm in aller Seelenruhe die Waffe an sich.

Chin Soo stand hinter ihm und sagte: »Ich wollte Ihnen helfen, aber Sie haben gar keine Hilfe gebraucht.«

»Sie waren ausgezeichnet«, antwortete Tibbs. Plötzlich wurde ihm bewußt, daß er seine eigene Waffe hatte fallen lassen, er bückte sich danach, doch Chin kam ihm zuvor und reichte sie ihm. »Ich passe auf«, sagte Tibbs. »Machen Sie bitte das Licht über dem Eingang an.«

Chin drehte sich zur Tür. »Ich glaube, Ihre Freunde sind schon da«, konstatierte er, und Sekunden später kam er mit Sanderson und Garner zurück.

»Wir haben hier ein paar Kunden für euch«, verkündete Virgil trocken. »Nehmt sie mit und bringt sie hinter Gitter. Ihnen wird Einbruch, bewaffneter Überfall und Widerstand gegen die Staatsgewalt zur Last gelegt. Kann sein, daß sie kein Englisch verstehen, daher nehmen Sie am besten Mr. Soo als Dolmetscher mit.«

Die beiden Polizisten legten den Verhafteten Handschellen an und nahmen dem zweiten eine Waffe ab, die er gut versteckt unter der linken Achselhöhle getragen hatte. Sie warteten geduldig, bis die Männer wieder in der Lage waren aufzustehen, dann packte Garner den ersten am Arm. »Kommen Sie bitte mit«, sagte er und schob ihn in Richtung Tür.

Chin drehte sich um. »Ich möchte lieber hierbleiben«, sagte er.

»Das verstehe ich zwar«, sagte Tibbs, »aber tun Sie mir bitte den Gefallen. Ich bleibe hier und kümmere mich um alles.«

Soo zögerte immer noch. »Der nächste Besucher ist der gefährlichste, glaube ich. Außerdem bluten Sie.«

»Ich bin auf alles vorbereitet«, sagte Virgil. »Sie werden als Dolmetscher gebraucht. Wir müssen die beiden über ihre Rechte aufklären.«

Chin war nicht sonderlich begeistert, schien sich jedoch in sein Schicksal zu fügen. »Wie Sie wollen«, meinte er schließlich und folgte Sanderson, der bereits nach draußen gegangen war.

Im Haus war wieder alles ruhig. Yumeko rührte sich immer noch nicht, obwohl ihr unmöglich entgangen sein konnte, daß sich hier unten Dramatisches abgespielt hatte. Als Tibbs den Mann auf den Boden geschleudert hatte, war sein Aufprall im ganzen Haus zu hören gewesen. Sie schien seine Anordnungen genau zu befolgen.

In aller Ruhe trug Virgil die Schatullen zurück ins Jadezimmer. Er mußte zweimal gehen, bevor alle wieder an ihrem Platz waren. Dann hob er die kleine Taschenlampe auf, die einer der Männer fallen gelassen hatte, und überprüfte, ob sie noch funktionierte. Anscheinend war sie unbeschädigt, auch wenn ihr Licht nicht sonderlich hell war, aber für Virgils Zwecke war es absolut ausreichend. Er knipste sie wieder aus, ging zur Eingangstür und vergewisserte sich, daß sie immer noch unverschlossen war. Danach schaltete er die winzige Taschenlampe wieder an, begab sich ins Jadezimmer und zog die Tür hinter sich ins Schloß. Er nahm den einzelnen Stuhl, der zwischen zwei der Vitrinen stand, und stellte ihn an die hintere Wand. Von dort aus konnte er die Tür genau im Auge behalten, ohne sofort gesehen zu werden, und hatte gleichzeitig genügend Bewegungsfreiheit. Er war froh, als er sich endlich hinsetzen und ein wenig erholen konnte, wog sich jedoch nicht in falscher Sicherheit. Das konnte er sich nicht leisten. Er hatte zwar genügend Beweismaterial gegen die beiden chinesischen Schläger gesammelt, um sie sofort hinter Schloß und Riegel zu bringen und aller Wahrscheinlichkeit nach sogar deportieren zu lassen, doch das bedeutete noch lange nicht, daß der Fall gelöst war. Also blieb er geduldig in der Dunkelheit sitzen und wartete, in Gesellschaft einer der schönsten und kostbarsten Jadesammlungen der Welt und etwa hundert Pfund der Droge mit dem tödlichsten Suchtpotential, das es je gegeben hatte. Er war sich des merkwürdigen Widerspruchs wohl bewußt und dachte darüber nach, wie seltsam es doch war, daß die Einbrecher es nur auf das zerstörerische Rauschgift abgesehen und die beinahe überirdisch schönen Kunstwerke, die ein Vermögen wert waren, unberührt gelassen hatten.

Mehr als eine Dreiviertelstunde saß er unbeweglich auf seinem Stuhl, hing seinen Gedanken nach und fragte sich, warum alles so hatte kommen müssen, als er mit einem Mal hörte, wie jemand leise die Eingangstür öffnete und ins Haus kam. Diesmal dämpfte der Teppichboden alle weiteren Geräusche, so daß er nicht ausmachen konnte, wo sich die Person befand. Virgil bewegte sich nicht, hielt die Hände auf dem Schoß und atmete ruhig und gleichmäßig. Auch als die Tür zum Jadezimmer geöffnet wurde und der unsichtbare Eindringling den Raum betrat, rührte er sich nicht von der Stelle. Als das Licht plötzlich aufflammte, blinzelte er nur ein wenig, weil er so lange in der Finsternis verbracht hatte, wirkte aber ansonsten völlig ruhig und gelassen.

»Guten Abend, Mr. Harvey«, sagte er.

Er bewunderte die Gefaßtheit, die der Investor an den Tag legte, als er sich von seinem ersten Schrecken erholt hatte. Er verzog keine Miene. »Guten Abend, Mr. Tibbs. Was machen Sie denn um diese Zeit noch hier im Haus?«

»Ich habe auf Sie gewartet.«

»Verstehe. Durch mein unerbetenes Kommen habe ich gegen das Gesetz verstoßen.«

»Sehr richtig.«

Sekundenlang schien Harvey die Fassung zu verlieren, denn er holte tief Luft und atmete dann langsam wieder aus. »Ich bin ein Spieler, Mr. Tibbs«, sagte er schließlich. »Und ich habe darauf gesetzt, daß Sie den Fall für abgeschlossen hielten.«

Virgil schwieg und bewegte sich nicht von der Stelle.

Endlose Sekunden verstrichen, während sich keiner der beiden Männer regte. Harvey brach schließlich das Schweigen. »Warum haben Sie hier auf mich gewartet?«

»Weil ich einen Beweis brauchte. Ich hatte damit gerechnet, daß Sie das Risiko eingehen würden.«

»Nehmen Sie mich jetzt fest?«

»Ja.«

»Wie lautet die Anklage?«

»Momentan lediglich Einbruch.«

»In Ordnung«, sagte Harvey. »Ich sehe keinen Grund, die Sache unnötig in die Länge zu ziehen. Können wir gehen?«

Tibbs erhob sich. »Bevor wir gehen, möchte ich Ihnen gern noch eine Frage stellen.«

»Und zwar?«

Virgil schaute einen Augenblick auf den Teppich und dann wieder auf Harvey. »Ich wüßte gern, warum Sie Wang Fu-sen das Jademesser in die Brust gestoßen haben, obwohl Sie wußten, daß er bereits tot war.«

Kapitel 16

Bob McGowan blickte von seinem Schreibtisch auf, als er den Mann an der Tür seines Büros stehen sah. »Kommen Sie herein, Virgil«, sagte er freundlich und legte den Kugelschreiber beiseite.

Virgil Tibbs hatte einen Aktenordner mitgebracht. »Ich habe die Informationen über die Produktion des chinesischen Rauschgifts, um die Sie gebeten haben«, erklärte er.

McGowan winkte ihn zu einem der Sessel in der Besucherecke seines Büros und kam hinter seinem Schreibtisch hervor, um ihm Gesellschaft zu leisten. »Am besten erzählen Sie mir kurz die wichtigsten Einzelheiten«, meinte er. »Ich nehme heute abend an einem offiziellen Treffen teil, bei dem das Thema höchstwahrscheinlich zur Sprache kommt.« Er lehnte sich entspannt zurück und wartete auf Virgils Bericht.

Virgil schaute in seine Notizen. »In Ordnung, Sir. Im Jahre 1951 haben die Rotchinesen angefangen, illegale Drogen in großem Umfang zu produzieren, unter anderem auch Heroin, das, wie Sie wissen, zwar hochgradig süchtig macht, aber keinerlei medizinischen Nutzen hat. In Rotchina lebt zwar ungefähr ein Viertel der gesamten Weltbevölkerung, doch der internationale Handel des Landes macht weniger als ein Prozent aus. Um endlich mehr Devisen ins Land zu holen und gleichzeitig potentielle Gegner zu schwächen, hat man sich auf den wachsenden Drogenmarkt konzentriert.«

Er blätterte in seinen Unterlagen, bis er gefunden hatte, was er suchte. »Inzwischen gibt es in Peking, Tientsin, Dairen, Mukden, Chinchow, Kupehkow, Yenki, Shanghai, Hankow, Chungking, Kunming und diversen anderen Großstädten Fabriken, in denen Heroin und andere Drogen hergestellt werden. In China werden diese Fabriken unter dem Decknamen »spezielle Produktionsstätten« geführt. Allein 1970 wurden dort über zehntausend Tonnen illegale Drogen produziert, die über Kuba, Nordvietnam, Nordkorea, Albanien und einige afrikanische Staaten in die freie Welt exportiert wurden.»

»Haben Sie gerade zehntausend *Tonnen* gesagt?« erkundigte sich Bob McGowan.

»Sie haben richtig gehört, Sir. Wollen Sie noch mehr darüber erfahren?«

»Ich bitte darum.«

Tibbs schaute wieder in seine Notizen. »Den Angaben von Kao Hsiang-kao vom Institut für Internationale Beziehungen zufolge wurden seit 1970 jährlich etwa achthundert Millionen Dollar auf diese Weise umgesetzt. Natürlich wurden einige Sendungen beschlagnahmt. 1969 etwa, und das sind die letzten Angaben, haben die Behörden in Hongkong mehr als fünf Tonnen Opium, zweihundertfünfzig Pfund Morphium und dreihundertzehn Pfund Heroin beschlagnahmt, allesamt aus Rotchina. Das ist natürlich nur der Teil, den man in Hongkong entdeckt hat. Niemand kann genau sagen, um wieviel Prozent der Gesamtmenge es sich dabei handelt. Man weiß nur, daß die Sendungen gezielt in bestimmte Länder geschleust werden, und wir stehen ganz oben auf der Liste.«

»Verdammter Mist«, sagte McGowan.

»Das ist noch milde ausgedrückt, Sir. Allmählich fange ich an zu begreifen, welche Sisyphusarbeit Frank Lonigan und George Duffy zu bewältigen haben. Die Abteilung für Rauschgiftbekämpfung trägt wirklich eine enormeVerantwortung.«

»Ja, bei einer Menge im Wert von mehr als zwei Millionen Dollar pro Tag. Wir müssen ihnen unbedingt helfen, Virgil. Tun Sie alles, was in Ihrer Macht steht.« Er ging zur Tür und bat seine Sekretärin, ihnen Kaffee zu bringen. Als er sich wieder setzte, kreisten seine Gedanken um ein anderes Thema. »Und jetzt erzählen Sie mal, was Sie im Fall Wang herausgefunden haben«, schlug er vor.

Virgil legte seine Notizen beiseite. »Der Fall war ziemlich kompliziert. Es ging nämlich nicht nur darum, wer Mr. Wang umgebracht hatte. Vor einiger Zeit haben die Chinesen ein neues Produkt auf den Markt geworfen: eine synthetische Droge, noch wirkungsvoller und gefährlicher als Heroin, sie macht sofort süchtig. Wer sie einmal genommen hat, kommt nie mehr davon los, sein Leben ist völlig ruiniert. Die Chinesen wollten die tödliche Substanz unbedingt in unser Land schleusen, also suchten sie nach einer wirkungsvollen Methode, um regelmäßig für Nachschub zu sorgen, ohne auf die bisherigen Kanäle zurückzugreifen. Da kamen sie auf die glorreiche Idee, Jadeschatullen zu benutzen. Da die Schnitzereien selbst so wertvoll sind, gingen sie davon aus, daß sich niemand um die Verpackung kümmern würde. Ein geschickter Trick, wie ihn auch Zauberer auf der Bühne anwenden, um ihre Zuschauer abzulenken.«

Er hielt inne, während die Sekretärin den Kaffee brachte, und sprach erst weiter, als sie wieder gegangen war. »Wang Fu-sen war ein vertrauenswürdiger Jadehändler und ein durch und durch ehrenwerter Mann, den man ohne sein Wissen oder seine Zustimmung als Schachfigur benutzte. Jede Jadeschnitzerei ist ein Einzelstück und wird in einer individuell maßgefertigten Schatulle verschickt. Indem man Abbildungen der jeweiligen Figuren zu einem eingeweihten Händler schickte, konnte dieser die betreffenden Kunstwerke und somit auch das Rauschgift in der Verpackung erstehen. Danach konnte das Rauschgift entfernt und die Figur weiterverkauft werden – dafür gibt es hier trotz der hohen Preise viele Interessenten.«

McGowan trank einen Schluck Kaffe und hörte weiter zu.

»Es wäre natürlich alles sehr viel einfacher gewesen, wenn Wang Fu-sen bereit gewesen wäre mitzumachen, doch als man ihn vorsichtig darauf ansprach, lehnte er sofort entschieden ab. Er ließ andere chinesische Amerikaner wissen, daß man ihn unter Druck setzte, woraufhin seine Freunde vorsichtshalber einen Bodyguard in sein Haus schickten und ihre eigenen Nachforschungen anstellten.«

»Und warum sind sie nicht zu uns gekommen?«

»Offenbar kümmern sie sich am liebsten selbst um ihre Probleme, Sir. In der Zwischenzeit lernte Mr. Wang auf einer Reise in den Fernen Osten Miss Nagashima kennen. Als er sah, wie unglücklich sie in Japan war, nahm er sie mit in die Vereinigten Staaten. Ohne jede Verpflichtung, aus reiner Großzügigkeit. Sie zeigte sich erkenntlich, indem sie sich um seinen Haushalt kümmerte und ihm Gesellschaft leistete. Eine platonische Beziehung, die ihm jedoch sehr am Herzen lag, wie aus dem Testament, das er vor kurzem aufsetzte, eindeutig hervorgeht.

Aber kommen wir zu Mr. Harvey. Er lebt– oder besser gesagt lebte – von der Börse und hat sich seit geraumer Zeit seinen Lebensunterhalt mit Spekulationen verdient. Als ich in den Unterlagen der Bank seine Transaktionen überprüfte, fiel mir auf, daß er sich, wie viele andere auch, häufig verkalkulierte und in den Jahren 1969 und 1970 schwerste Verluste hinnehmen mußte. Er hatte oft offene Positionen, doch da er wußte, wie riskant dies war, hat er versucht, auf steigende Kurse zu spekulieren. Damit hat er den größten Teil seines Vermögens verloren und setzte dem allen noch die Krone auf, als er sich mit seiner Frau entzweite, woraufhin seine Lage, zumindest in seinen Augen, unhaltbar wurde.

In seiner Verzweiflung suchte er nach einer Möglichkeit, schnellstens wieder zu Geld zu kommen. Es sollte nur lukrativ sein, ob auf legalem oder illegalem Wege, war dabei zweitrangig. Durch Kanäle, über die ich ehrlich gesagt bisher noch nichts Genaues weiß, nahm er Kontakt mit Drogenhändlern auf. Ich vermute, die Verbindung kam durch seine Spielerbekanntschaften zustande. Er hat mir gegenüber offen zugegeben, daß er ein notorischer Spieler ist. Glücksspiel und Drogenhandel liegen bekanntlich oft nahe beieinander. Er hat sein restliches Kapital in Rauschgiftlieferungen von Mexiko in die USA investiert und innerhalb weniger Wochen beträchtliche Gewinne erzielt. Doch der mexikanische Drogenhandel war bereits von den Chinesen unterwandert, die sich kurz darauf mit ihm in Verbindung setzten. Man machte ihm ein verlockendes Angebot, das ihm bei minimalem Einsatz ein Höchstmaß an Profit in Aussicht stellte. Er brauchte sich lediglich als Jadesammler auszugeben und auf die entsprechenden Tips zu warten, mit denen man ihn über neue Heroinlieferungen informierte. Selbst wenn alles auffliegen sollte, wäre es so gut wie unmöglich gewesen, ihm etwas nachzuweisen – was tatsächlich der Wahrheit entsprach.

Harvey stieg daraufhin ein, machte jedoch schon bald einen entscheidenden Fehler, indem er die Intelligenz von Wang Fu-sen unterschätzte. Er hatte den Auftrag, bestimmte Jadefiguren zu kaufen, doch die auffallende Hast, mit der er bestimmte Objekte aus der kostbaren Sammlung auswählte, machte Wang mißtrauisch. In Anbetracht des Drucks, den man bereits auf ihn ausgeübt hatte, zählte er zwei und zwei zusammen, ging der Sache auf eigene Faust nach und entdeckte das Rauschgift. Als Harvey ihn erneut aufsuchte, stellte er ihn vor die Wahl: Entweder der Drogenschmuggel hörte sofort auf oder Wang würde alles der Polizei mitteilen.

Harvey informierte seine Kontaktpersonen, die prompt zwei gedungene Killer mit falschen Papieren und Visa herschickten, um sich den aufsässigen Mr. Wang vorzuknöpfen. Sie statteten ihm einen Besuch ab und versuchten, ihn einzuschüchtern. Sie wollten ihn zwingen, mitzumachen und über alles, was er bereits wußte, Stillschweigen zu bewahren. Doch er lehnte schlichtweg ab und machte rasch ein neues Testament. Kurze Zeit später wurde er ermordet.»

»Woraufhin Sie auf der Bildfläche erschienen.«

»Richtig, Sir. Der Fall war zwar äußerst kompliziert, doch es gab mehrere Einzelheiten, die von Anfang an klar auf der Hand lagen und schließlich zur Aufklärung führten. Als ich den Toten zum ersten Mal sah, fiel mir sofort die merkwürdige Lage der Leiche auf. Er lag auf dem Rücken, die Arme neben sich auf dem Boden, das Gesicht in einem Winkel von dreißig Grad auf die Jadevitrinen gerichtet. Niemand fällt von selbst so hin, wenn ihn jemand erstochen hat. Daher wußte ich sofort, daß er nicht erstochen worden war, obwohl ein Steinmesser oder etwas ähnliches in seiner Brust steckte. Er mußte also auf andere Weise getötet worden sein.

Außerdem war der Verstorbene ein schlanker, schmächtiger Mann. Es wäre unmöglich gewesen, ihm die Waffe in die Brust zu rammen, während er aufrecht stand, denn dann wäre er entweder von der Wucht nach hinten geschleudert worden oder einfach in sich zusammengesackt. Die einzige logische Schlußfolgerung lautete, daß man ihm das Messer erst in den Körper gerammt hatte, als er bereits am Boden lag. Dies war durchaus möglich, denn der Boden bot den entsprechenden Widerstand. Es besteht ein riesengroßer Unterschied zwischen einem scharfen, dünnen Stilett und dem Steinmesser, das in diesem Fall benutzt wurde, und das außerdem, wie ich inzwischen herausgefunden habe, überhaupt keine Waffe ist.»

»Einen Moment, ich bestelle uns schnell frischen Kaffee«, sagte McGowan. Er ging wieder zur Tür und sagte seiner Sekretärin Bescheid. »Aber wie sind Sie auf Harvey gekommen?« erkundigte er sich, als er zurückkam.

»Zunächst war es purer Zufall, später Logik. Als ich den Fall übernommen habe, wußte ich nicht das geringste über Jade, doch Wang Fu-sens Sammlung ist so überwältigend, daß nur ein Blinder davon unbeeindruckt geblieben wäre. Obwohl die Leiche des Besitzers auf dem Boden lag und meine ganze Aufmerksamkeit in Anspruch nahm, konnte ich nicht umhin, die Schönheit der Steine zu bemerken. Ich habe in meinem ganzen Leben noch nie etwas so Faszinierendes gesehen.

Ich bin danach zunächst meiner ersten Spur nachgegangen, die zu Donald Washburn führte, den ich erst am Nachmittag desselben Tages kennengelernt hatte. Ich habe ihn zu Hause aufgesucht und dabei zwei Entdeckungen gemacht. Er interessierte sich leidenschaftlich für Jade und hatte ein Rauschgiftproblem in der eigenen Familie. Daß beides miteinander in Zusammenhang stand, ist mir allerdings erst aufgegangen, als ich feststellte, daß unsere beiden Freunde Lonigan und Duffy Miss Nagashima einen kleinen Besuch abgestattet und ihr ziemlich zugesetzt hatten. Daraufhin ist mir ein ganzer Fackelzug aufgegangen, und die Möglichkeit oder sogar Wahrscheinlichkeit, daß der Verstorbene ein Drogenhändler gewesen sein könnte, lag auf der Hand.

Wie Sie wissen, lasse ich mich von Zeugen, die jemanden in den höchsten Tönen als charakterlich einwandfrei preisen, nicht beeindrucken, doch es war auffallend, daß sich einfach jeder, den ich nach Wang fragte, positiv über ihn äußerte. Einige der Befragten, beispielsweise Aaron Finegold, waren über jeden Zweifel erhaben. Das legte natürlich den Verdacht nahe, daß Miss Nagashima etwas mit dem Mord zu tun haben könnte, und Sie können mir glauben, daß ich auch dieser Spur genau nachgegangen bin. Besonders als ich herausfand, daß sie angeblich vergessen hatte zu erwähnen, daß Mr. Wangs Diener verschwunden war. Sie ist mit dieser Information erst Tage später herausgerückt. Außerdem gab es noch andere Punkte, die mir bedenklich erschienen.

Ich gebe zu, daß ich mich zunächst sehr für Mr. Washburn interessierte, doch irgendwie sprach alles dagegen, daß er der Mörder war. Sein eigener Sohn war drogenabhängig und befand sich zur Entgiftung in einem Therapiezentrum. Washburn selbst arbeitete für die Leute von der Abteilung für Rauschgiftbekämpfung und genoß anscheinend deren volles Vertrauen. Außerdem besaß er selbst die nötigen Einrichtungen, um Keto-Bedmidon herzustellen, was er im Auftrag der Drogenbehörde auch tat, daher wäre es absurd gewesen, wenn er es aus dem Ausland importiert hätte.

Auch Johnny Wu ist leidenschaftlicher Jadesammler und erschien mir verdächtig, bis ich, zunächst rein zufällig, Mr. Harvey kennenlernte. Da wußte ich sofort, daß er mit dem Mord etwas zu tun hatte.»

»Und woraus haben Sie das geschlossen?« erkundigte sich McGowan.

»Ich habe ihm eine äußerst wertvolle und wunderschöne Jadefigur gebracht, die ihn merkwürdigerweise überhaupt nicht zu interessieren schien. Er hat sie kaum angesehen, bevor er sie aufstellte. Das erschien mir höchst ungewöhnlich. Als ich ihm dann offenbarte, daß ich Polizeibeamter sei, und eigens darauf hinwies, daß ich im Mordfall Wang ermittelte, schien ihn der Tod des Mannes völlig kalt zu lassen. Er fuhr fort, mich von oben herab zu behandeln. Auch das machte mich stutzig, denn die meisten Leute, die man zu einem Mordfall befragt, mit dem sie nichts zu tun haben, fangen sofort an, ihre Unschuld zu beteuern.«

»Stimmt. Ist Ihnen sonst noch etwas aufgefallen?«

»Allerdings. Da er seine neueste Erwerbung derart lieblos behandelte, habe ich ihn gefragt, ob er lange gebraucht hätte, um sich für diese Figur zu entscheiden. Er hat mir daraufhin versichert, er brauche nie lange, um Entscheidungen zu fällen, dies sei sozusagen der Schlüssel zu seinem Erfolg an der Börse. Das habe ich ihm natürlich nicht abgekauft, so schnell kann sich einfach niemand entscheiden. Und wer würde schon bei einer Sammlung wie der von Mr. Wang hingehen und sich einfach ein Stück aussuchen, als wäre es nichts weiter als eine gewöhnliche Tafel Schokolade?«

»Dann waren Sie sich also bereits sicher, daß er es gewesen war.«

»Nicht ganz, Sir, ich wollte mir auf jeden Fall noch seine Jadesammlung ansehen. Jeder normale Sammler wäre stolz auf seine Sammlung gewesen, aber Harvey wollte zuerst wissen, ob dies denn unbedingt nötig sei. Als er mir schließlich seine angeblichen Schätze zeigte, fiel mir auf, daß er sie in einer Vitrine in seinem Arbeitszimmer aufbewahrte. Es waren zwölf Jaden, die er lieblos nebeneinander aufgereiht hatte wie simple Zinnsoldaten. Ich habe sie mir eine ganze Weile angeschaut, um ihm Gelegenheit zu geben, etwas über ihre Herkunft zu erzählen, doch er äußerte sich mit keinem Wort dazu. Als Jadesammler war er so unglaubwürdig, daß er nicht mal ein Kind überzeugt hätte. Später habe ich mir bewußt andere Privatsammlungen angeschaut, ich war bei den Finegolds, bei den Washburns und bei Johnny Wu. Alle hatten ihre Schnitzereien höchst kunstvoll arrangiert, waren stolz auf ihre Sammlung und nur allzu willig, darüber zu sprechen. Es stellte sich also die Frage, warum Harvey die Steine überhaupt kaufte, wenn er sich so offensichtlich gar nicht für Jade interessierte. Vielleicht sah er sie nur als eine Art Geldanlage an? Doch selbst das würde sich nur über einen längeren Zeitraum lohnen, und die Rolle des Kunstliebhabers paßte absolut nicht zu ihm. Als ich von den Drogen in den Jadeschatullen erfuhr, brauchte ich nicht mehr weiter zu suchen. Nur hatte ich leider immer noch nicht den geringsten Beweis. Ich wußte, daß er von dem Mord wußte, falls es sich überhaupt um einen Mord handelte, aber ich hatte keine Möglichkeit, ihn in die Enge zu treiben. Dann erfuhr ich von den beiden Killern, die sich angeblich in der Stadt aufhielten, und plötzlich paßte alles zusammen.«

»Haben Sie deshalb die Observierung angeordnet und die Party mit Bob Nakamura als interessiertem Käufer arrangiert?«

»Genau. Mir ist nämlich etwas eingefallen, das Harvey selbst gesagt hatte. Er brüstete sich damit, daß er sein Geld verdiene, indem er sich die Unwissenheit von Kleinanlegern zunutze mache, die keine Ahnung von der Börse hätten und nicht wüßten, was sie täten. Da kam mir die Idee, den Spieß einfach umzudrehen und mir zunutze zu machen, daß er keine Ahnung von der Arbeit eines Kripobeamten der Mordkommission hatte. Ich würde ihn aus der Reserve locken, und sobald er sich absolut sicher fühlte, würde er sich selbst verraten. Und er ist mir tatsächlich in die Falle gegangen. Ich arrangierte für ihn einen kinderleichten, todsicheren Einbruch. Die eventuelle Anklage hätte er vor Gericht leicht aus der Welt schaffen können. Deshalb habe ich ihn bewußt mit einer Frage überrascht, die ihn annehmen ließ, alles sei aufgeflogen. Er ist prompt darauf hereingefallen.«

Bob McGowan streckte seine langen Beine aus und starrte auf die Spitzen seiner glänzend polierten Schuhe. Dann wandte er sich wieder Tibbs zu. »Dann hat Harvey also Wang Fu-sen ermordet.«

»Nein, Sir, er hat ihn nicht ermordet.«

»Moment mal – jetzt verstehe ich überhaupt nichts mehr.«

»Ich werde es Ihnen erklären. Die beiden Schlägertypen, die wir festgenommen haben, waren bei Wang Fu-sen und haben ihn zusammengeschlagen, um ihn zu zwingen, den Mund zu halten und mit ihnen zusammenzuarbeiten. Sie haben ihn gewürgt, bewußtlos geschlagen und auf dem Boden liegen lassen. Das ist eindeutig erwiesen. Möglicherweise war er sogar schon tot, obwohl ich dies stark bezweifle, aber der Obduktionsbericht wird uns darüber genauer Aufschluß geben.«

»Nehmen wir an, er lebte noch.«

»Gut. Harvey mag zwar rücksichtslos sein, aber er ist alles andere als dumm. Er wußte, daß die Chinesen nichts dem Zufall überlassen würden. Falls Wang ausgepackt hätte, wäre Harvey dran gewesen. Er konnte sich daher an allen fünf Fingern ausrechnen, wen sie als nächsten ausschalten würden: ihn selbst. Er wußte, was man mit Wang vorhatte, und fuhr zu seinem Haus, um nachzusehen, wie es stand. Er ging davon aus, daß man ihm nichts nachweisen konnte, notfalls hätte er einfach behauptet, er wäre gekommen, um Jade zu kaufen. Er stellte fest, daß die Tür offen stand, ging ins Haus und fand Mr. Wang auf dem Boden liegend vor. Er hielt ihn für tot. In diesem Augenblick der Verzweiflung kam ihm eine Idee, wie er die chinesischen Killer loswerden konnte. Er brauchte nur die Spuren ein wenig zu manipulieren, so daß alles auf einen Ritual- oder Tong-Mord hindeutete. Es gibt auch heute noch viele Menschen, die an so etwas glauben, wissen Sie. Er stellte fest, daß eine der Vitrinen unverschlossen war, da Wang gerade dabei gewesen war, einige Schnitzereien umzustellen. Er entdeckte das Steinmesser oder das, was er für ein Messer hielt. Er nahm es und stieß es in Wangs Brust. Meiner Meinung nach ist Wang an dieser Verletzung gestorben, aber da Harvey ihn für tot hielt, handelt es sich juristisch gesehen um einen Unfall und nicht um Mord. Die Tötungsabsicht fehlt oder ist Harvey zumindest nicht nachzuweisen.«

»Wie Sie bereits sagten, ist es kein einfacher Fall«, sagte der Polizeichef.

»Irgendwann, Sir«, sagte Tibbs, »wünsche ich mir, einen Mord aufzuklären, der in einem abgelegenen englischen Landhaus begangen wurde, in dem sechs Personen ihr Wochenende verbringen. Alle Zufahrtsstraßen sind durch einen plötzlichen Sturm und schwere Überschwennungen unpassierbar, das Landhaus ist von der Außenwelt völlig abgeschnitten. Das Opfer liegt mit einem Pfeil im Herzen in einem verschlossenen Raum, es handelt sich eindeutig um Mord, nicht um fahrlässige Tötung, und ein glasklares Motiv gibt es auch.«

McGowan schüttelte mit ernster Miene den Kopf. »Von dem Fall habe ich auch schon gehört«, sagte er. »Es war der Butler.«

Tibbs zuckte mit den Achseln. »Jetzt haben Sie mir den ganzen Spaß verdorben.«

»Nicht ganz. Miss Nagashima war vorhin hier, um mit mir zu sprechen. Sie können mir einen Gefallen tun, wenn Sie möchten – holen Sie sie um vier Uhr ab«, er schaute auf seine Armbanduhr. »Also in genau fünfzehn Minuten am Parkplatz auf der anderen Straßenseite. Fahren Sie sie nach Hause. Und dann machen Sie für heute Feierabend.«

»Ich wollte sie ohnehin aufsuchen, Sir. Es gibt noch ein paar Punkte, die ich gern mit ihr besprechen möchte.«

»Sehr schön, dann tun Sie das doch. Hat Harvey schon gestanden?«

»Es ist mir gelungen, ihm klarzumachen, daß es zu seinem eigenen Vorteil ist, offen mit uns zu sein.«

»Noch eine letzte Frage: Wo sind die Schatullen mit dem Rauschgift?«

»Unten im Rauschgiftdezernat.«

»Gut. Dann holen Sie jetzt Miss Nagashima ab.«

»Mache ich, Sir.«

Virgil räumte seinen Schreibtisch leer, indem er alles in eine Schublade packte, die schon häufiger diesem Zweck gedient hatte, verabschiedete sich von Bob Nakamura und ging nach draußen, um seinen unerwarteten Passagier abzuholen. Er benutzte diesmal seinen eigenen Wagen, und als er vorfuhr, stieg Yumeko ein und setzte sich schweigend neben ihn. Auch er schwieg, bis sie dem dichten Verkehr in der Innenstadt entronnen waren, und sagte dann: »Yumeko, Sie wissen, was Sie getan haben, nicht?«

Sie senkte den Kopf. »Ja«, flüsterte sie.

»Warum haben Sie mir nichts davon gesagt?«

Sie spielte mit ihrem Taschentuch und schluckte. »Ich weiß nicht«, sagte sie.

»Chief McGowan hätte mich beinahe danach gefragt, und wenn er es getan hätte, hätte ich es ihm sagen müssen.«

»Ich weiß.«

Er lenkte den Wagen um eine Ecke und fuhr langsamer, da sie sich in einer Wohngegend befanden. »Nur gut, daß ich das Buch über Jade gelesen habe, sonst hätte ich wohl ein Problem gehabt.«

»Ja.« Sie schaute ihn nicht an.

»Okay, Yumeko, warum haben Sie die vier Jadefiguren neben Mr. Wangs Kopf aufgestellt?«

Als sie endlich aufsah, waren Tränen in ihren Augen. »Sie wissen doch schon«, antwortete sie. »Sie haben mich gefragt, ob wir Figuren haben, die man als Grabbeigaben braucht, und ich habe nein gesagt.«

»Aber Sie sind doch Japanerin.«

»Nur halb«, korrigierte sie ihn.

»Wie Sie wollen. Aber trotzdem verstehe ich nicht, warum Sie es getan haben.«

Sie wischte sich die Tränen ab. »Ich wollte ihm letzte Ehre erweisen. Ich weiß, wir haben keine Grabbeigaben, um auf seine Zunge und seine Ohren zu legen, also habe ich so versucht.«

»Verstehe, aber warum haben Sie mir nichts davon erzählt?«

Wieder senkte sie den Kopf. »Ich weiß nicht.«

Er fragte nicht weiter und sprach erst wieder, als er den Wagen vor dem Haus parkte. »So, da wären wir«, sagte er.

Sie legte ihre Hand auf seinen Arm. »Bitte kommen Sie eine Minute ins Haus«, bat sie. »Ich habe einen Grund.«

Er stieg hinter ihr die Stufen zur Eingangstür hinauf und folgte ihr durch den Flur, nachdem sie die Tür aufgeschlossen hatte. »Chin Soo ist weg«, erklärte sie.

»Für immer?«

»Nein, noch nicht.«

Sie strich sich das Haar zurecht, warf einen verstohlenen Blick in den Flurspiegel und führte ihn in den hinteren Teil des Hauses. Aus ihrer Handtasche zog sie den Schlüsselbund, der Mr. Wang gehört hatte, und öffnete die Tür zum Jadezimmer. Als sie das Licht anknipste, sah alles ziemlich genauso aus wie sonst auch. Wenn man die Schönheit der seltenen Kunstwerke auf sich wirken ließ, konnte man sich kaum vorstellen, daß in diesem Raum ein Mord stattgefunden hatte.

Sie öffnete eine der Vitrinen und schob die Glastür zur Seite. Dann nahm sie die Vase aus Hammelfett-Jade heraus, die sie benutzt hatte, um ihm etwas über Jade zu erzählen. Sie streckte die Hand aus und reichte sie ihm. »Die ist für Sie«, sagte sie.

Virgil schüttelte sofort entschieden den Kopf. »Das geht nicht, Yumeko. Polizisten dürfen keine Geschenke annehmen. Es ist wirklich ein wunderschönes Stück, vielen Dank für Ihre Großzügigkeit, aber ich kann es nicht annehmen.«

Yumeko rührte sich nicht von der Stelle. »Ich weiß das, deshalb ich habe McGowan *sensei* um Erlaubnis gefragt, und er hat es mir erlaubt. Sie können ihn fragen.«

»Yumeko, nochmals vielen Dank, aber ich fürchte, es geht trotzdem nicht.«

»Aber Sie haben das Gemälde mit der schönen nackten Frau angenommen. Das war auch sehr wertvoll.«

Da sie ihm immer noch die Jadevase hinhielt, nahm er das wunderschöne Kunstwerk und hielt es sekundenlang in der Hand. Dann stellte er es vorsichtig auf den Tisch und trat einen Schritt zurück.

»Ein Polizist darf nun mal keine Geschenke annehmen«, wiederholte er.

Sie nahm die Jadevase in die Hand und stellte sich damit direkt vor ihn hin. »Ich will sie nicht schenken«, sagte sie. »Ich will Sie damit bestechen.«

»Mich bestechen? Wissen Sie, was Sie da sagen?«

»Ja, ich weiß. Ich habe auch Chief McGowan gesagt, daß ich Sie bestechen will.«

»Jetzt verstehe ich gar nichts mehr«, sagte Tibbs.

Sie nahm seine Hand und legte sie an die Vase. »Das hier ist Bestechung, und Sie müssen annehmen. Ich will, daß du mein Freund wirst.«

»Aber dazu brauchst du mich doch nicht zu bestechen.« Virgils Stimme klang immer noch etwas unsicher, er sprach jetzt, ohne nachzudenken.

Sie strahlte ihn an. »Ich bin froh, daß du so fühlst!«

Er schaute sie an, betrachtete ihr dunkles Gesicht mit den japanischen Zügen. Dann machte er den Fehler, ihr in die Augen zu blikken, und gab sich geschlagen.

»Du willst?« fragte sie.
»Stell die Vase weg«, antwortete er, »dann sehen wir weiter.«

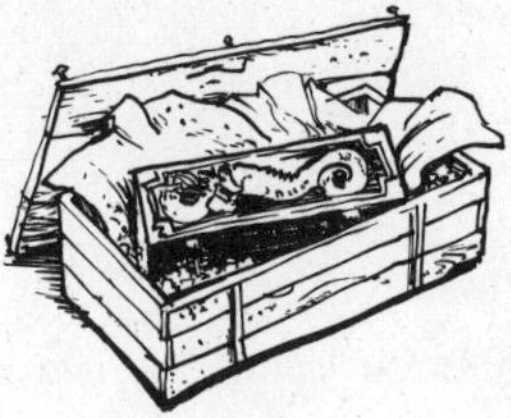

Nachwort

John Ball (1911–1988) hat sich, wie viele seiner Kollegen, zunächst als Liebhaber mit dem Detektivroman befaßt, bevor er selbst zum erfolgreichen Genre-Autor wurde. Nach seinem College-Abschluß 1934 war er als Journalist tätig und zwar sowohl für Zeitschriften wie in der Öffentlichkeitsarbeit von Firmen, meist der Unterhaltungsindustrie. Der Kriegsdienst 1942–45 als Offizier beim fliegenden Personal der Luftwaffe führte nach dem Krieg sowohl zur Arbeit in der zivilen Luftfahrt wie zur PR-Arbeit für das Institute of the Aerospace Sciences in Los Angeles 1958–1961. Erste Buchveröffentlichungen beschäftigen sich entsprechend mit Themen der Schallplatten- und der Luftfahrtindustrie.

In all diesen Jahren muß John Ball ein eifriger Leser klassischer Detektivromane gewesen sein, denn ab 1961 ist er wirtschaftlicher und wissenschaftlicher Leiter einer »Mystery Library«, die in Zusammenhang mit der University of California San Diego – in deren Bibliothek sich als Spezialsammlung die vielleicht vollständigste Krimi-Sammlung der Welt befindet – eine Reihe von Klassikern des Genres mit wissenschaftlichen Nachworten ediert. 1976 gibt er in diesem Rahmen die erste Aufsatzsammlung aus der Feder von Kennern und Praktikern des Genres heraus, die im akademischen Betrieb der USA erscheint. 1978 veröffentlicht der gleichfalls für Krimis ausgewiesene Penguin Verlag diese Sammlung in Großbritannien.

Neben der allgemeinen Einleitung steuert John Ball einen Aufsatz zum Phänomen des ethnischen Detektivs bei, das er zu Recht aus der Blüte des Genres in der ersten Hälfte des zwanzigsten Jahrhunderts und der daraus erwachsenden Notwendigkeit zur ständigen Variation des vorgegebenen Grundmusters herleitet. Auch seine Definition des ›ethnischen Detektivs‹ ist überzeugend. Da man, wie es zu Recht auch in »Das Jadezimmer« heißt, im Weltmaßstab Chinesen kaum als eine Minorität bezeichnen kann, Earl Derr Biggers' chinesischer Detektiv Charlie Chan dennoch vom Gros der Leser als exotische Erscheinung empfunden wird, ist es wohl der Blick des Lesers, der die fremde Ethnie konstituiert. Da die überwältigende Mehrzahl der Leser amerikanischer, australischer und britischer Detektivromane weiße Bewohner dieser Gegenden sind, fällt jeder nicht weiße Detektiv als ethnische Ausnahme auf.

John Ball hat hier im nachhinein offengelegt, wie er 1965 zur Konzeption des schwarzen Detektivs Virgil Tibbs gekommen ist. Der Erstling »In der Hitze der Nacht« (DuMont's Kriminal-Bibliothek Nr. 1064) spielt noch voll mit der Exotik dieser Gestalt: Tibbs, der sich unter größten Opfern vom Unterschicht-Kind aus dem tiefsten Süden zum geachteten Polizeidetektiv in Kalifornien emporgearbeitet hat, ist plötzlich in einem ungenannt bleibenden Südstaat, in dem die Rassendiskriminierung und -trennung noch vollständig gilt, mit einem Mordfall konfrontiert, in dem er den lokalen weißen Polizisten haushoch überlegen ist, aber nicht einmal deren Toilette benutzen darf. In den weiteren Romanen mit Virgil Tibbs als Detektiv, die dann in Pasadena in Kalifornien spielen, ist dieser Konflikt entschärft, und Tibbs' ethnische Ausnahmestellung äußert sich nur noch in seiner besonderen Sensibilität gegenüber anderen Außenseitern und in gelegentlicher weißer Ignoranz und Intoleranz, die es durch Leistung evolutionär zu überwinden gilt.

Gemäß den Vorlieben, die John Ball auch als Kritiker und Herausgeber einer Kriminalbibliothek mit Klassikern an den Tag gelegt hat, sind auch seine eigenen Tibbs-Romane trotz des realistisch gezeichneten US-Polizei-Milieus eher der klassischen Tradition verpflichtet, wie sie in DuMont's Kriminal-Bibliothek etwa die Amerikaner S. S. Van Dine und Ellery Queen vertreten. Ohne Primadonna sein zu wollen, wie Virgil Tibbs im vorliegenden Roman betont, hat er es doch meist mit Ein-Mann-Fällen zu tun, wie sie auch sein französischer Kollege Maigret bevorzugt. Vor allem aber zeigt sich Balls Variation der Tradition in einem bewußten Spiel mit den Grenzen zwischen ›fiction‹ und Realität, zwischen Roman und Welt, auf dessen Einzigartigkeit er in seinem Aufsatz selbstbewußt hinweist: Die Kollegen Tibbs' bei der Polizei von Pasadena sind die wirklichen Beamten, die Ball bei seinen Recherchen kennengelernt hat und die ihn mit Auskünften unterstützt haben. So werden denn auch seine Romane in seinen Romanen gelesen, und Virgil Tibbs trifft immer wieder auf Zeugen, die »In der Hitze der Nacht« gelesen oder zumindest den mit mehreren Oscars ausgezeichneten Film gesehen haben. Da der Film – warum auch immer – Tibbs nach Philadelphia versetzt, wundern sich diese Leute entsprechend, ihm plötzlich als Beamten in Pasadena zu begegnen. In dieses Spiel wird dann aber auch bewußt wieder die Literatur einbezogen: Charlie Chan, in dessen Fußstapfen Tibbs tritt, lebt als Pensionär in Hawaii und widmet sich dem Studium der klassischen chinesischen Kalligraphie; wenn der Detective alle am Fall Beteiligten im Mordhaus zusammenruft, denkt jeder sofort an Nero Wolfe. Und ein einziges Mal gönnt sich Tibbs den Triumph, auf ein überschwängliches »Wie brillant!« mit dem berühmten Holmesschen Understatement »Elementary« zu antworten. Auch beginnt unser Roman mit einer modernen Variante der Scharfsinnsprobe, mit der fast jedes Abenteuer des berühmtesten Detektivs aller Zeiten beginnt: Auf der Fahrt in ein Forschungslabor deduziert Tibbs ganz nebenbei aus einigen wenigen Beobachtungen deren streng geheimes Forschungsgebiet.

Auch das Verbrechen, mit dem er kurz darauf konfrontiert wird, entspricht ganz klassischen Mustern: Der zurückgezogen lebende reiche Chinese Wang Fu-sen wird in seinem Hause in einem seiner kostbaren Jade-Sammlung gewidmeten Zimmer ermordet. Als Mordwaffe steckt in seiner Brust ein Prunkstück der Sammlung – ein allein als Rangabzeichen dienender Jadedolch, der seinem Inhaber einst höchste militärische Kommandogewalt verlieh. John Ball scheint hier bewußt mit zwei Klischees zu spielen, über die sich die Kritik schon seit langem lustig machte: S. S. Van Dine hatte einst das in den zwanziger Jahren so beliebte Auftreten sinistrer Chinesen strikt verboten, und Chandler hatte sich fünfzehn Jahre später über die kuriosen exotischen Mordwaffen lustig gemacht, wo doch Revolver so viel handlicher sind.

Hausdame des alten Chinesen ist eine junge Japanerin, die er vor einigen Monaten auf einer Japanreise als Dolmetscherin kennengelernt und dann zu sich eingeladen hatte. Um auch nur halbwegs ihr Vertrauen zu gewinnen, bedarf es Tibbs' ganzer in schmerzlichen Erfahrungen gewonnener Sensibilität: Sie ist ein »Kind der Liebe«, wie es auch auf japanisch heißt, der Liebe zwischen einem schwarzen GI und einer Japanerin, und hat deshalb vom ersten Tag ihres bewußten Lebens an nur die strikte Ablehnung beider ›Rassen‹ erfahren. Tibbs stößt im Verhalten ihr gegenüber auch rasch an die Grenzen seines eigenen Konzepts, im Gegenüber jeglicher Herkunft immer nur den Menschen zu sehen. Obwohl sie zu den Verdächtigen zählt, verbringt er einen Abend mit ihr und wagt doch nicht, sich einzugestehen, daß er sich in sie verliebt hat – von Kindheit an ist er auf schwarze Sexualpartnerinnen fixiert. (Am erstmals 1972 erschienenen Roman lassen sich übrigens die ganzen Probleme einer ›politisch korrekten‹ Ausdrucksweise demonstrieren: Tibbs selbst empfindet ›negro‹ als korrekte, weil neutrale Bezeichnung, ›schwarz‹ hingegen als diskriminierend, während es der deutschen Übersetzerin 1998 genau umgekehrt erging.)

Der eher klassische ›Mord im Jadezimmer‹ weist jedoch schon bald höchst aktuelle Dimensionen auf: Sollten der nach außen hin so ehrbar wirkende Wang oder seine liebenswerte Hausdame in Rauschgiftschmuggel verstrickt sein? Ziemlich genau seit sich die junge Japanerin im Hause Wang aufhält, wird eine synthetische Droge mit verheerender Suchtwirkung in den Markt gedrückt, die ausgerechnet auch noch »Jadestaub« genannt wird. Rauschgiftexperten des FBI vermuten hier durchaus einen Zusammenhang, den auch fernöstliche Informanten zu bestätigen scheinen und den auch Virgil Tibbs nicht von der Hand weisen kann. Dennoch gelingt es ihm, Mordfall wie Rauschgiftschmuggel mit seinen Methoden als Einzelgänger aufzuklären. Die Runde aller Verdächtigen, wie Nero Wolfe und Hercule Poirot sie lieben und wie auch Tibbs sie zum Schluß arrangiert, führt zwar nicht zur öffentlichen Entlarvung des Täters, aber ihr verdankt Tibbs den entscheidenden Hinweis, und im abschließenden Showdown gelingt es ihm dann, den Täter im geistigen Zweikampf zu besiegen.

Volker Neuhaus

Band 1054	Timothy Holme	**Der See des plötzlichen Todes**
Band 1057	Sarah Caudwell	**Adonis tot in Venedig!**
Band 1058	Phoebe Atwood Taylor	**Die leere Kiste**
Band 1059	Paul Kolhoff	**Winterfische**
Band 1060	**Mord als schöne**	**Kunst betrachtet**
Band 1061	Lee Martin	**Tod einer Diva**
Band 1062	S. S. van Dine	**Der Mordfall Canary**
Band 1063	Charlotte MacLeod	**Wenn der Wetterhahn kräht**
Band 1064	John Ball	**In der Hitze der Nacht**
Band 1065	Leslie Thomas	**Dangerous Davies … Auf eigene Faust**
Band 1066	Charlotte MacLeod	**Eine Eule kommt selten allein**
Band 1067	Lee Martin	**Mörderisches Dreieck**
Band 1068	Paul Kolhoff	**Menschenfischer**
Band 1069	Ellery Queen	**Das ägyptische Kreuz**
Band 1070	John Dickson Carr	**Mord aus Tausendundeiner Nacht**
Band 1071	Lee Martin	**Tödlicher Ausflug**
Band 1072	Charlotte MacLeod	**Teeblätter und Taschendiebe**
Band 1073	Phoebe Atwood Taylor	**Schlag nach bei Shakespeare**
Band 1074	Timothy Holme	**Venezianisches Begräbnis**
Band 1075	John Ball	**Das Jadezimmer**
Band 1076	Ellery Queen	**Die Katze tötet lautlos**
Band 1077	Anne Perry	**Viktorianische Morde** (3 Romane)

Band 1064

John Ball

In der Hitze der Nacht

Eine Kleinstadt in den Südstaaten der USA: In einer schwülen Sommernacht wird ein Toter auf der Straße gefunden. Die Kleinstadtpolizisten verdächtigen sofort Virgil Tibbs, einen schwarzen Durchreisenden. Verärgert müssen sie jedoch feststellen, daß Tibbs ein Experte der Mordkommission ist. Doch da es weder Zeugen noch Anhaltspunkte noch Motive gibt, ist die örtliche Polizei auf seine Hilfe angewiesen. Schafft es Tibbs gegen die Widerstände der Einheimischen, den brutalen Mord aufzuklären?
Dieser Krimi ist die Vorlage zu dem berühmten Film »In the heat of the night« mit Sidney Poitier in der Hauptrolle.

Band 1072

Charlotte MacLeod

Teeblätter und Taschendiebe

Sarah und ihr Mann Max sitzen mit dem Rest des Kelling-Clans zusammen, um eine Wohltätigkeits-Auktion zu planen. Onkel Fredericks Sammlung von antikem Nippes soll unter den Hammer kommen, um mit den Erlösen den Ausbau des Senior Citizens Recycling Center zu finanzieren. Man sitzt gerade beim Tee, als die Nachricht von der Ermordung eines Mitglieds des Centers die Ruhe des Abends stört. Und was Cousine Theonia in den Teeblättern liest, läßt nichts Gutes ahnen ...

Charlotte MacLeod, geb. 1922 in Kanada und aufgewachsen in Massachusetts, USA. Ihre Krimi-Serien haben begeisterte Leser gefunden.

Band 1073

Phoebe Atwood Taylor

Schlag nach bei Shakespeare

Durch Boston weht ein eisiger Wind, der durch Martin Jones' dünnen Anzug dringt. Abgesehen von einer Tasche mit Golfschlägern ist ihm sonst nichts mehr geblieben. Außerdem ist ihm die Polizei auf den Fersen. Jones kann sich denken, was die von ihm wollen... Er ist erleichtert, erst einmal Unterschlupf in »Peters Antiquariat« zu finden. Was für eine Überraschung, daß ausgerechnet sein alter Freund Leonidas Witherall in dem Buchladen arbeitet. Dann findet man im Laden die Leiche von Professor John North mit zerschmettertem Kopf, und Jones wird sofort verhaftet. Zum Glück ist Leonidas Witherall von seiner Unschuld überzeugt. Sie zu beweisen, ist eine andere Sache.

Band 1074

Timothy Holme

Venezianisches Begräbnis

Der letzte Band der Achille-Peroni-Serie führt den Inspektor nach Venedig. Die ganze Stadt wartet auf die alljährliche Gondelregatta, auf die schon wilde Wetten abgeschlossen werden. Peroni stößt zwischen kriminellen Gondolieri und bröckelnden Adelspalästen auf ein Netz aus Intrigen. Eine Spur führt ins 18. Jahrhundert zum venezianischen Dramatiker Goldoni. Ist alles nur Theater? Aber irgendwo zwischen den Kanälen und Lagunen wird der Mörder wieder zuschlagen. Achille Peroni deckt mit neapolitanischem Temperament, Scharfsinn und unbestechlicher Entschlossenheit die erstaunlichen Hintergründe des Mordes auf.

Band 1076

Ellery Queen

Die Katze tötet lautlos

Manhattan, Ende der vierziger Jahre, eine Serie von Morden versetzt die Stadt in Panik. Die Boulevardblätter haben dem Mörder einen Namen gegeben: Katze. Für jeden Toten zeichnen ihr die Cartoonisten einen weiteren Schwanz.

Die Katze sucht ihre Opfer wahllos. Und immer bei Nacht. Niemand kann sich vor ihr sicher fühlen. Am Tatort hinterläßt sie nichts als die Leiche mit einem sorgsam geknoteten Seidenfaden um den Hals. Und am nächsten Tag grinst den Lesern aus der Zeitung wieder die Katze entgegen und hat einen Schwanz mehr. Ellery Queen hat viele Knoten zu lösen.